이 글을 나의 사랑하는 祖國과 國民에게 바친다

이 책은 박정희 대통령의 저서 『우리 民族의 나갈 길』(동아출판사 1962)과 『指導者道』(국가재건최고회의 1961)를 도서출판 기파랑이 영인본으로 합본하여 2017년 6월 출간한 것입니다.

우리民族의 나갈길

－社会再建의理念－

朴正熙著

東亞出版社

박정희 대통령 탄신 100주년을 맞아

박정희 대통령 전집을 출간하면서

올해는 박정희 대통령이 태어나신지 백 년이 되는 해입니다. 박정희 대통령은 민족사 5천 년을 통해 거의 유일하게 사람들에게 영감을 준 리더였었고 그 비전을 몸으로 실천한 겨레의 큰 공복(公僕)이었습니다. 그래서 노산 이은상 선생은 박정희 대통령을 세종대왕과 이순신 장군을 합친 민족사의 영웅이라 칭했을 것입니다. 그런 거인의 탄신 100주년이 온 나라의 축제가 되지 못하고 아직도 공(功)과 과(過)를 나누어 시비하고 있으니 참으로 안타까운 일이 아닐 수 없습니다. 그러나 오늘날의 대한민국이 박정희 대통령의 비전에 의하여 설계되었고 그분의 영도력으로 인류역사에 유례 없는 경제발전을 이루었다는 데 대하여는 모두가 동의하고 있다고 생각합니다. 이제 큰 것은 보지 못하고 작은 것으로 흠을 삼는 역사적 단견(短見)에서 벗어나길 간절히 바랍니다.

애국(愛國)과 애족(愛族)은 박정희 대통령의 혈맥을 타고 흐르는 신앙이었습니다. 그 신앙으로 박정희 대통령은 가난을 추방했고 국민들에게 우리도 할 수 있다는 자신감을 심어 주었습니다. 그 결과 우리 민족은 5천 년의 지리멸렬한 역사를 끊어 내고 조국 근대화와 군건한 안보를 달성할 수 있었습니다. 민족 개조와 인간 정신 혁명, 그것이 바로 박정희 정신입니다. 그 정신을 이어 가는 것이 현재를 살고 있는 우리의 사명일 것입니다.

박정희 대통령 탄신 100주년을 맞아 그분의 저작들을 한데 모으는 작업은 역사에 대한 최소한의 예의입니다. 그것은 감사의 표현인 동시에 미래에 대한 결의이기도 합니다. 박정희 대통령은 생전에 네 권의 저서를 남기셨습니다. 『우리 민족의 나갈 길』, 『국가와 혁명과 나』, 『민족의 저력』, 『민족 중흥의 길』이 그것인데, 우리 민족의 역사와 가야 할 길에 대한 탁월한 예지가 돋보이는 책들입니다. 그 네 권의 출판 당시 초본들을 영인본으로 만들고 거기에 더해 박정희 대통령의 시와 일기를 모아 별도의 책으로 묶었습니다. 박정희 대통령은 다방면에 재능이 풍부한 분이셨습니다. 〈새마을 노래〉를 직접 작곡한 것은 많이 알려져 있지만 직접 그림도 그리고 시도 썼다는 사실은 의외로 아는 사람이 많지 않습니다. 문학가가 보기에는 아쉬운 점이 있을지 모르지만 박정희 대통령의 시에 담긴 애국과 애족의 열정은 그 형식을 뛰어넘는 혼이 담겨 있다고 할 수 있습니다. 특히 아내를 잃고 쓴 사부곡(思婦曲)들은 우리에게 육영수 여사에 대한 기억과 함께 옷깃을 여미게 하는 절절함이 가득합니다.

또한 후손들이 박정희 대통령의 저작들을 쉽게 읽게 하자는 취지에서 네 권의 정치철학 저서를 일부 현대어로 다듬고 고쳐 네 권의 평설(評說)로 만들었습니다. 방향을 잃고 표류하는 대한민국에 큰 지표가 되리라 생각합니다. 부족한 부분에 대한 아쉬운 마음이 없지 않으나 그 나마 처음 시도된 작업이라는 사실로 위안을 삼고자 합니다. 질책 주시면 기꺼이 반영하여 더 욱 완성도 높은 저작집으로 만들어 나가겠습니다. 늦게나마 박정희 대통령의 영전에 이 저작 집을 바칠 수 있게 되어 기쁩니다.

박정희 대통령님! 대통령님을 우리 모두 기리오니 편안히 잠드소서.

박정희 탄생 100돌 기념사업 추진위원회

위원장 정홍원

(著 者 近 影)

머 리 말

고달픈 몸이 한밤중 눈을 감고 우리 民族이 걸어온 多難한 歷程을 생각해 본다。 우리가 젊어진 遺産들은 몹시 무겁고 우리의 앞길을 가로막는 것만 같이 느껴진다。 더우기 八·一五解放 후의 民族受難史는 뼈아픈 바가 있다。 과거 十七年史는 두 政權의 腐敗, 不正으로 「貧困의 惡循環」에 허덕이는 오늘의 危局을 結果하고야 말았다。

그렇다면 우리 民族에게는 更生의 길이 없을까。 이지러진 民族性을 고치고 健全한 福祉民主國家를 세우는 길은 없을까。 한 마디로 말하면 거짓말하지 않고 無事主義、安逸主義의 生活態度를 청산하여 勤勉한 生活人으로 「人間革命」을 기하고 社會改革을 통해서 「굶주리는 사람이 없는 나라」「잘 사는 나라」로 만드는 길이 없을까 하고 여러 모로 생각해 보았다。

반드시 길이 있을 것이다。 설움과 슬픔과 괴로움에 시달리면 이 民族의 앞길에는 반드시 更生의 길이 있을 것이다。 두드리면 열린다고 하지 않았는가。

革命이라는 手術만으로 患者가 元氣를 回復하는 것이 아니며 病因을 도려내는 것만으로 健康이 오는 것은 아니라는 것을 알았다。 病이 되오지 않도록 恒久的인 方略과 基礎工事를 해 놓아야 한다。

이 길이 어디 있을까. 꼭 있을 것이다. 이 民族의 걸어온 길과 걸어나갈 길을 생각하며 잠 못 이루는 밤에 내키는 대로 몇 줄씩 메모하여 整理한 것이 이 책으로 되어 나왔다. 叙述은 무디고 서투르나 내가 말하고자 하는 뜻은 斷片的이나마 나타났다고 생각한다.

지금 우리가 당면한 問題는 대체로 세 가지로 要約할 수 있을 것이다.

첫째로 지난날 우리 民族史上의 惡遺産을 反省하고 李朝黨爭史, 日帝植民地 奴隷根性 등을 깨끗이 청산하여 健全한 國民道를 確立하는 일이다. 人間이 革命되지 않고는 社會再建은 不可能하다.

둘째로 「가난에서 解放」되어야 한다. 특히 우리 農民들의 기나긴 貧困의 歷史를 終熄시키고 「덴마아크」와 같은 福祉農村 再建을 위해 있는 힘을 경주해야 한다. 우리는 이해부터 第一次五個年經濟開發計劃에 착수했다. 累積된 貧困을 하나씩 追放하고 工業化된 近代國家의 土臺를 構築해야 한다. 自由社會의 存立을 위해서는 國民의 生存權을 옹호할 수 있는 經濟自立 없이는 不可能하다. 「最大限의 自由, 最少限의 計劃」을 原則으로 經濟計劃을 完遂하여 「漢江邊의 奇蹟」을 이룩해 놓는 것이 바로 勝共의 길이다. 北韓集團은 無理한 經濟發展을 强要하여 「千里馬」運動을 전개하고 있으나, 이는 國民의 自由發展을 侵害하여 民主主義와 自由를 抹殺하는 惡毒한 處事가 아닐 수 없

당. 우리는 진정한 經濟發展이 民主主義的인 自由와 創發性 가운데서
만이 가능하다고 생각한다. 中途而廢하는 「토끼」보다 꾸준히 밀고
나가는 「거북이의 길」을 택한다.

세째로 우리는 健全한 民主主義를 再建해야 한다. 直輸入된 民主
主義가 韓國現實 속 깊이 뿌리 박지 못하고 失敗한 解放後의 歷史가
敎訓하듯이 韓國化된 福祉民主主義의 土臺를 구축해야 한다. 汎國民
運動은 「健全한 民主的公民道」의 道場의 몫을 다해야 할 것이며 스스
로 자기의 代表를 選擧하여 나라를 다스리는 民主主義制度를 運營할
수 있는 사람은 自治精神을 함양해야 한다. 「國民의 支配」는 國民의
自治精神 없이는 不可能할 것이다. 自由黨治下의 韓國을 본 外國記
者는 韓國에서 民主主義가 成功하기를 期待하는 것은 쓰레기통 속에
서 장미꽃이 피기를 바라는 것과 같다고 했는데 이제 우리는 그 쓰
레기통 같은 過去의 失敗를 거름삼아 그 위에 장미꽃을 피우고야 말
것이라는 것을 確信한다.

우리 革命政府는 이미 民政復舊를 約束했다. 累卵의 危機에 처한
이 民族에 대한 무한한 사랑과 祖國을 애호하는 불붙는 情熱로 革命
의 횃불을 든 우리 革命軍의 마음 속에는 民主祖國의 繁榮을 위한
一片丹心밖에 없었다. 그러므로 民政復舊를 하더라도 이 祖國이 다
시금 腐敗, 不正에 물든 舊政治人들의 손에 들어가는 것을 願치 않

는다。 새로운 良心的인 政治人들이 育成되어 그들이 責任있게 國政을 맡아 운영한다면 우리들은 그 위에 더 바랄 것이 없을 것이다。

革命은 改革이어야 하며 前進이어야 한다。 도려낸 傷處가 아물어 가는 곳에 다시 舊病菌이 침입할 것을 두려워한다。 그러므로 젊은 世代의 健實한 指導勢力이 擡頭하여 새로운 政治를 해 줄 것을 바란다。 人間革命이란 國政을 감당할 指導勢力의 交替를 말하는 것이기도 하다。

一九六〇年以後 世界史는 바야흐로 「後進國의 覺醒」의 時代、 그 地域을 둘러싼 「經濟競爭의 時代」로 들어섰다。 우리 民族에게는 안팎으로 民族르네상스의 터전을 닦을 수 있는 好機를 맞이했다고도 볼 수 있다。

나아가 이 好機를 善用하느냐 다시 破局의 되풀이를 甘受하느냐의 엄숙한 選擇이 우리를 기다린다。 이 再建과 破滅의 竿頭에 서서 民族史의 正路를 길잡아 前進해야 할 것이다。

우리 民族에게도 반드시 길이 있을 것이다。 환히 트인 大路가 있을 것이다。

一九六二年 二月 日

박정희

人間改造의 民族的 課題

I　人間改造의　民族的課題

一　民族的　覺醒의　必要性

(1)　民族的　危機의　認識

오늘날 우리는 歷史上 일찌기 經驗하지 못한 最大의 「民族的 危機」에 直面하고 있다는 事實을 깨닫지 않으면 안된다。 사느냐 죽느냐、 興하느냐 亡하느냐 하는 실로 民族死活의 판가름을 짓는 엄숙한 瞬間에 놓여 있다。 이 危機는 이미 우리의 발등에 떨어진 불꽃이며、 우리가 逢着하고 있는 갖가지 不利한 與件과 困難과 悲劇的 事態 바로 그것이라 하겠다。 그러므로 우리는 이러한 切迫한 民族的 危機에서 逃避할 수도 없고、 될 대로 되라는 式의 傍觀도 있을 수 없다。

逃避와 傍觀은 우리의 無力과 卑怯性을 드러내는 것뿐이며、 結局에 가서는 우리를 破滅로 이끌 것이다。 우리는 오직 兩者擇一의 處地에 놓여 있을 뿐이다。 危機가 우리를 破滅의 구렁텅이로 휘몰아 넣는 대로 그것을 앉아서 甘受할 것이냐、 그렇잖으면 對決하고 克服할 길을 摸索할 것이냐의 두 가지 길뿐이다。 말하자면 오늘 우리 民族은 死生決斷의 순간에 놓여 있다고 하겠다。

오늘 우리 民族이 처해 있는 現實은 결코 順坦하지 않다。 環境과 與件이 繁榮과 幸福보다 오히려 不幸과 缺乏을 強要하고 있다。 對內 對外를 不問하고 그렇다。 對內的으로는 爲政者들의

連續的인 惡政 腐敗와 그 위에 國民의 沒知覺이 겹쳐서 民族의 不幸을 助長하였고、對外的으로

는 共産主義者들의 侵略과 不斷한 威脅이 계속되고 있다。回顧해 보면 八・一五 解放을 맞은 지

도 於焉 十六年이나 흘렀다。기뻐서 어쩔 줄을 몰랐던 民族解放의 感激도 共産帝國主義의 北韓

强占과 六・二五 南侵으로 因한 갖가지 民族的 悲劇으로 말미암아 하루아침의 이슬처럼 사라졌

다。 그것은 幻想처럼 虛無하고 쓰라린 背信이었다。解放의 感激이 祖國統一과 民主主義 建設

에 아무런 도움이 되지 못한 채 한때의 부질없는 興奮으로 사라질 줄이야 꿈엔들 생각했으랴!

國土兩斷과 民族의 分裂이 앞으로 統一을 成就할 때까지 얼마만큼의 民族的 相爭과 피를 要求

할는지 알 수 없다。 또다시 六・二五 南侵과 같은 北傀의 南侵이 없으리라고 누가 斷言하겠는

가? 누가 그들이 南侵野慾을 抛棄했다는 뚜렷한 證據를 提示할 수 있겠는가? 共産宗主國이며

北傀의 上典인 蘇聯이 世界赤化의 野慾을 버리지 않는 以上、 六・二五와 같은 南侵이 다시 없

으리라고 아무도 斷定할 순 없다。 아니 지금 現在도 陰性的이며 間接的인 侵略行爲는 繼續되고

있는 것이다。 間諜의 大量南侵과 惡辣하고 中傷的인 煽動과 宣傳이 밤낮을 가리지 않고 계속

되고 있으며、 어떻게 하면 南韓을 攪亂하고 民族을 分裂시켜 侵略的 野慾을 達成할 수 있는가

하는 兇計에 熱中하고 있다。

共産主義者들은 그들만이 愛國者요 民族愛의 殉教者라도 된 것처럼 떠들고 있지만、실은 羊의

껍데기를 쓴 이리에 불과하다。 共産主義者들의 專賣用語인 祖國統一이니 中立統一이니 하는

것도 실상은 言語의 宣傳的 魔力을 利用하여 그들의 內心의 兇計 즉 赤化統一을 巧妙하게 僞裝

한 것에 지나지 않는다. 共産主義者들은 眞正한 中立統一을 願하지 않기 때문에、中立統一이라는 것이 結果的으로 赤化를 意味한다는 것을 알고 있기 때문에、中立統一論을 열심히 떠들고 있는 것이다. 共産主義者들은 恒常 表裏不同하다. 그들의 甘言利說에 속아서는 안 된다. 안으로는 戰爭準備에 狂奔하면서 겉으로는 平和論을 主張하는 것이 共産主義者들이다.

오늘 우리 民族의 最大의 危機는 이러한 共産主義者들의 挑戰이요、거리의 藥장수와 같은 煽動 宣傳이다. 우리는 이러한 挑戰、이러한 煽動 宣傳을 물리치고 南北統一의 聖業을 完遂하지 않으면 안된다.

그러나 우리 民族에 대한 危機는 共産主義者들의 挑戰에만 있는 것이 아니다. 對內的으로도 共産主義에 못지 않는 挑戰的 要素가 있다. 大韓民國이 樹立된 지 어언 十六年이 지났으나、아직도 國基는 흔들리고 있고 民族의 앞길은 暗澹한 것이 숨길 수 없는 事實이다. 政府樹立에 대한 民族의 歡喜도 解放의 感激에 못지 않게 爲政者들의 政治的 背信으로 말미암아 오히려 우리에게 幻滅과 失望을 가져오게 하였다. 政黨은 派黨으로 轉落하고、政治란 形式的 名目뿐이요、다만 利權的 去來가 있었을 뿐이었다. 莫大한 援助는 浪費되고、失業者는 增加하고 反共의 美名下에 國民의 彈壓을 合理化하고、不正選擧로 國家의 混亂과 無秩序는 이루 다 形言할 수 없었던 것이다. 自由黨 十年과 民主黨治下 一年은 可히 惡夢의 세월이라 해도 過言이 아니다.

四·一九革命의 餘波를 타고 北傀의 主張에 呼應하는 등、國家의 混亂과 無秩序는 이루 다 形言할 수 없었던 것이다. 自由黨 十年과 民主黨治下 一年은 可히 惡夢의 세월이라 해도 過言이 아니다.

內部의 混亂과 無秩序는 共産主義의 挑戰과 合流하여 民族의 危機는 마침내 永久히 救濟될

수 없는 破滅의 一步直前에까지 다다랐던 것이니、民族의 앞날을 조금이라도 근심하는 者 어

떻게 坐視할 수 있었겠는가. 五·一六軍事革命은 破滅直前에서 民族을 救出한 歷史的 擧事였던

것이다. 그러나 五·一六革命으로 우리가 直面하고 있는 「民族的 危機」가 完全히 除去된 것도

아니요、革命이 完成된 것도 아니다. 革命은 이제 始作이다. 이 革命을 國民革命、民族革命으

로 한층 더 發展시켜 나가지 않으면 안 될 것이다.

(2) 民族愛의 缺乏

革命은 이제부터 시작이다. 우리가 이 革命을 國民革命、民族革命으로 이끌어 나가기 爲해

서는 먼저 왜 우리 民族이 오늘날 이와 같이 切迫한 危機에 直面하지 않을 수 없었던가를 깨닫

지 않으면 안될 것이다. 이러한 危機를 만들은 者가 對外的으로는 共産主義者요 對內的으로는

爲政者들이지만 우리는 그들에게 責任을 돌리고 우리 自身은 아무런 反省도 없이 安逸하게 있

을 수 있을까. 共産主義를 憎惡하고 過去의 爲政者들을 法的으로 問責하는 것으로써 民族的

危機가 다 解消되고 革命이 完成된다면 이보다 多幸한 일은 없을 것이다. 그러나 此際에 우

리 民族全體가 一大 反省을 하지 않으면 안된다는 것을 强力히 主張하고 싶다. 共産主義의 挑

戰에서 우리 民族을 守護하고、主權者로서 다시는 失政과 腐敗를 되풀이하지 않게 하기 爲해서

는 一大 民族的인 覺醒이 要求되는 것이다. 革命은 民族的 覺醒에서 出發하지 않으면 안될

것이다.

지난 十餘年間 우리 民族을 오늘날과 같은 危機로 몰아 넣은 原因을 「民族意識의 缺乏」에서도 찾을 수 있을 것이다. 「살아도 같이 살고 죽어도 같이 죽는다」는 運命共同體로서의 民族的自意識이 너무도 缺如되었던 것이 아닌가 생각한다. 民族意識이 缺如되었기 때문에, 民族愛가없고 民族的 利益에 대해서는 조금도 생각하지 않았던 것이다. 民族意識이 없었기 때문에 共産主義者들은 資本家니 勞動者니 떠들면서 民族分裂을 劃策했고 國內의 政治家와 國民들은自派와 私的 利益의 追求에만 汲汲한 나머지 民族全體는 언제나 버림 받았던 것이다. 一切의政治的 派爭이 自派의 利益追求에서 나오지 않은 事例를 우리는 아직 보지 못했다. 個人間의謀略 中傷이 個人의 私利私慾의 追求에서 나오지 않았다는 事例도 아직 우리는 듣지 못했다.派爭과 私慾에는 血眼이 되어 날뛸 줄 알면서 民族의 共同利益에 대해서는 어째서 그렇게도 冷淡한지 알 수 없는 노릇이다.

우리는 한 民族、한 同胞이면서도 利己愛와 派黨에의 忠誠과 情熱은 지나칠 程度로 强烈하였지만 民族에 대한 情熱은 너무도 冷冷했다. 利己와 黨利가 民族的 利益이나 國家利益보다優先하였고、投票와 選擧가 利己와 黨利를 爲해 犧牲이 되었던 것이다. 過去의 抗日鬪士나 殉國烈士에 대해선 無關心할 수 있어도 現在의 執權者에 대한 追從과 阿諂은 버릴 수 없었던 것이예나 지금이나 우리 民族의 나쁜 根性이었다. 現在의 執權者에 대해서는 尊敬할 줄도 알고讚揚할 줄도 알면서 過去의 志士나 烈士에 대해서는 그 이름조차 잊어버리고 있는 實情이다.이리하여 살아 있는 執權者의 銅像은 莫大한 金額으로 세워지고、過去의 志士나 義士의 무덤

앞에는 碑石 한個 몇몇한 것이 없었었다. 이러한 비뚜러진 民族의 根性、民族愛의 枯渴에서 어

멓게 健全하고 良識있는 民族性의 成長을 期待할 수 있으며 同胞愛를 바랄 수 있겠는가. 우리

는 此際 國民 各自가 가슴에 손을 얹고、過去를 깊이 뉘우쳐서 眞正한 民族의 一員으로 再生

하지 않으면 안될 것이다. 우리 가슴 속에 潜伏하고 있는 反民族的 反愛國的인 一切의 毒素를

뿌리 채 뽑아버리고、그 터전에 民族的 情熱을 불태우지 않으면 안될 것이다. 枯渴된 民族愛가

다시 솟고、萎縮된 民族意識이 回生할 때 民族革命、國民革命의 첫 烽火를 올린 셈이 될 것이다.

(3) 特權 特殊意識의 止揚

오늘 우리 民族의 共同利益과 繁榮、民族的 團結을 阻害하는 重要한 要素로서 「特權 特殊意

識」을 들 수 있을 것이다. 나는 너보다 돈이 많다든가 너보다 훌륭하다든지、나는 너보다 좋

은 學校를 나왔다는 學閥意識、우리 祖上은 領議政이었으며 내 兄은 지금 某局長 某長官이라

든지 하는 所謂 門閥意識、너는 우리 黨、우리 클럽、우리 敎派가 아니니까 우리의 敵이라는

이러한 各種 派黨意識、敎派意識等 實로 特權 特殊意識은 우리 民族의 意識全部를 獨占하고 있

다고 해도 過言이 아닐 程度로 뻗쳐 있다. 近代의 民主主義 選擧制度를 좀먹는 數多한 宗親會、道

門中會、花樹契、地閥意識을 助長하여 民族分裂을 劃策하고 個人關係를 破壊하는 鄕友會、道

民會、郡民會、親睦과 學問의 目的에서 벗어나서 派黨을 만들고 學問을 獨占 歪曲하는 各種學

會、클럽 等 이루다 枚擧할 수 없을 程度다.

同門關係 地緣 血緣 其他 어떤 緣故關係를 契機로 하여 어떤 集團이 形成되면 그것이 親睦

의　範圍를　벗어나　곧　特殊　特權意識의　集團體로　變貌하고　만다。　그리하여　自派와　他派를　가르

고　敵과　我方을　造作하는　所謂　排他精神이　되고　마는　것이다。　그리하여　우리　同窓　우리　故鄕　사

람　우리　派가　아니면　모두　밉다、　네가　미우니까　너의　妻子도　父母도　兄弟도　밉다는　式의　排他

精神으로　흐른다。　이것이　오늘　우리　韓國의　實情이다。　오늘　우리　韓國에는　사실상　眞正한　同

門會、　순수한　鄕友會、　순수한　學會　宗親會라는　것이　없다고　해도　過言은　아니다。　이러한　各種

團體가　오히려　美風　良俗을　害하고、　民族을　分裂시키는　潛在的　原因이기도　하다。

知性人들의　集結處인　大學社會內의　學內派爭과　紛糾를　回顧해보라！　學園이　學問硏究하는

곳이라기보다　오히려　敎授의　派爭舞臺라는　印象을　받아　한때　世人의　指彈을　받았던　事實이　아

직도　우리의　記憶에　生生하다。　모든　事項이　學則과　知性에　依하여　處理되어야　할　大學社會內

에서　아카데미즘의　助成은　둘째로　하고　派閥과　憎惡感만이　싸느랗게　감돌던　것이　過去의　學園

雰圍氣였다。　國家를　支撐하고、　民族的　「良心의　支柱」로　믿고　있었던　學園이　四‧一九前後를　고

비로　해서　一般國民의　信望을　完全히　背信해　버리고　말았다。　같은　學校內에서도　國內派니　國

外派니　一流校니　二流校니　하여　派黨意識이　뿌리를　박아　이것이　學風을　좀먹고　이나라　學問의

發展을　暗澹하게　했던　것이다。

眞正한　學派뿐만　아니라、　眞正한　宗派나　敎派도　없었던　것이다。　敎會와　敎會의　對立、　敎派間

의　軋轢　反目、　그　가운데서도　가장　우리　社會의　指彈을　받은　것이　所謂　佛敎紛爭이었다。　이러

한　對立　軋轢、　紛爭의　原因이　觀念上의　差異에서　온다면　名分도　서겠지만　자세히　檢討해　보면

모두가 헤게모니 財産權問題로 歸着하는 것이었다. 民心의 歸依處이며、倫理의 原動力인 宗敎界의 如斯한 腐敗는 오히려 社會 一般 秩序에 惡影響을 끼쳤고、그러한 틈을 타서 似而非宗敎들이 雨後竹筍처럼 簇出하여 一般國民을 欺瞞하고 家財를 蕩盡케 했던 것이다. 이것이 모두가 特殊 特權意識의 所産이라는 것을 우리는 깊이 깨달아야 할 것이다. 우리가 한 民族이라는 事實을 깨닫는다면 特殊 特權意識은 있을 수 없는 것이다. 親疎와 學問 能力의 優劣、理念의 差異는 있을 수 있어도 特殊 特權 特殊意識은 있을 수 없다.

（4） 派黨意識의 止揚

이러한 特殊 特權意識은 社會의 基本秩序를 紊亂케 하는 原因이 되고、自由民主主義의 健全한 發展을 沮害하는 가장 惡質的 要素가 된 것이다. 이것이 過去나 現在를 莫論하고 國家와 民族을 亡치는 決定的인 原因이기도 하였다. 特殊 特權意識이 우리 個人의 精神을 사로잡고 있는 以上、意識的이든 無意識的이든 排他主義와 派閥意識을 만들어 내지 않을 수 없게 된다. 우리의 마음 속 구석구석에서 이러한 特殊 特權意識을 뿌리 채 뽑아버리지 않는다면、우리가 앞으로 政黨을 만들고 議會制度를 復活시켜 본댔자 過去의 反復에 지나지 않게 될 것은 너무도 뻔한 사실이다. 이리하여 政黨은 어떤 理念을 標榜하고 어떠한 金科玉條와 같은 政綱政策을 내걸어도 그것이 政黨을 이끌고 統制하고 發展시켜 나가는 原理는 되지 못할 것이다. 早晚間 그 政黨은 또다시 新舊로 或은 老少壯으로 或은 嶺南派니 湖西派니 以北派니 하여 分派 分黨이 되어 政黨本來의 使命에서 逸脫하고、民族全體를 忘却한 自派의 利益만을 追求하는 私黨으로

轉落하고야 말 것이다.

過去의 모든 國家政策이 私黨의 利害關係로 말미암아 變造 歪曲되었으며 自黨의 利益에 合致되어야만 그 政策이 決定 施行되었던 것이다. 國家政策을 決定하는 規準이 民族全體의 利益이나 國家의 利益이 아니라, 自黨 自派의 利益이었으니, 이러고도 어떻게 民主政治가 具現되며 民主主義가 成長할 수 있었겠는가. 이리하여 政黨이라는 것이 政策上의 對決은 하지 못하고 自然히 謀略과 中傷, 權謀術數로써 政爭을 하게 된다.

政黨의 黨員이라는 작자들은 다만 마키베리즘의 講習生이었으며, 國會란 政爭을 爲한 合法的 舞臺이었던 것이다. 國會議事堂이 市場과 별다를 것이 없고, 所謂 國會議員들이란 政商輩, 政治부로커의 別名에 不過하였다. 選擧 때엔 羊의 假面을 쓰고, 일단 當選만 되면 民衆을 背信하는 이리의 正體를 드러내는 것을 例事로 하였다.

國會議員이란 履歷書보따리나 가지고 다니는 職業仲介人, 利權請負業이라는 一種의 高級 特權職이었던 것이다. 이러한 政治的 混亂 속에서 眞正한 政黨政治와 民主主義가 發展할 수 있다는 생각은 그야말로 쓰레기통에서 薔薇 꽃 피기를 바라는 것과 조금도 다른 것이 없다.

英·美 諸國의 例를 들 必要도 없이, 近代의 自由民主主義는 政黨制度를 그 基盤으로 하여 發展하여 왔다. 政黨制度란 近代的 自由民主主義의 土臺다. 近代的 自由民主主義가 議會制度를 採擇하지 않을 수 없는 以上, 政黨政治는 必須的인 것이며, 이것이 또한 封建的 專制主義나 新版 共産獨裁와는 區別되는 가장 特徵的인 制度인 것이다. 우리는 近代的 自由民主主義만이

우리 民族이 살수 있고 繁榮할 수 있는 唯一한 制度인 以上, 어떠한 일이 있더라도 健全한 政

黨을 마련하는 準備過程을 밟아 나가야만 되겠다. 政策과 理念으로써 相互批判하고 싸우면서

도 一定한 限界와 自制를 가진 國民의 政黨, 民族의 政黨을 가지지 않으면 안될 것이다.

그러나 이러한 政黨制度를 復活시키려면 먼저 派黨意識을 止揚하지 않으면 안된다. 우리가 此

際에 뼈저리게 느끼지 않으면 안될 것은 過去 十餘年間 非正常的이며 無軌道한 政黨活動이 우

리 民族에게 最大의 不幸을 가져왔다는 事實이다. 解放直後엔 이땅에 無慮 六十餘 政黨이 雨

後竹筍처럼 亂立하였으니, 이것은 民族分裂과 派黨意識만 助長한 「派黨群의 統計數字」로서는

너무나 엄청난 것이었다.

大韓民國이 樹立된 後 當時의 大統領當選者 李承晚博士의 諭示로 만들어진 것이 所謂 「自由

黨」이었다. 自由黨의 政綱政策은 勤勞大衆을 爲한 唯一한 政黨으로 自處하였지만、 그 實은 國

民全體를 無視한, 國民的 基盤을 가지지 못한 李博士 個人의 私黨이었던 것이다. 그래서 나중

에 가서는 自派首領의 政權延長을 爲한 不正과 不法의 凶計를 꾸미고 그것을 國民에게 強要함

으로써 權力的 派黨으로 轉落하고야 말았던 것이다. 自由黨이야말로 政黨으로서 「自派利益中

心體」의 한 標本이었으며、世界選擧史上 일찍기 그 類例를 볼 수 없을 만큼 「不正選擧 凶計의

溫床」이었던 것이다.

그러면 民主黨은 어떠했는가? 韓民黨에서 發展한 民主黨은 四月革命의 德分으로 與黨의 地

位로 바뀌고、及其也 新舊派로 分黨되기까지의 民主黨의 足跡은 典型的인 「派黨의 歷史」였던 것이다。野黨으로 있을 때부터 新舊派의 軋轢은 選擧가 있을 때마다 表面으로 露呈되었으며、特히 一九六〇年 三·一五 正·副統領立候補 問題로 黨內의 軋轢은 極度에 달했던 것이다。그것은 黨을 쪼개지 않을 수 없는 極端的인 分裂相이었으며、民主黨의 終末的 徵兆였다 運命의。自由黨 治下에서는 唯一한 野黨으로서 自由黨에 대한 國民의 憎惡에서 오는 反射的인 支持와 同情을 받았지만、四·一九以後 마침내 爆發하고 만 黨內 派爭의 醜惡相은 도저히 國民이 눈을 뜨고 볼 수 없을 程度였다。그것은 民主黨도 自由黨 못지 않을 정도의 私黨이며 派黨이었다는 證左였기 때문이다。派黨은 언제나 不正과 結託하는 법이니 民主黨이라 해서 이에서 例外일 순 없었다。執權 一年도 채 되지 못한 채 不正蓄財者들과 結託 政治資金의 收奪、撤布、情實人事、容共中立思想의 助長、社會의 無政府的 狀態等 腐敗 無能은 마침내 民族을 破滅의 直前까지 몰아 넣었던 것이다。이 모두가 政黨이 派黨意識을 버리지 못한 데서 온 것이었다。

(5) 民族的 自我確立의 必要性

그런데 問題는 언제나 制度 自體에 있는 것이 아니라、그 制度를 構成하고 運營하는 個人에게 있는 것이다。어떠한 團體나 政黨이라 하더라도 그 構成要素는 個人이다。또한 民族運命의 共同體라 하더라도 亦是 民族의 構成要素는 民族 個個人이다。그러므로 아무리 制度를 고치고 機構를 改編한다 할지라도 그 制度를 움직이는 個人이 如前하다면 前過를 되풀이할 수밖에 別도리가 없을 것이다。우리가 此際 「人間改造」를 부르짖고、「民族的 自覺」을 요청하는 所

以도 바로 여기에 있다。

더구나 「民族愛의 缺乏」이라든지、「特殊 特權意識」이라든지 「派黨主義」는 歷史的인 뿌리를 가지고 있기 때문에 이것을 完全히 뽑아 버리기에는 相當한 困難이 있을 것이다。

이러한 惡質的인 民族의 根性은 事大主義、班常嫡庶의 階級觀、四色黨爭等과 決코 無關한 것이라고 할 순 없다。依存思想이나 阿附根性、支配者에 對한 盲從等도 李朝 五百年의 歷史에 그 根源이 있다。派閥과 排他로 民族分裂을 助長하는 特殊 特權意識도 過去의 封建的인 身分制度 官僚制度에 直接的인 淵源이 있는 것이다。派黨意識도 李朝史에 뿌리 박고 있다。四色黨爭의 始初를 考察해 보면 政策上의 싸움이 아니라、官職 爭奪을 爲한 對立反目에서 發生했다는 事實을 알 수 있을 것이다。

李朝黨爭의 오랜 系譜는 마침내 壬亂을 거쳐 舊韓末의 悲劇과 韓·日合倂의 最後를 가져왔다는 것은 너무도 뚜렷한 事實이다。이러한 歷史的 悲劇을 우리는 똑똑히 알고 있으면서도 또 다시 前近代的인 派黨意識의 捕虜가 되어 政爭을 일삼는다는 것은 얼마나 어리석은 일이겠는 가。

참으로 무서운 것은 個人의 意識 속에 있는 이러한 「惡質的인 根性」이다。그러므로 人間改造는 自己意識의 革命이며 나아가서는 自由 民主主義下에서 살 수 있는 人間의 資質을 形成하는 것이다。다시 말하면 「自我의 確立」이 先決問題이다。自我가 確立된 個人이 없고 服從과 隷屬下에 있는 封建的 身分關係만이 있을 때、阿附와 事大에의 依存과 特殊 特權의 奴隷가

되는 것이다。自我의 確立이 없고、아버지와 아들、主人과 奴婢、어른과 손아래等의 關係에서

는 平等도 없고 人權도 없다。그러한 封建的 關係 속에는 平等이니 人權이 介入할 餘地가 없는

것이다。自己의 確立이 없으니 自己의 人權이 있을 리 萬無하고、自己의 人權이 없으니 남의 人

權을 어떻게 尊重할 줄 알겠는가。自己確立이 없을 때、남에게 依存하게 되고、派黨을 지어

民族을 害치는 것이다。自己의 確立이 없으면 民族共同體의 一員이라는 自覺的 主體도 없으

며 民族愛를 가질 바탕도 없는 것이다。自己의 確立이 있고난 뒤에야 民族의 一員이라는 確固

한 自覺이 설 것이요 阿附와 事大根性이 얼마나 自己를 冒瀆하며 民族을 害치는 것인가를 깨

달게 될 것이다。

西歐에 있어서의 近代의 過程은 個人의 確立을 基礎로 하고 있다。個人의 確立이 없는 곳

에는 近代化도 없고 民主主義도 없다。自己를 確立한다는 것은 먼저 自己를 안다는 뜻이다。

自己를 안 다음에야 他人을 알고 나아가서는 民族을 알게 될 것이다。그리고 自己를 신뢰하게 될

것이며 나아가서는 民族을 信賴하게 될 것이다。남을 믿고 信賴한다는 것과、남에게 依存한다

는 것과는 엄청난 差異가 있다。거기에는 封建과 近代의 差異 바로 그것이라 하겠다。남을 알

고、남을 믿는 데서 참다운 妥協과 協力이 可能할 것이다。

自己를 確立한다는 것은 自律性과 自發性을 確立한다는 意味이다。自律性과 自發性이 없을 때

他律에 强要되고 支配된다。설령 그것이 羊처럼 順한 服從이라 하더라도 近代的 民主化의 過

程을 가로막는 要素라는 사실을 깨닫지 않으면 안될 것이다。自己의 生活에 있어서도 自律的

自發的이어야 할 것이고、自己思想의 判斷에도 自律的 自發的이어야 할 것이며 投票等 各種 政

治參與에 있어서도 역시 그러해야 할 것이다。

依他와 事大根性은 自律性과 自發性이 없다는 證據에 不過하다。지난날의 賣票行爲 不正

贈收賄等 各種의 陰性的이며 非正常的인 事態는 그 根源을 따져 들어가면 結局 自己의 確立

이 없는 데서 오는 것이었다。自己를 믿고、自己가 든든하고、確固하다면 어떠한 甘言利說이나

不正 不法에도 휩쓸려 들어가지 않을 것이다。

오늘 우리 民族에게 가장 切實히 要求되는 것은 무엇보다도 먼저 「自己의 確立」이다。이것만

이 지난날의 腐敗와 不正을 一掃할 수 있는 根本的 契機가 된다고 해도 過言은 아니다。

二 民族社會의 再建

（1） 社會正義의 實現

오늘 우리 社會에 있어서는 무엇이 옳고 무엇이 그르며、어느 것이 正當하고 어느 것이 不

當하다는 어떤 規準이 서 있지 않다는 것은 事實이다。어느 것이 健全하고 어느 것이 不健全한가

하는 것을 區別하는 어떤 客觀的 尺度도 없다。客觀的 規準、尺度가 없으니까 自然히 自己와 自

派利益에 符合되면 무엇이든지 옳고 合法的이며、自己와 自派의 利益에 不利하면 그르고 不法

的이라고 判斷하는 것이 現在의 實情이다。政治、經濟、道德 其他 文化 全般에 있어서 그렇다。

말하자면 社會正義의 아나키즘的 狀態에 있다고 해도 過言이 아니다。萬事가 自己를 標準으로

하고 自派中心으로 解釋하는 판국이니 여기서 意見의 衝突、利害의 相反과 極端的 對立이

招來될 것은 너무도 當然한 일이다。이리하여 個人과 個人이 不和하고、團體와 團體끼리 反目

하고、나아가서는 謀略과 中傷이 판을 치고 事事件件이 暴力 暴行으로 發展한다。

自己가 하는 일은 모두가 옳고 남이 하는 일은 모두 그르다는 思考方式、自己가 하는 事業

은 合法的이며 國家 民族의 利益에 合致하고、남이 하는 事業은 모두 不法的이며 國家 民族에

有害하다는 思考方式、自己가 研究하는 學問은 높은 評價를 받을 수 있지만 남이 研究하는

學問은 한푼의 價値도 없다는 式의 思考方式、이러한 自己中心의 思考方式이 社會秩

序를 混亂케 하는 心理的 原因이라 하겠다。이러한 思考方式이 政黨에 反映되면 自黨의 政綱政

策은 國利民福에 符合하지만、他黨의 그것은 反國家的 反民族的이라는 見解를 갖게 된다。이

런 것이 極端的으로 흐르면 나는 그런 行動을 해도 너는 할 수 없다든지、나에게는 그럴 自由

가 있지만 너에게는 그럴 自由가 없다든지 하는 思考方式도 튀어 나오게 된다。

이리하여 남이야 죽든지 말든지、民族과 國家야 亡하든지 말든지、나 自身만 잘 살고 내 家

族만 奢侈하고 내 派만 有利하면 萬事 그만이라는 생각이 어느새 普遍化하여、그것이 오히려

當然한 것같이 되어버렸다。兵役忌避者는 똑똑하고 못하는 사람은 오히려 바보 取扱을 받았다。

公務員으로서 收賄도 못하면 오히려 그러한 淸廉한 公務員이 도리어 吏道의 異端者로 冷視를

당했다。情實人事、獵官運動、貪官汚吏、不正蓄財가 當然視되고、그러한 짓을 못하는 사람은

賤待를 받았던 것이다。法보다 주먹이 센 놈이 이기는 世上、빽 있고 돈이 있는 사람만이 살 수

있는 世上、弱하고 돈 없고 빽 없는 사람은 못사는 不平等의 社會가 되었던 것이다。 모든 것이 逆理로서만 通하고 不法과 不正만이 順應할 수 있었던 것이 過去의 우리 民族社會였다。 모든 것이 뒤집힌 社會、價値가 顚倒된 社會였다。

그러나 언제까지나 이러한 狀態로 그냥 내버려 둘 수는 없다。 이러한 非正常的인 社會를 다시 뒤집어 엎어서 새로운 正常的 社會로 만들지 않으면 안될 것이다。社會正義가 回復되어 무엇이 옳고 그른가를 明白히 가려낼 수 있는 그런 社會를 建設하지 않으면 안되겠다。 오늘 우리는 社會의 구석구석에 彌滿한 過去의 不正과 不法을 果敢하게 도려내는 一大手術을 加하지 않으면 안될 것이다。社會正義가 回復되고 價値判斷의 規準이 客觀的으로 確立되어야 할 것이다。 思考하고 判斷하고 行動하는 共通的 規準이 서서、서로 믿고 사랑하며 生活할 수 있는 그런 健全한 社會가 再建되어야 하겠다。公務員은 本然의 吏道로 돌아가고、實業家는 良心的인 商品生産에 注力하고、모든 紹介와 案內와 去來에 있어서 信用이 回復되어야 하겠다。

사람은 누구를 不問하고 生存權이 있다。 그러나 남의 生存權을 侵害하면서까지 自己 生存權을 伸張하려는 態度는 적어도 正義가 實現되어 있는 社會에서는 絶對로 容納될 수 없다。 더욱이 人權과 自由가 保障된 民主主義 社會에 있어서는 到底히 容納될 수 없는 것이다。 자기도 살고 남도 살고、自派의 利益과 民族全體의 利益이 合致되는 데서 우리는 思考하고 行動하지 않으면 안될 것이다。 말하자면 全體의 利益과 個人의 利益이 合致되는 데서 우리의 社會正義는 實現되어야 할 것이다。

그러나 個人과 全體의 利益은 調和되기보다 오히려 相反되기 쉽다. 이러한 相反과 對立을 適切하게 調節하는 데서 「衡平의 原理」 즉 社會의 正義가 回復되는 것이다. 全體의 利益과 個人의 利益이 相反 對立할 때는 個人의 犧牲과 統制로써 合致點을 發見하지 않으면 안될 것이다. 個人과 全體의 利益이 相反 對立할 때、 거기서 自己를 統制하고 抑制하면서 全體와 個人의 合致點을 摸索하고 發見하는 것이 所謂 「良識」이요、 이것을 民族的 見地에서 본다면 「民族的 良心」이라 할 수 있다. 良識이 回復되고 民族的 良心이 復活됨으로써 앞으로 우리 民族 全體가 繁榮할 수 있는 社會正義가 實現될 것이다.

(2) 社會的 經濟的 平等

「사람 위에 사람 없고 사람 아래 사람 없다」는 標語가 있지만、 아직도 우리 社會에 엄연히 存在하고 있는 여러가지 差別과 不平等은 前近代的 封建的 要素임은 두말할 必要조차 없다. 만약 近代的 民主主義에서 人間平等 思想을 빼버린다면 그것은 空氣빠진 고무 뿔처럼 한갓 無用한 抽象的 觀念에 不過할 것이다.

特히 우리 民族에겐 다른 사람을 下視하고 賤視하는 傾向이 있다. 말하자면 一種의 差別意識 特殊意識에서 나온 差別과 不平等의 現象인데、 이것이 道德的인 關係에서 顯著히 드러났던 것이다. 「언덕을 내려봐도 사람은 내려보지 않는다」는 俗談도 있지만、 사람이 사람을 蔑視하고、 同胞가 同胞를 下視한다는 것은 特히 民主主義的 平等社會에서는 도저히 容納할 수 없다. 사람은 親面과 血緣의 親疎로서 人事와 禮節이 있어야 하겠지만、 職業이나、 貧富의 差異로서 사

람을 差別待遇한다든지、 사람을 無視한다든지 하는 것은 이미 人事도 아니며 禮節도 아니

다。 그것은 特殊意識 特權意識의 發露며 平等思想의 缺如 以外 아무것도 아니다。 職業이나 貧

富의 差異 때문에 서로 無視하고 賤視한다면 이것도 民族分裂을 助長하는 한 原因이 될 것이

다。精神的으로나 道德的으로나 어떠한 關係를 不問하고 이러한 不平等의 現象이 드러난다는

것은 아직도 近代的 民主精神의 洗禮를 받지 못했다는 證據다。

精神的 道德的 平等은 모든 平等權의 基本이 될 것이다。 그러나 우리가 特히 注視하고 이것

의 實現을 爲하여 傾注하고 싶은 것은 보다 「實益있는 平等權」의 保障일 것이다。

現在 우리는 憲法에 依하여 政治參與의 平等이 保障되어 있는 것은 選擧權뿐

公務擔當權이 그것이다。 그런데 實質的으로 完全히 그 平等이 保障되어 있다。 選擧權과 被選擧權 그리고

일 것이다。 選擧權이란 結局 投票權인데、 投票權만은 貧富의 差、學識의 有無 程度等의 拘碍

를 받지 않고, 누구나 平等한 「한 票의 權利」를 가지고 있다。 그러나 이것도 自由黨 治下에서

는 官權과 金權의 威脅으로 말미암아 投票權이 實質的으로 剝奪되었던 事例가 한두 번이 아니

었다。 그런데、 投票의 平等權은 有權者가 스스로 깨닫기만 한다면 어느 程度 完全하게 保障될

수도 있다。

그러나 被選擧權과 公務擔當權만은 그렇게 쉽사리 解決을 볼 수 있는 性質의 것이 못된다。

이러한 權利도 勿論 法的으로는 그 平等이 保障되어 있지만 實際의 行使 즉 立候補에 있어서

는 個人의 意思보다 經濟的 能力에 左右될 것이다。 또 官權에 依하여 立候補 手續節次가 妨害

되어 立候補 登錄을 하지 못해서 結局은 被選擧權이 剝奪되는 例도 없잖아 있었다. 다시 말하면 돈 있는 사람은 被選擧權을 行使할 수 있고 돈 없는 사람은 行使할 수 없다는 矛盾도 생기고、與黨候補者면 立候補하기도 容易하지만 野黨出身인 境遇에는 立候補 手續마저도 危殆로울 때가 있었다. 말하자면 貧富의 差와 官權이 이러한 國民의 基本權의 平等을 侵害하고 심지어는 剝奪까지 하는 것이다. 앞으로는 平等權을 侵害하고 剝奪하는 모든 要素를 除去하여、名實 相符한 平等權이 確立되지 않으면 안될 것이다.

經濟的 能力에 依하여 平等權의 制限을 받는 것은 參政權뿐만 아니고、法的 救濟의 要請 즉 訴訟事件에서도 顯著하게 드러나는 現象이다. 自己의 權利 回復을 主張하려고 해도 法的 手續 節次의 複雜性 技術性과 巨額의 訴訟費用은 事實上「法 앞에는 萬民이 平等하다」는 말을 無色케 하고 있다.「法 앞에는 萬民이 平等하지만 經濟能力에 따라서 不平等할 수 도 있다」는 것이 現實的 結論이다.

그러므로 平等이라 하면 아무래도「經濟的 平等」이라는 말을 먼저 생각하게 된다. 經濟的 平等이란 財産의 公有나 公平한 分配를 意味하는 것이 아니라 最低의 生存權의 確保에 있어서 平等해야 한다는 意味다. 職業의 機會를 平等하게 賦與하며、個人所得을 最低線에까지 平等하게 끌어 올려 國民의 最低生活이 平等하게 保障될 수 있어야 한다는 뜻이다. 이것이 實現되어 民族의 福祉社會가 建設되지 않는다면 우리가 바라는 自由民主主義는 또다시 커다란 危機에 直面할 것이다. 앞으로의 우리 社會는 職業이 平等하게 保障되고 醫療消費의 均衡이 保障된

福祉社會라야 할 것이다。 貧困、饑餓、低所得은 우리 民族이 標榜하는 近代 自由民主主義에 대한 가장 危險한 挑戰이 될 것이다。 共產主義가 노리는 것도 自由社會의 이러한 虛點이다。

그러기 때문에 自由民主主義 國家가 불가불 放任에서 計劃으로、夜警國家로 志向하지 않을 수 없게 된 것도 바로 여기에 있다。 오늘날 自由民主主義는 自己 內部가 가지고 있는 스스로의 敵을 捕捉하여 處理하지 않는다면 共產主義에 먹힐 憂慮가 없잖아 있다。

오늘 革命政府가 經濟政策에 特히 重點을 두고 民族的 總力을 傾注하고 있는 것도 이 때문이다。 經濟計劃을 樹立하고、 國土建設事業을 積極 推進하면서 莫大한 資金을 投入하는 것도 失業者를 救濟하고 이 땅에서 貧困과 饑餓를 추방함으로써 名實 共히 「經濟的 平等」을 實現시키기 爲함이다。 國家經濟의 여러가지 방대한 計劃과 實行이 우리 民族에 있어서는 政治革命、人間革命과 더불어 社會改革의 不可避한 一環임을 確信한다。 이리하여 우리 民族이 「經濟的 平等」을 享有하게 될 때、 다른 모든 平等權이 同時에 實現될 것이다。 現在 우리 民族 全體를 사로잡고 있는 差別과 不平等이라는 前近代的 現象의 쇠사슬을 果敢하게 끊고 民族의 繁榮과 幸福을 實現할 수 있는 自由와 平等의 社會를 再建하지 않으면 안될 것이다。

(3) 個人經濟生活의 保障

그러나 經濟問題는 오늘 우리 民族의 최대의 苦悶이기 때문에、 또 이것이 自由民主主義의 基礎이기 때문에、 項目을 달리해서 좀 더 强調하지 않을 수 없다。

오늘 우리 民族이 直面하고 있는 최대 危機의 하나가 아직도 貧困에서 解放되지 못했다는 사실이다. 옷이 없는 동포, 집이 없어서 거리를 헤매고 있는 동포, 먹을 것이 없어서 굶주리고 있는 동포, 이렇게 많은 동포들이 最低生活의 惠澤을 받지 못하고 있다는 사실이다. 同胞의 一部가 아직도 貧困과 生活의 不安에서 解放되지 못했다는 것이 오늘 우리 民族全體에 가져온 不幸의 要因이었다는 것을 잊어서는 안될 것이다.

나 혼자만 잘 살면 된다든지, 一部 特殊層만 잘 살면 된다든지 하는 생각은 現代의 民主主義 社會에 있어서는 容納되지 않는다. 남이 잘 살고 남이 富裕할 때、 동시에 내 生活과 내 財産도 保障된다는 것은 구태어 民族의 共同運命을 強調하지 않는다 할지라도 當然한 現代社會의 必然性이다。 남이 못살고 있으면 自身의 生活과 財産도 동시에 威脅을 받는다。 오늘 우리의 個人的 經濟生活이라는 것은 個人的인 것에 머무는 것이 아니라 그것이 必然的으로 社會的 影響을 가진다는 것과 民族全體에 影響을 미친다는 것을 잊어서는 안될 것이다。

그러므로 同胞의 一部가 굶주리고 헐벗고 있는데 自己만 잘 입고 잘 먹으면 된다는 利己中心의 생각은 反民族的인 態度라 하지 않을 수 없을 것이다。 우리가 社會의 構成員이라는 것과 民族共同體의 一員이라는 것을 否認할 수 없고、 또 여기서 벗어날 수도 없는 以上、 同胞가 못 사는데 自己만이 잘 살수 있으리라는 생각은 참으로 危險하고 어리석기 짝이 없는 妄想이라 하겠다。 個人의 經濟活動이란 어디까지나 自由다。 所得面에서나 消費面에서도 그렇다。 그러한 經濟活動의 自由속에서도 民族의 共同運命을 強烈하게 意識하고 「經濟的 民族愛」를 昻揚하고 發揮해야 할 것이다。

그런데 이러한 民族의 共同運命에 대한 意識과 經濟的 民族愛는 政府의 經濟計劃의 實行에 積

極的으로 協力하는 데서 發揮될 것이다. 오늘 政府가 經濟復興에 積極的으로 注力하지 않을 수 없게 된 가장 根本的인 原因인 民族의 貧困相을 좀 더 統計數字上으로 보기로 하자.

一九六〇年에 提出한 「한국의 經濟改革方案에 관한 對美覺書」에서는 總勞動力을 九百萬四千으로 잡고 完全失業者를 百參拾萬으로 잡고 있다. 革命政府가 經濟開發 五個年計劃을 爲해서 調査한 바에 依하면 同計劃의 基準年度인 一九六〇年末의 失業者를 二百五〇萬으로 보고 있다. 大體로 韓國의 失業者는 百萬 以上이 된다는 것은 確實한 모양이다. (五·一六以後 國土建設事業의 적극 推進과 完全 雇傭政策이 奏效하여 失業者數는 相當히 減少되었다.)

失業者數가 이렇게 많고 보니 統計數字에 나타난 國民의 平均所得도 형편 없는 狀態를 보일 것은 明若觀火하다. 一九四九年 四月에서 一九五〇年 三月까지의 調査에 依한 所謂 「네이산報告」에서도 國民의 一人當 平均所得이고, 七〇弗밖에 되지 않는다고 되어 있다. 이 形便없는 所得 도 그 中 六七弗이 國民의 生産所得이고, 三弗이 外援所得이라고 한다. 더구나 全人口의 七割을 占有하는 農民의 貧困相은 더욱 酷甚하다. 一九六一年度 農業年鑑에 依하면 農民의 戶當 年平均 所得은 四一萬八千七百圜인데 戶當 平均支出額은 그보다 超過하여 四五萬三千五百圜으로서 每年 三만八千八百圜의 赤字를 示現하고 있다. 이러한 農家赤字가 離農을 招來케 하고 所謂 農村 高利債를 낳게한 원인이 되었던 것이다. 이러한 國民의 低所得, 農家의 赤字運營、 多數의 失業者는 이 民族의 貧困相을 如實히 드러낸 것이며、 또한 自由黨과 民主黨 治

下 十餘年이 남겨 놓은 가장 두드러진 足跡이었던 것이다.

이러한 貧困相이 나아가서는 窃盗, 殺人, 소매치기, 날치기 等 社會의 各種犯罪의 直接的

原因이 되었던 것이다. 또한 이러한 貧困相이 共産主義가 浸透해 들어올 수 있는 通路요 虚

點이었으며、 自由民主主義 그 自體를 威脅하는 敵이었던 것이다.

近代의 民主主義가 經濟政策에 특히 注力하고 個人의 經濟生活을 保障하여 社會의 各種福祉

制度를 만들려고 하는 것도 모두 이 때문이다. 한때는 政府의 放任政策만이 國民의 經濟活動

의 自由를 保障하여 繁榮을 이룩할 수 있다고 생각했으나, 이제는 그것이 貧富의 差異와 失業

者를 내게 하는 데 도움이 된다는 것을 確實히 알게 되었다. 이래서, 放任과 計劃을 併用하고

個人의 經濟生活의 保障을 위하여 積極的으로 關與하고 計劃하게 된 것이다.

民族繁榮과 幸福의 重要한 目標가 個人의 經濟生活의 保障에 있는 만큼, 政府는 이에 強力한

行政力을 發揮하지 않으면 안될 것이다. 오늘 國土建設事業으로서 經濟五個年計劃을 樹

立하고 實行하는 것도 모두가 經濟再建、 産業革命으로서 失業者를 救濟하고 國民所得을 向上

시켜 個人의 最低經濟生活을 保障해 주기 爲해서이다. 우리는 앞으로 계속해서 産業復興에 盡

力하는 한편, 失業者手當制라든지 失業者保險制라든지 職業紹介所의 事業、 勞動市場의 統制等

으로써 所謂 社會福祉制度를 만들어야 할 것이다.

(4) 個人의 人權과 自由

民族의 한 사람으로서 나도 살 權利가 있고, 나도 생각하고 말할 수 있는 權利가 있고、 나

도 政治에 參與할 權利가 있다는 이른바 權利意識을 滿喫할 수 있는 社會가 앞으로 반드시 到來할 것이다. 國家는 내가 살고 내 家族이 살 수 있도록 適切한 保障을 해 주어야 하고, 生存權을 어떤 制度나 施設에 依하여 保障해 주어야 한다고 우리는 主張할 수 있어야 한다. 그러한 主張과 要求를 할 수 있는 社會的 政治的 環境이 助成되어야 하고、 또 그러한 主張과 要求가 法的으로 經濟的으로 實效를 거둘 수 있어야 한다. 앞으로는 自己의 生存權을 누구나 平等하게 要求할 수 있는 社會가 되어야 한다. 또 이러한 要求가 法的 保障 밑에 그러한 要求를 하는 民族의 一員 즉 個人에게 實質的인 利益이 돌아가야 한다. 實質的인 受益이 없고 다만 그러한 要求만을 할 수 있다면、 그러한 保障은 아무 所用도 없을 것이다.

그러나 自己 生存權의 要求도 無制限 無條件의 權利라고는 할 수 없다. 自己는 놀고 빈둥빈둥 虛送歲月만 하면서 同胞나 政府의 保護만을 받으려고 한다면 生存權의 濫用 以外 아무것도 아닐 것이다. 놀면서 먹여 살려 달라는 것은 얼마나 염치 없는 要求이겠는가 말이다. 아무리 自己 生存과 幸福을 追求할 수 있는 天賦의 權利가 있다 하더라도 亦是 權利의 濫用이라 하지 않을 수 없다.

어쨌던 머지 않는 將來에는 國民의 基本權의 하나인 生存權이 完全히 保障될 수 있는 福祉制度가 실현되어야 할 것이다.

또한 우리는 누구나 생각하고 말할 수 있는 權利가 保障되지 않으면 안된다. 나도 생각하고 말할 수 있는 權利가 있는 것과 같이 他人도 또한 말하고 생각할 수 있는 權利가 同等하게 있다는 것을 認識하지 않으면 안될 것이다. 우리는 무엇이든지 생각하고 무엇이든지 自由로이 發表할 수 있는 權利를 가진다. 또 남이 發表한 것을 自由로이 批判하고 討論할 수 있는 權利도 동시에 가진다. 또 내 자신이 發表한 言論이나 思想이 他人에 依하여 批判되고 自由로이 討論된다는 사실을 잊어서는 안된다.

社會環境과 法은 이러한 言論과 思想의 自由를 基本權利로서 完全히 保障하지 않으면 안된다. 法에 依하여 言論과 思想의 發表가 保障되고, 政府施策에 대한 建設的인 批判도 容認되고 保護되지 않으면 안된다. 自由로운 思想과 發表와 그리고 그것에 對한 公開的 討論과 批判은 近代 自由民主主義의 核心的 要素다. 어떠한 일이 있더라도 앞으로는 이러한 權利가 法律로써 保障되어야 하고 또 그것이 實效를 거둘 수 있어야 한다.

그러나 아무리 言論과 思想의 自由라 하더라도 無制限한 것은 아니다. 良識에서 벗어난 放縱的 思想과 言論、民族을 分裂시키고 民族을 害롭게 하는 思想과 言論은 道德的으로나 法的으로도 容認될 수 없을 것이다. 「良識의 基準」에서 벗어나거나、나아가서는 民族全體의 利益을 害치는 發言은 그것이 社會의 發展보다 오히려 不幸을 가져오며、나아가서는 民族全體를 危機로 몰아넣을 것이다. 그리고 그것이 結局은 民族뿐만 아니라、自己自身까지도 破滅로 이끌 것이다. 오늘 共産帝國主義가 民主主義를 假裝하고、言論과 思想 自由의 權利를 利用하여 宣傳과 煽動을 한다면 얼마나 危險하겠는가 생각해 보라. 아무리 言論과 思想의 自由가 保障되어 있다 할지라도 民族全體의 利益을 害치거나、그러한 權利를 保障하고 있는 法的 秩序와 社會制度를 破

壞하는 것이라면 到底히 容納될 수 없을 것이다.

如何間 앞으로는 自由로이 생각하고 말할 수 있는 權利가 確固히 保障되지 않으면 안될 것이다. 또한 이러한 基本權이 階級이나 身分이나 貧富의 差異가 없이 平等하게 保障되지 않으면 안될 것이다. 農民이나 學者나 政治家나 實業家나, 누구를 不問하고 이러한 權利는 平等하게 保障되어야 하고 平等하게 享有되어야 한다. 이리하여 政治、經濟、文化、各部面에 對해 個人의 思想과 見解는 最大公約數로 集約되어 民族의 公論으로 形成되면 더욱 좋은 것이다.

各部面 各方面에 대한 民族의 公論、民族의 共通見解가 形成되어 그것이 政府政策의 强力한 背景이 된다면 모든 政府施策이 順調롭게 進行되고 그 施策의 效果도 十分 發揮될 것이다. 또한 이러한 公論과 見解가 時代와 情勢의 變遷에 따라서 適宜 修正되고 變化하면서 새로운 慣例와 傳統이 形成된다면 더욱 좋을 것이다.

이 밖에도 우리의 權利는 數多하다. 또 우리는 다른 民族에게 못지 않는 좋은 憲法을 가지고 있다. 우리 民族이 世界 여러 國民들이 누리는 것과 조금도 모자람이 없는 여러가지 人權이 憲法에 明文化되어 있다. 憲法이 人權을 規定하고 있고 政府가 그것을 强力하게 保障하는 以上, 우리 民族이 누려야 할 諸權利는 完全히 實現되고야 말 것이다. 政治하는 사람은 말할 필요도 없고、法을 運營하는 사람이나 國民도 이러한 諸權利가 確實히 保障되고 實現되지 않을 수 없다는 意慾과 信念을 가져도 좋을 것이다. 이러한 意慾과 信念이 全民族的인 것이 될 때、우리 社會는 過去 어느 때보다 가장 人權이 잘 保障되고 말 것이다.

뿐만 아니라, 우리는 우리의 權利를 發見하고, 그것을 積極的으로 實現시키기 위하여 共同으로 努力하지 않으면 안될 것이다. 잠자는 權利는 權利가 아니다. 良識에 어긋남이 없고, 民族全體의 利益에 矛盾됨이 없는 限, 우리는 自身의 權利 發見에 努力하고, 그러한 努力이 成果를 거둘 때, 結果的으로 그것이 他人의 權利로 擴張될 것이요, 民族全體의 權利로 擴大될 것이다. 이것이 또한 우리 民族의 繁榮과 幸福이 아니고 무엇이겠는가.

우리는 또 基本權의 하나로서 自由權을 主張한다. 사람은 누구를 不問하고 나서 죽을 때까지 自己 뜻대로 하고 싶고 자기 마음대로 하려고 한다. 自由는 사람의 本能이다. 사람은 自由의 主體이다. 그러나 혼자로서는 自由고 不自由고가 없다. 다른 사람과의 관계, 다른 集團과의 關係에서만 항시 自由가 問題된다. 自由란, 社會關係를 갖는 데서만 그 意義가 있고, 또 그것이 權利로서 문제가 된다.

우리 民族은 아마 역사상 自由를 누려 보지 못한 많은 民族 가운데 하나일 것이다. 李朝 五百年만 하더라도 身分과 階級에 依한 上下服從關係, 다시 말하면 支配하고 支配 받는 關係에 있었지 自由라곤 없었다. 支配하는 사람은 支配하는 立場이 있었기 때문에 自由意識을 가져 보지 못했었고, 被支配者는 노상 屈服과 隸屬下에 있었기 때문에 自由를 누려 보지 못했다. 支配層은 支配한다는 權力意識의 捕虜였고, 支配를 받는 사람은 自身의 萎縮 속에서만 살아 왔다. 어떤 時代 어떤 社會를 불문하고 人間關係라는 것은 없을 수 없다. 그러나 그것이 對等하고 自由로운 人格으로서의 關係와 支配와 服從의 關係에는 엄청난 時代的 差異가 있다. 東學亂같이

政府를 相對로한 民衆運動이 없었던 것은 아니지만、 그러한 運動이 近代的 自由民主主義 思想
을 背景으로 한 것이 아니고、 漠然한 自由意識이었을 뿐이다.

그런데 우리 民族의 自由는 日帝治下의 民族抗日運動 過程에서 歷史的으로 形成되었다고
볼 수 있다. 一九一九年 三・一 抗日鬪爭은 「윌슨」大統領이 主張한 民族自決原則에 刺戟되어
일어난 民族의 自由와 獨立을 爲한 運動이었다. 三・一運動을 비롯한 여러 民族運動은 그것이
「民族的 自由」를 위한 運動이었지、「個人의 自由」를 위한 運動은 아니었다. 順序的으로 보면
個人의 自由가 먼저 確保되고 그것이 나아가서 「民族的 自由」로 上昇 發展해야 하겠지만、 우리
民族의 崎嶇한 近代史는 自由權의 發展에도 그 前後의 顚倒가 있었던 것이다. 그것은 歷史的
時代的인 條件 때문이라 치더라도、 眞正한 自由는 먼저 個人의 自由에서 出發하지 않으면 안될
것이다. 個人의 自覺에서 出發하지 않으면 안될 것이다.

그런데 八・一五 民族解放은 自律的인 것이라기 보다 他律的인 民族解放이었고、 異民族의
拘束에서 完全히 벗어난 民族解放은 벅찬 解放의 感激과 더불어 「自由의 過剩」에 빠지고 말았
던 것이다. 內部에서 自己努力에 依하여 實現된 것이 아니고、 外部에서 들어닥친 自由의 물
결이기 때문에 그것을 消化하고 選擇할 겨를도 없이 그 물결 속에 빠져 버렸던 것이다.

이윽고 大韓民國이 樹立되어 國民의 基本權으로서 憲法이 規定되었지만、 그것은 한갓 文書上
의 抽象的 規定이었을 뿐이었다. 政府가 그것의 實現을 위하여 努力하기는커녕 도리어 그러
한 自由權을 스스로 짓밟기가 일쑤였다. 이리하여 政府의 유린에 시달리게 된 自由는 「政府의

強壓에서 벗어나려는 「自由」「政府의 彈壓에서 벗어나려는 民權」의 形態로 싸웠던 것이 自由黨 治下였다.

한편 國內의 經濟事情 즉 貧困、饑餓、失業等은 民族의 基本自由에 대한 重大한 威脅을 加했고、밖으로는 共産帝國主義의 侵略이 民族의 自由를 무너뜨린

四月革命의 德分으로 政權을 잡게 된 民主黨 治下에서는 도리어 自由의 過剩現象이 일어났다.

自由의 過剩이라기보다 차라리 「混亂과 無秩序의 過剩」이라는 것이 더 適切한 表現일 것이다.

四月革命의 餘波라고도 할 수 있겠지만、暴力과 데모는 到處에서 人權과 自由를 짓밟고、容共

中立思想은 北傀의 宣傳에 同調하여 나라 안은 極度의 混亂에 빠졌던 것이다.

이리하여 한때 政府가 蹂躪했던 自由權을 이제는 같은 同胞끼리 짓밟기 시작했던 것이다.

個人이 個人의 自由를 짓밟고、集團이 集團의 自由를 짓밟는 이러한 아나키즘的 狀態에서

個人의 生命의 不安까지 威脅을 받았던 것이다. 四・一九가 政府의 權力濫用에서 國民의 自

由를 다시 찾았다면、五・一六革命은 社會의 混亂과 無秩序에서 짓밟히던 自由를 도로 찾은 것

이라고도 볼 수 있다.

人生이란 自由의 實現過程이라고도 할 수 있다. 自由의 實現過程에 個人의 幸福과 繁榮이

있다. 個人으로서의 自由를 實現하면 그것이 곧 民族自由를 實現하는 것이 되며、個人의 繁榮

과 幸福을 實現하게 되면 곧 그것이 民族의 繁榮과 幸福의 實現으로 直結될 것이다. 우리는 自

由에서 個人을 찾고 民族을 찾아야 할 것이다. 또한 우리는 自由에서 自我를 實現하고、自由에

서 民族愛를 發揮하여야 할 것이다.

(5) 自治能力의 向上

그러나 自由는 마음 내키는 대로 하는 것이 아니다. 마음 내키는 대로 하는 自然的 行動은 恣意나 放縱이지 決코 自由는 아니다. 恣意와 放縱만큼 自由를 좀먹는 것은 아마 없을 것이다. 恣意와 放縱은 自由의 最大의 敵이라 해도 過言이 아니다. 自由는 限界를 가지고 있다든지, 自由는 責任을 同伴한다든지 하는 것은 이미 常識的 見解가 되어 있다. 自由가 限界를 넘어섰을 때, 이미 그것은 自由가 아니라, 放縱과 恣意이며, 그 結果는 秩序를 破壞하고 社會를 混亂에 빠뜨린다. 自由가 限界를 넘어섰을 때 自由 그 自體를 否定하게 된다. 自由에 對한 最大의 挑戰者는 放縱과 恣意다.

自由는 自己保全을 爲하여 限界를 가지고 있고, 또한 限界를 지키기를 強要한다. 自由의 진정한 發見, 진정한 認識은 이러한 自由의 限界를 發見하는 데 있고 自由의 진정한 實現은 自由의 限界를 지키는 데 있다. 自由는 自由 自體를 다스린다. 이것이 自治槪念의 出發點이요, 終着點이기도 하다. 우리는 個人으로서 政府나 其他 外部에서 다스려 주고 支配해 주기를 바라지 말고, 스스로 다스려야 할 것이다. 干涉을 받아서 움직이고, 支配를 받아서 服從한다면 이미 그것은 自治가 아니다. 그것은 自由가 아니라 服從과 隸屬에 不過하다. 恣意와 放縱도 自由의 敵이지만, 服從과 隸屬도 그에 못지 않는 自由의 敵이다.

自治는 自律이다. 自己가 自己를 다스린다는 것은 自己가 自己를 統制하고 抑制하고 나아가서는 自己를 犧牲한다는 뜻이 된다. 自治란 自由의 限界를 지켜 自己의 自由를 實現한다는 것에 不過하다. 그러므로 自由는 自治에서만 實現된다. 自治能力이 없는 個人, 自治能力이 없는 團體에는 眞正한 自由도 없다. 民族의 自由는 이러한 個人의 自由의 集約에 不過하다.

이러한 自治精神이 政治形態로 表現된 것이 地方自治制다. 그러나 個人의 自治에서 출발한다. 못한다면 한 地方의 自治도 不可能하다. 그러므로 自治制度는 먼저 個人의 自治에서 출발한다. 地方自治制는 中央集權制를 地方分權制로 志向하려는 民主主義 政治制度의 하나다. 中央의 集權的이며 劃一的인 行政權力을 止揚하고 地方의 利益을 위하고 地方의 繁榮을 最大限으로 圖謀하기 위하여 自治制度가 誕生된 것이다. 그러나 문제는 그러한 制度自體의 意義가 아니라 그러한 制度를 잘 運營해 나갈 수 있는 能力이 문제인 것이다. 우리는 우선 個人으로서 自己가 自己를 다스릴 수 있는 能力을 기르고, 거기서 一步 더 나아가 自己가 살고 있는 地方의 自治能力도 길러야 할 것이다. 地方自治制의 健全한 發展없이 健全한 自由民主主義의 發展은 없을 것이다.

（ **6** ） 奉仕意識의 向上

自由는 奉仕精神을 요구한다. 自由의 限界를 깨닫고, 그것을 지키려고 努力하면 할수록 自由는 奉仕精神을 要求한다. 차라리 自由는 奉仕精神에 뿌리를 박고 있다고 해도 過言이 아니다. 더욱이 自由에서 民族意識을 깨닫고, 民族共同體를 발견하면 할수록 民族에 대한 奉仕 意識이 요구되는 것이다.

아마 우리 民族만큼 奉仕精神에 不足한 民族도 드물 것이다. 民族 전체를 생각하고 民族의 共同運命을 意識한다면 어떻게 私利와 自派의 利益에만 血眼이 될 수 있겠는가. 民族이 다 같이 잘 살아야 나도 잘 살 수 있고 내가 잘 살아야 民族도 잘 살 수 있다는 생각이 있다면, 民族全體의 利益과 自己利益의 調和點에서만이 利益을 追求하게 될 것이고, 또 그러한 調和點에서 생각하고 判斷할 것이며, 나아가서는 民族을 爲하여 奉仕하고 犧牲하게 될 것이다. 우리는 自己를 犧牲하고 民族을 爲해서 싸우다가 殉死했으나 民族과 더불어 永遠히 살아 있는 愛國志士들이 있음을 알고 있다.

그러나 大體로 봐서 우리 民族에게 一大覺醒을 要求할 것은 「奉仕精神의 回復」이라고 생각한다, 우리 民族은 自古로 너무도 奉仕精神이 不足하였다. 自己의 名譽만을 너무 追求하고 自己의 利益에 너무 얽매인 나머지, 奉仕精神이 싹틀 精神的 餘地가 없었던 것이다. 奉仕精神이 缺如하게 되면 自然히 私利私慾을 追求하게 되고 私利私慾을 追求하게 되면 자연히 謀略과 中傷이 판을 치고 또 그것이 黨爭의 씨를 뿌리게 된다.

民族에 대한 愛情이 있고、同胞愛가 있다면, 自己를 犧牲하고 民族全體의 利益에 奉仕하게 될 것이다. 公務員은 公務員으로서 奉仕精神을 가져야 할 것이다. 警察官은 警察官으로서의 奉仕精神을 가져야 할 것이다. 農民은 農民대로, 勞動者는 勞動者로서 奉仕精神을 發揮해야 할 것이다. 公務員은 特히 國民에의 奉仕者라야 한다. 奉仕精神으로써 使命感에 불탈 때 비로소 吏道가 確立될 것이다.

奉仕는 自己 犧牲을 要求한다。 奉仕精神에 불타면 불탈수록 그만큼 自己犧牲을 增大시킨다。自己의 私的 利益을 追求하려는 慾心에 끌려서는 奉仕精神은 發揮되지 않는다。自己利益과 名譽도 重要하지만 奉仕精神은 그보다 먼저 民族全體의 利益을 더 重要視하고 民族全體의 名譽가 더 重要하다는 信念에서만 自己를 犧牲할 수가 있다。오늘 우리 民族은 너무도 自己利益에만 눈이 어두워 온갖 詐欺、欺瞞、不法、不正等 가지가지 手段에 魅惑되어 있다。偽造商品 模造商品等의 生産과 氾濫도 奉仕意識의 缺如에서 오는 것이라고 본다。

奉仕精神은 民族에 대한 뜨거운 熱情이 없고서는 不可能하다。民族에 대한 사랑、民主主義에 대한 사랑、自由에 대한 사랑이 없고서는 奉仕精神은 發揮될 수 없다。奉仕精神만이 民族을 救濟할수 있고、自由와 民主主義를 實現시킬 수 있으며 民族의 繁榮과 幸福을 達成할 수 있을 것이다。

우리 民族의 過去를 反省한다

—李朝社會史의 反省—

Ⅱ 우리 民族의 過去를 反省한다

― 李朝社會史의 反省 ―

一 李朝建國理念의 形成

李氏朝鮮時代를 「五百年」이라고 한다。 近六世紀 동안 韓半島의 支配者였던 世襲的 李氏王權은 그동안 多樣的 變遷이 있었음에도 不拘하고 그 밑바닥을 흐르는 한줄기의 特徵的 傾向性을 찾아볼 수 있을 것이며 李朝社會가 後代에 미친 영향력 역시 여러 가지 의미에 있어서 큰 것이 있는 것이다。 특히 四色黨爭이라는 長期的인 兩班階級의 紛爭은 하나의 惡習으로 고질화되어 해방 후 韓國政治史上에 延長된 감조차 없지 않다。

우리는 이제 李朝五百年을 現在라는 時點에서 다시 反省해 보아야 할 것이며 韓國史의 底流를 이루는 그 무엇을 붓잡아 앞날의 民族史의 創造를 위한 길잡이로 삼아야 할 것이다。

李朝史는 먼저 前期와 後期로 二分해서 생각하는 것이 좋을 것이다。 李成桂가 威化島 回軍이라는 軍事쿠데타를 계기로 해서 國家體制를 整備한 前期와、 大院君執政時 西歐、 日本 등 近代列强이 「隱者의 나라」 韓半島에까지 침략의 손을 뻗기 시작한 때를 기점으로 해서 「李朝時代 後期」로 삼는 것이 좋을 것이다。 또한 社會經濟史的 觀點으로 보아도 李朝前期는 高麗時

代의 中世紀的 封建制를 그대로 修正、繼承한 데 불과하고 根本的 社會變革을 시도했다고 볼

수는 없다.

軍事쿠데타를 통해 政權을 장악한 李成桂는 一三九二年 王代의 高麗王朝를 무너뜨리고 朝鮮

王朝를 건설하였다. 武人 李成桂는 麗末의 다난한 시기에 北方 女眞族의 侵略을 막아내고 海

岸을 침노하던 倭寇를 무찌른 名將일 뿐만 아니라 혼탁해 가기만 하는 高麗末期의 民心과

對外情勢의 추이를 통찰할 줄 아는 政治家이기도 했다.

그러므로 李成桂一派는 政權을 장악하자 먼저 民心收拾에 힘썼으며 우리나라 農村社會의 기

본이 되는 土地改革(田制改革)을 단행하여 公私土地文書를 모두 빼앗아 불태워 버리고 官吏와

農民에게 土地의 再分配를 약속하였다. 그리고 탐관오리배의 橫暴를 제지하기 위해 太宗 때

에는 「申聞鼓」를 두고 中央에는 活人院과 歸厚署를 두고、地方에는 「問民疾苦使」라는 것을 보

내어 貧民의 病을 고쳐주고 죽은者를 묻어 주었다고 한다.

이러한 李朝初期의 民心收拾策과 병행하여 高麗王朝에 寄生하던 舊勢力을 제거하기 위한 田

制改革을 비롯하여 李氏朝鮮王朝의 기틀을 마련해 갔으니 그 기둥이 되는 몇 가지 點을 들면

다음과 같다.

一、田制改革

二、對明外交와 事大主義

三、儒敎的 支配原理의 確立、排佛策

四、 官制整備—官人支配의 成長

五、 封建的 身分制度

이상 다섯가지의 施策은 주로 李朝建國의 社會經濟的 土台가 되었으며 그 중에서도 田制改革

은 威化島쿠데타 직후부터 四年間이나 保守派와 趙浚 등의 改革派 사이에 치열한 論爭을 일으

켰으나 一三九〇年 改革派가 승리하고 다음해에는 새로운 田制인 「科田法」이 公布되었다. 이

는 田制改革에 의한 秩序回復이 목적이었고 儒敎의 復古主義的인 周의 井田法、唐의 均田法과

같은 土地의 均等分配라는 改革派들 當初의 理想에는 이르지 못한 것이다. 그러나 土地所有制

가 근본적으로 달라진 것은 아니라고 하더라도 土地所有者層이 달라졌다는 것은 麗末의 낡은

支配勢力이 몰락하고 新興指導勢力의 擡頭를 위한 經濟的 기반을 마련했다는 點에서 커다란

의의가 있는 것이다. 또한 麗末의 私有化에 의한 土地制度의 문란함을 시정키 위해 李朝初의

田制改革은 土地國有制를 원칙으로 한 點에서 田地는 주로 官吏、功臣、王祀、官衙와 같은 官人

로 실시된 科田制는 高麗代의 「田柴科」와는 달리 受田者가 租稅를 부담하는 점에서 한발자욱

앞섰고 地主的 性格이 강화되기는 하였으나 中央集權的 封建制를 강화했다고 할 수 있으며 새

들에게 土地를 再分配한 點에서 李朝의 官人支配를 강화하게 했다.

이와 같은 土地所有者인 官人은 耕作者인 農民으로부터 租稅와 賦役을 긁어 들일 수 있으며

世襲的으로 官僚가 될 수 있는 資格層으로 인정되어 土地耕作이나 生産活動에는 손도 대지 않

았다. 그것은 儒敎的 支配倫理와 결부되어 生産勤勞는 賤視하되 官人이 될 수 있는 身分的 地

位를 과시하고 향락했던 것이다.

李朝의 官人體制는 佛教國家 高麗朝와는 달리 儒教的 教養을 기초로 한 知識人으로 구성되었던 것이다. 新王都를 開京에서 서울로 옮긴 李太祖는 强大國인 明나라에 대한 事大主義 外交政策을 결정하고 明皇帝로부터 「朝鮮王」의 册封을 받아야 國王으로서의 權威가 보증된다고 생각했던 것이다. 그와 아울러 儒教를 李朝의 國家理念으로 채택하고 排佛策으로 나오기 시작한 것이다. 이리하여 儒教의 國教化는 事大主義 對明外交와 긴밀한 관계를 가지고 李朝建國理念을 形成케 했으며 더욱이 封建的 身分制는 儒教國家的 官僚機構完備와 아울러 이러한 儒教的 封建主義라는 理念의 所產이었던 것이다.

그렇다고 李成桂가 威化島 回軍을 할 때 새로운 民族國家建設을 위한 뚜렷한 「뷔죤」을 가졌던 것도 아니며 統一新羅가 對唐事大主義를 自招한 이래 高麗朝의 儒教輸入과 事大主義에 불만을 품어 民族的 自主精神을 가졌던 것도 아니다. 釋王寺傳說은 믿을수 없는 것이나 그 傳說이 암시해 주듯이 여하튼 李成桂가 王權을 쟁탈하려는 執權意欲 이외에 별로 새로운 支配原理나 建國理念을 가졌던 것이 아니오 麗朝 舊勢力을 억누르기 위해서는 불가불 不平不滿에 차 있던 新興勢力과 손잡고 執政하여 國體를 再整備하지 않으면 안되었다. 그리고 쟁취한 王權을 國際的으로 보증받기 위해 당시 中國을 지배하던 强大한 統一國家 明나라에 대해 國家間의 形式的인 主從關係를 맺고、朝鮮이 中國에 예속한 王侯國으로 册封받고 中國의 年號를 사용하며 「明나라는 朝鮮에 대해 三年 一次의 朝貢을 命하였으나 朝鮮은 도리어 一年 三次의 朝貢을 自

請하고 그 이상을 實行했던 것이다」고 할 정도이다.

李朝五百年의 傳統的 對外政策은 「事大와 交隣」으로 요약할 수 있다。 事大란 强大國을 섬기는 것이요、交隣은 이웃나라들과 交通한다는 뜻이다。 李太祖는 即位하기 이전부터 親明策을 표방하여 왔고 即位한 후로는 王位의 承認、 國號의 擇定을 明帝에게 부탁하여 國號를 「朝鮮」이라 할 것을 승인 받았으며 朝鮮國王의 金印誥命을 구한 이래 事大政策은 李朝 全時代를 통하여 明과 淸에 대해 일관했던 것이다。 이러한 封建的인 主從的 性格을 띤 外交關係는 역시 貢物을 바치고 回賜物을 받아오는 그러한 通交關係를 형성했으며 朝貢使 등 각종 外交官의 出入은 넓子學과 中國文物을 輸入하는 데 박차를 가했으며 儒學者間에는 事大思想이 더욱 고질화해갔다。

朱李朝 이전의 우리 民族은 반드시 事大에만 흐른 것이 아니며 高句麗는 北으로 滿洲에까지 넓은 疆土를 가진 强大國이었으며 中原의 史家들이 「好戰的」이라고 평할 정도로 그들은 進取的이요 勇猛했던 것이다。 그러나 高麗朝의 妙淸의 亂을 계기로 해서 소위 「稱帝北伐論」을 내세워 民族自主性을 對外에 闡明하자는 尹彦頤一派의 주장이 꺾이고 옹졸한 事大主義者 金富軾은 「西京戰役」에서 이 승전의 기회에 「三國史記」를 지은 것이다。 金富軾의 事大主義的 國史觀은 「一、 韓國의 疆土를 바싹 줄이어 大同江 혹 漢江으로 國境을 定하고 二、韓國의 制度、 文物、 風俗、 習慣 등을 모두 儒敎化하여 三綱五倫의 敎育이나 받고 三、 그런 뒤에政治란 것은 오직 外國에 使臣다닐 만한 卑劣한 外交의 辭令이나 堪任할 人을 養成하여 東方君子國의 稱號나 維持하려 함이다」라는 丹齊의 批判처럼 民族自主的이요 傳統的인 香氣있는

史料는 모두 焚滅시켰으니 「三國史記」가 바로 그 張本이라 할 것이다. 金富軾은 우리의 귀

중한 古史중 仙史와 花郞世紀 등을 모두 滅種시키고 反事大的인 民族固有의 國學風을 전파 못

하게 하여 마침내 「三國史記가 唯一한 古史」로 되고만 것이다. 이 史實을 중히 여기는 民族史

觀의 權威라고 할 丹齊 申采浩先生은 「朝鮮歷史上 一千年來 第一大事件」이라고 하여 花郞道的

民族魂이 湮滅된 것을 개탄하였다.

이렇듯 高麗代에 이미 史風이 事大에 물들어 民族正義가 흔들리매 「皇都」「皇宮」 등 名詞까지

廢하고 八關會에 쓰는 樂府詩歌에까지 가져다가 「天子」니 「一人」이니 하는 文句가 事大外交

上 해롭다고 고쳐버리게 되었으니 「三國史記」와 같은 事大僞史 이외의 史書는 모두 秘藏치 않

을 수 없었다.

그러던 것이 李氏王朝에 와서도 李成桂가 쿠데타로 정권을 잡았다. 당시의 聲王思潮下에서는

內外政策에 「自主」를 띠려고 해도 「稱帝」하거나 封建的 主從外交를 부인하게 되면 형세가 불리

해질 것임으로 계속해서 三國史記 이외의 國學風의 古史를 다시 秘藏했던 것이다. 그리고 鄭道

傳이 高麗史를 編纂할 때 三國史記의 編法을 그대로 奉承하였다.

이렇듯 民族指導理念을 형성하는 데 있어서 가장 중요한 古代史籍들과 記錄이 인멸, 소실되고

實質的으로는 어느 정도 自立性을 견지하였다고 하더라도 形式上 史記에는 항상 從屬王國的인

觀念을 잔존시켜 後代 民族文化와 自立精神 形成에 큰 영향을 끼쳤으며 日帝侵略時 日人史家들

이 이러한 事大主義的 史風을 逆利用하여 植民地支配를 合理化하기까지에 이르렀던 것이다.

우리가 李朝史를 반성할 때 歷代王들이 帝王稱號를 택하지 못하고 王國主義로 일관한 것만을 가지고 그것을 흠으로 잡으려는 것이 아니라 李朝가 王國主義를 形式上으로나마 택한 結과는 하나의 主權을 가진 獨立國家의 긍지를 손상시키지나 않았나 하는 점과 아울러 事大慕華思想의 원천이 되는 儒教思想이 李朝에 受容되는 과정에서 民族的 主體性의 자세를 얼마나 강하게 견지하였는가 하는 점이다.

李太祖는 원래 崇佛的인 人物이었으나 그가 타도한 高麗가 末期에 佛教寺院의 私田化傾向으로 國庫가 피폐하고 民生이 도탄에 빠졌으므로 특히 麗末의 「佛弊」의 현저한 사실에 비추어 「前王朝의 弊風」을 一掃하려는 革新的 風潮가 오로지 새로운 儒教文化의 採用을 열렬히 희구하는 결과로 되었다고 하겠다. 주로 李太祖의 새 王朝創業에 주동적 역할을 한 人物이 趙浚, 鄭道傳과 같은 儒學者요, 따라서 排佛策을 극단적으로 주장하여 儒教로써 文教의 統一을 기하려고 했으므로 佛教寺院의 私有地를 몰수하여 國庫에 充當하는 일은 응당 주장할 만한 것이었다. 그러나 이 두 사람은 儒教의 國教化를 조급히 열망한 나머지 主體的 反省을 거쳐서 外來思潮를 消化할 만한 民族史的 展望을 못가졌다.

對外政策面에서 事大主義에 傾倒한 李朝社會가 儒教라는 强大國의 支配原理를 받아들이는 데 있어 無批判的인 「直輸入」을 한 흔적을 많이 엿볼 수 있으며 政治思想으로서 儒教를 받아들이는 데 있어서도 그 形式主義的인 면을 많이 받아들여 엄격한 社會身分制度를 강화하고 平民(常民) 賤民(七般 公賤 八般 私賤)에 대한 官人層의 支配를 강화하는 데 그쳤다는 느낌이 강하다.

그리고 儒敎가 李朝 官人政治의 支配原理가 되어 田制改革의 經濟的 土臺 위에 集權制的 構造를 강화하였고 官人支配를 위한 社會的 威信을 세우기 위해 差別倫理와 形式的이요 까다로운 禮節 儀式과 같은 虛禮（冠婚喪祭）를 준수토록 했다.

이러한 儀禮의 形式化가 심해진 것은 물론 후기의 일이지만 儒敎的 建國理念은 다른 思想의 제창이나 學問의 自由를 용허치 않는 排他的 性格을 강하게 띠게 되어 「斯文亂賊」으로 儒學이외의 學問、思想을 禁한 결과 일종의 盲從的인 「模倣文化」를 형성하였으니 民族固有의 獨創力의 싹은 꺾어지지 않을 수 없었던 것이다. 儒敎는 孔子가 그 敎說을 제창한 이래 「子曰」이면 孔子님의 말씀이니 곧 眞理라고 생각했고 絶對王權과 封建的 家族制가 永續的임을 合理化해서 새로운 學說의 제창이나 批判의 여지를 허용하지 않는 혹심한 排他的 性格을 가지고 있었다.

또한 儒敎的 封建支配原理는 主從性을 통해서 尊王思想을 강조하였으므로 文化創造나 經濟活動面에 있어서도 民間活動을 억제하는 결과를 초래하였으며 君主專制的인 性格이 고질화되어 고작해야 「한글」과 같은 文字改革이 있었으나 그 硏究 역시 王權의 뒷받침 없이는 불가능했던 것이다. 이렇듯 강력한 中央集權的 體制는 民衆의 經濟的 貧困과 精神的 無知를 촉구하여 愚民政治로 일관하는 도리밖에 없도록 하였다. 그러므로 土地國有制下에 半農奴的 地位에 시달리고 굶주리는 民衆에게는 「건전한 所有權의 觀念」도 「權利意識」도 제대로 배태할 수 없었으므로 盲從과 無常感에 젖어들었다. 그러므로 東洋的 專制社會 全般에 대해 통용될 수 있는바 「社會보다도 강력한

國家」下에서 西歐民主主義思想과 같은 異質的 政治體制를 받아들일 만한 民衆의 成長을 기할 도리가 없었다고 할 수 있다. 따라서 民衆은 無知하고 無權利하며 허송세월을 일삼는 「無表情한 盲從的人間」에 지나지 않았다고 하겠다. 이것이 곧 아시아的 沈滯性의 原因이 되었으며, 貧困과 壓迫을 甘受하고 「自足」하는 奴隷的 性格을 이룩한 것이라고 하겠다.

李朝社會는 前代에 比해 地方土豪들의 官人進出의 기회를 보장했다는 점을 제외하고는 역시 地主的 性格을 가진 王族・外戚・士林들의 世襲的 官人階級을 支配勢力으로 한 中央集權的 官僚社會였다 이 官僚支配社會는 儒林・士林과 같은 文官中心의 封建的 社會이며 벼슬을 하는 것만이 至上目標가 되어 있었으므로 儒學과 같은 學問의 研究는 登用의 일시적 手段에 불과했으므로 學風은 科擧를 거쳐 登科키 위한 豫備學習格으로 타락하고 眞理의 探究는 出世의 道具로 化하고 말았다. 다시 말하면 登科가 따르게 마련이었음으로 金力과 權力에만 매력을 가지는 결과를 가져왔다. 權力이 正義에 앞선다고 하는 官人層의 腐敗不正을 초래하고 「取民有度」라는 말이 나올 정도로 農民을 收奪하는 한편 沈滯한 李朝社會의 支配層과 知識人들과 같은 指導勢力들이 海外發展이나、 北方征伐 등과 같은 外的인 에너지의 出口를 발견하여 閉鎖된 沈滯性을 克服할 수 있었다면 士禍와 같은 王權爭奪戰 등으로 부패하지는 않았을 것이다.

앞서 말한 바와 같이 李氏王朝의 創建者 李成桂나 그 一派들은 부패한 高麗社會와는 構造的

으로 다른 政策을 단행할 만한 새로운 理念이나 勇氣도 없었다。當時 極東情勢下에 强大國인

明나라에게 「朝鮮王國」의 地位를 보장받을 필요성에 쫓겨 事大主義로 기울고 그렇게 되니 자

연 事大主義的인 指導理念으로 儒敎를 國敎化하게 되었고 高麗朝의 支配構造였던 封建的 身分

制와 官人體制는 그대로 內譯만 바꾸고 殘存케 되었으니 李朝의 建國理念은 前時代보다 革新的

이요 民族自主的인 方向으로 設定되지 못한 채 李朝後期의 近世化 前夜에 박두한 封建社會 解體

期──三政의 紊亂 등으로 인한 哲宗祖의 民亂의 時代와 그 集約的 表現으로서의 東學農民革

命──을 마지한 것이다。

결국 李成桂의 쿠데타는 易性革命에 불과하고 단지 「王氏」支配體制를 「李氏」世襲王政으로

바꾸었을 따름이요、中世 高麗社會와는 本質的으로 改革된 面을 찾아보기 힘들다。오히려 李朝

建國理念이 儒敎的 封建的 專制主義이며 事大主義的 慕華思想에 儒林・士林 등이 朱子學 등 文

弱한 非實用的 詞章學에만 흘러 形式的 儀禮(虛禮)만을 관심한 결과 後代子孫을 위한 精神的

遺産도 民族的 自主理念도 남기지 못했으니 日帝植民地 終末 후、解放 韓國社會에는 民族의 앞

길을 인도할 精神的 支配가 없는 니히리즘 상태를 자아냈다고 할 수 있을 것이다。

二 李朝의 社會構造가 지닌 病理

李朝建國이 그 뚜렷한 理念도 改革意志도 못가졌으므로 一時的인 民心收拾을 위한 미봉책에 그쳤고 그 「無思想」的인 主體意識의 缺如는 결국 復古、事大에 흘러 李朝社會의 構造와 性格面에도 그대로 前代의 骨品制、兩班制의 延長으로 反映되지 않을 수 없었던 것이다。威化島 回軍이 「革命」이 되지 못하고 한낱 政權交替를 위한 쿠데타에 그쳤다는 것은 그후 社會構造面의 根本的 改革이 이룩되지 못했다는 점에서도 立證되는 것이다。

抑佛興儒政策을 견지한 李朝가 그 建國理念을 儒教로 작정한 이상 社會構造의 原理 역시 儒教的 主從倫理 위에 서기 마련이었으므로 高麗의 王權專制와 官人的 支配를 構造側面에서는 그대로 도습한 데 불과했다고 할 수 있다。약간 變化한 것을 인정한다면 高麗의 官人은 佛教出身이요 李朝의 官人은 儒林、士林 등 儒教的 知識人 出身이라는 점이다。

國家의 指導原理를 事大的 儒教의 國教化로 고정시킨 太祖 李成桂는 鄭道傳 등 新興 儒林과 더불어 儒教振興을 새로운 政策 슬로간으로 내걸고 首都에는 成均館、國部學堂을 만들고 地方에는 府・牧・郡・縣 등에 각기 鄕校를 세워 儒教를 國民教育과 官僚登用의 必須科目으로 가르쳤다。後期에 가서는 李朝 田制改革의 原因이 된 佛教書院의 私田化 傾向이 곧 儒林 書

院들의 田莊 私有化로 대치되어 官人들의 不正、腐敗가 그대로 도습된 것을 볼 수 있다。

李朝社會의 儒林、士林 등은 곧 支配層을 구성하고 官吏가 될 수 있는 身分的 資格을 가진 特

權層일 뿐만이 아니라 땅을 경작하는 農民을 착취하는 不勞寄食의 地主的 性格을 가졌다。

李朝社會를 그 社會 成分上으로 二大分하면 生産에 종사하는 農民(佃客)、그 밖의 노동(勞役

雜役)에 종사하는 公私賤民과 그리고 전혀 호미에 손을 대지 않고 不勞所得하는 소위 「兩班」層

으로 나눌 수 있는 것이다。李朝는 강력한 集權的 官僚社會이므로 社會的 身分 역시 先祖나 자

기가 官界에 投身한 경력이 있고에 크게 左右되고 그렇게 해서 획득된 身分은 世襲的 特權

으로 化한 것이다。孟子는 「勞心者 治人 勞力者 被治人」이라고 한 것처럼 勞心者 即 精神勞動

者는 統治階級이라 하여 그 階層 秩序와 身分的 地位를 合理化시켰던 것이다。

儒敎思想이 社會面에서 實現될 때에는 으레 身分的 差別倫理와 君臣間 또는 臣民間의 上下

主從關係를 合理化시켜 주는 支配道具化되어 온 것이 아시아的 專制社會의 한 특색이라고 할

수 있다。

과거 아시아社會에서는 儒敎敎育을 받은 儒者는 統治者인 王과 民衆間의 中間에 위치하여

王權의 손잡이와 같은 것이었다。그리하여 儒敎가 政治에 이용되어 「君君臣臣 父父子子」(論

語)나 「三綱五倫」과 같은 敎說은 주로 封建的 身分制를 대변해주고 橫的인 人格의 平等을 원리

로 하는 民主主義와는 정반대의 縱的인 上下 主從關係 위에서 民衆의 盲目的 順從만을 가르치고

전전한 自由의 意識이 성장할 여유를 주지 않았다。

대개 이러한 儒教的倫理를 지탱하는 社會的 支柱는 다음 세가지이다。 즉 家族 및 宗家(祭祀 親睦、自衛를 도모하는 同族團體)를 포함하는 血緣團體와 鄉黨에 의한 地緣團體와 君主와 士林 및 農莊所有者 官人들의 身分團體인 것이다。 이러한 門閥、地閥、學閥 등으로 인해 封建的 隷屬性을 가진 團體들이 東洋의 農村社會의 指導勢力을 형성해온 것이다。 이 세력은 주로 尊王思想을 가지고 絕對的 王權專制와 封建的 家族制를 밑받침하는 것이었다。

그러므로 李朝王權은 儒教라는 家族倫理的 性格을 띤 思想을 지배 원리로 한 專制主義였다。 이는「傳統的支配」라고 할 수 있으며 그것은 家父長的 支配라고도 할 수 있다。 이것은「權威服從的 態度에 불가결한 能力을 크게 人間의 性格에 부여하는 것은 가장 중요한 敎育의 힘으로서의 家族이다」라고 하는 家族共同體의 性格과도 같은 것으로 본다。

여기서 설명한 것처럼 李朝의 官人體制 역시 王族、外戚、族黨과 같은 家族共同體의 性格을 지닌 寄生的인 官人體制이다。 이것은 결국 李朝 上部社會가 排他的 閉鎖性을 가진 病理를 지닌 證據가 되는 것이며 一般民衆의 身分的 人間的인 抑壓이 얼마나 뼈에 사무치도록 강력했는가 를 말해주는 것이다。

李朝의 社會階級은 그 피라밋型의 맨위에 王이 있고 그리고 王族、다음에는 新興官僚、貴族群 의 지배적인 身分인 兩班階級이 있었다。 이 兩班이 이상의 特權的 支配階級이다。 被支配層으로는 常人(平民)과 賤人(奴婢)이 있었다。 이 上下階級의 中間에 「中人」이 있는데 이 계급은 주로 中央 官廳의 諸般事務——譯官(通譯官)、觀象監員、圖書署員、寫字官、計士(會計官)、檢律(司法官) 등

技術的 事務員으로 벼슬한 사람들이다. 이에 地方行政官吏들이 있어 직접 面·洞의 「胥吏」

（一名 아전）가 있고 이 胥吏들은 地方官吏로서 世襲的이며 아전나으리의 權威를 나타내는 「아전笠」을 쓰고 다니며 地方土豪들과 결탁하여 農民들을 수탈한 자들이다. 다음 軍校란 계급은 下級將校에 해당한다. 결국 「넓은 의미에 있어서는 兩班階級인 高級官僚 이외에도 中人、胥吏、軍校까지도 支配階級에 포함시킬 수 있다」고 하겠다. 지금까지 「官人」이란 개념은 胥吏까지의 中央、地方官吏를 통칭하는 名詞이며 모두 一定한 土地를 給與받아 農民으로부터 租稅를 받는 特權的인 地主들인 동시에 그 身分的 地位와 官職이 分離되지 않고 아울러 世襲的으로 保障되는 階層이다. 身分이란 것은 「血緣、職業、居住地 또는 土地所有關係 등에 의하여 구별되어 계속적으로 특정한 社會的 地位를 보유하게 되는 同權的인 集團」이라고 할 수 있다. 그러므로 各時代마다 身分的 支配階層이 성립하게 마련이며 멀리 新羅時代에는 骨品制、다음 高麗時代에는 新羅舊貴族과 地方鄕豪 등 광범한 支配層으로 구성된 官人體制가 성립되었고 李朝에 와서는 前代 麗初의 身分階層이 흔들리고 혼란에 빠졌다. 그리하여 麗末 鄕吏의 後孫들이 세력을 쥐고 李朝를 건설했으므로 이 신흥 兩班層은 새로이 身分制를 整備、擴充하지 않으면 안되었다. 그것이 곧 「良賤辨正」이다.

良賤辨正이란 것은 良人（平民）과 賤人을 다시 가려내어 국가 財源이 되는 모든 貢賦와 兵役등 力役의 감당자인 良人의 수호를 확정하는 한편 직접 勞役에 종사하는 奴婢（賤民）數를 확보키 위해 人力監査를 실행한 것이 그것이다.

또한 奴婢身分에 대해서도 整備가 필요하였다. 그러나 奴婢身分에 대한 유일한 確證은 奴婢

所有主의 奴婢籍에 기록된 것 이외에는 찾아올 길이 없으므로 整理上「身良役賤」의 완화책을

쓰게 되었다.

身良役賤이란 것은 賤役에 종사하는 자라도 奴婢籍에 없는 者는 法的으로 良人으로 인정해 주

는 제도이다. 이는 國家가 私賤의 수효를 제한하여 租稅와 力役의 源泉을 확보하려는 데 있었다.

그러나 身良役賤도 대규모적으로 奴婢解決을 기한 것이 못되고 身分制의 改革을 기하지도 못했

다. 이러한 部分的 再編成에 그친 李朝社會階層制는 世襲的 特權的인 新羅骨品制의 傳統的 社

會構造를 根本的으로 改革치 못한 채 李朝後期社會의 解體期를 맞았던 것이다.

일단 성립된 李朝社會의 身分制的 特權은 자신들의 地位를 계속 확보키 위해「血緣의 障壁」을

쌓아야 했다. 民衆(常人 賤民 등)이 支配階級에 들어오는 것을 막는 法律的 制約으로 庶孼禁

錮法을 만들어 兩班의 蓄妾은 허용하면서도 ① 庶孼(妾의 자식)은 兩班身分으로 대우하지 않

도록 하고、주로 技術的 新職에 종사케 했다. 또한 良妾子孫과 賤妾子孫을 가려서 地位를 주는

「卽品叙用」을 하였고 또한 ② 奴婢從母法을 시행하여 父母 중에 하나만이라도 奴婢身分이면

그 所生은 奴婢가 되게 했다.

이리하여 李朝社會階層은 兩班、中人、常人(平民)、賤人(奴婢)의 四階級으로 구분되었다.

그리고 이 네 계급은 그 身分에 대응하는 職分을 각기 달리하게 되고 上流階級은 下流階級에

대해 無條件的인 服從을 강요하고 下流階級은 權利를 주장할 엄두도 내지 못하고 단지 義務만을

다하면 그만이라는 소극적 追從觀念이 형성되게 된다. 그러나 이 義務觀念은 自律的인 것이아

니요, 命令服從 關係下에서 盲從하는 것이니 民衆 속에는 惡性的인 「官尊民卑思想」만이 굳어져

가서 벼슬이면 그만이라고 생각하여 소위 「獵官運動」에만 골몰하는 社會분위기를 만들었다.

이와 아울러 技術職을 천시하는 풍조가 굳어져 各種 中央官署의 技術에 종사하는 者는 兩班

이하의 「中人」밖에 못되고 地方官人인 「아전」(衙前)은 강력한 中央集權下에서 兩班의 앞잡이

에 불과했으므로 약간의 權力을 가진 그들은 그것을 惡用하여 民衆을 괴롭히는 한편 百姓들한

테서는 천시 당하기도 했다. 이는 近代民主主義의 기본이 되는 地方自治의 成長을 방해하고

무조건 「나으리」를 연발하는 當爲感을 조성했다. 그리고 또한 中人의 事務技術職과 아울러 勞

役雜職에 종사하는 賤人들이 주로 手工業에 종사했으므로 「갓쟁이」「미쟁이」「환쟁이」(畫家)

「석수쟁이」(石工) 등의 천한 稱號로 불러 商工業과 科學技術을 賤視하는 風潮가 近代에 있어

서 우리나라 近代化의 癌이 되었다. 특히 白丁과 같은 屠殺業에 종사하는 者는 最下의 賤民으

로 경멸하고 그 머리 위에 平壤笠을 씌워 識別케 하는 등 혹심했으며 鍮器、杞柳製品 製革 등

을 生業으로 하는 手工業者도 一般百姓에 섞이지 못하게 했다.

이상에서 설명한 常人、賤民에 대한 差別待遇는 民衆으로 하여금 國政에 적극 참여할 수 있

는 기회를 전혀 허용치 않았을 뿐만 아니라 國政이란 그네들과는 전혀 관계가 없다고 하는 東

洋社會的인 「政治的無感覺」을 형성하여 愛國心 民族愛와 같은 民族意識의 成長을 沮害했으며

世襲的 專制를 甘受하는 가운데 民衆의 自由、平等意識은 成長되지 못했으며 아울러 대다수의

民衆은 消極的 諦念 속에서 無常感이 고질화되어 民衆 스스로가 貧困을 타파하고 再建을 위한 生産意欲을 가질 마음의 여유도 創發力도 育成하지 못했다.

李朝社會에는 社會的 連帶性이나 民族共同意識을 形成해줄 만한 要因을 못가졌으며 모두 價値 判斷의 中心이 「벼슬」——即 官權이었으며 官權이 없다는 것은 人生의 意義를 찾을 수 없는 哀傷的 悲觀밖에 낳지 못했다.

그러므로 李朝의 民衆들은 無氣力하고 創發力이 없었다. 그 實例를 國文學史에서 얼마든지 찾아 볼 수 있다.

> 風波에 놀란 沙工
> 배팔아 말을 사니
> 九折羊腸이 물도곤 어려왜라
> 이후론 배도 말도 말고
> 밭갈이나 하리라
>
> 〈作者未詳〉

이 時調는 한 農夫가 고기잡이나 소금장사 등으로 轉職을 하려던 決意가 쉽사리 꺾여 자기 본 직업으로 돌아간다는 諦念과 哀調섞인 노래이다. 이 노래는 李朝 民衆들이 얼마나 消極的이오 生의 意慾이 연약하고 開拓的勇氣가 缺如되어 있었는가를 여실히 보여준다.

다음 우리 古典의 代表作이라 할 春香傳은 妓生의 딸이라는 賤人의 身分에서 오는 悲哀를

줄거리로 해서 貞節이라는 封建道德을 끝까지 지킨 烈女像을 보여 준다. 그러나 靑年 李道令은

兩班의 子息으로 그 身分과 官職을 위해 사랑도 버리는 비겁한 一面을 보여주고 있으며 暗行御

使라는 官權을 動員한 點에서 아직 平民의 抵抗意識이 싹트지 못한 李朝社會史의 病理를 잘

대변하고 있다.

그러나 賤한 妓生의 딸이나 春香이는 卜學道의 수청을 들라 하는데 대꾸하여 「예절은 양반의

가문에만 있고 기녀의 천가에는 안되나이까」라고 反問한 것을 보아도 그녀는 貞節보다 人格、

人間的 平等을 요구하는 個性의 自覺을 엿보게 하는 面도 있다.

李朝의 平民文學은 壬辰、丙子 兩亂이라는 社會的 變動期를 계기로 하여 胥吏、中人 庶流가

社會階級으로 存立하기에 이른 肅宗朝로부터 李朝末까지 約二世紀半까지 發展했다. 특히 李朝

末 胥吏 時調作家들의 作品 속에는 諧謔、好色、艶情別恨 등의 享樂主義的 遊戲的文學과 鄕吏

들의 作品 속에는 「난봉」기질이 깃들인 데카당스도 엿볼 수 있다.

이렇듯 身分的 障壁과 兩班들의 農民收奪의 社會體制는 民衆들의 虛無感을 形成하고 「花無

는 十日紅이라 아니 노지는 못하리라」고 하는 刹那主義的 利己心과 放蕩生活을 이어 가도록

했다. 일하지 않아 「손이 흰 兩班」과 中人、胥吏들의 享樂主義는 李朝社會의 指導勢力으로서

그 社會가 붕괴하기까지 곪아 갔다고 하겠다.

十八世紀 前半부터 後期에 들어선 李朝社會는 田制가 혼란하게 되고 儒林들의 數的 增加는 그

들에게 줄 官職의 不足을 초래하였다。自給自足經濟의 테두리 내에서는 국가재정의 궁핍을 초래하고 그럴수록 兩班階層內의 權力爭奪戰인 黨爭을 유발하게 되었다。非生産的인 士類들이 路邊乞食하는 자가 많아지고 官房、官衙、富豪들의 大土地 占有傾向이 늘어감으로써 李朝社會構造인 身分體制는 점차 해체기로 들어서지 않을 수 없었다。

이렇게 해서 兩班들의 경제적 기반이 흔들리는 한편 西歐 近代列强이 침입하고 天主敎 등 博愛思想이 流入됨으로써 常人階級이 약간의 近代的 自覺에 눈뜨는 경향과 아울러 手工業者、商人、褓負商들이 官權과 결탁하여 官僚的 性格을 띤 民族資本形成의 싹을 트게 하였던 것이다。

그러나 李朝後期에 들어서서 近代化의 役軍이 될 商工業者 第三階級인 平民階級은 ① 傳統的 身分的 當爲感에 執着하고 ② 官僚制의 강한 잔재로 말미암아 民間商工業에 대한 意慾이 적었으며 ③ 中産階級으로 常民 賤民을 育成할 만한 國內産業、科學技術、經營의 未熟 내지는 全無하였고 ④ 그나마도 태동하던 官僚的 資本도 강력한 外國植民地 經濟侵略 앞에 물거품처럼 쓸어겨져서 결국 건전한 擡頭、成長을 기하지 못했다。

解放後까지 李朝社會의 傳統的 觀念이 남아 産業發展 民間의 民權運動이 미숙하여 四色黨爭의 잔재인 權力爭奪戰만 되풀이하였다。우리 社會의 傳統的 惡遺産은 역시 강력한 官人支配에 의한 民衆의 成長不振 그것이라고 할 수 있다。

三 李朝의 專制的 土地制와 「兩班」經濟

李朝의 社會構造에서 본 바와 같이 農業生產에 종사하는 常人 賤民과 같은 民衆들은 이른바 「아시아的生產」의 犧牲者로서 貧困과 無權利를 감수해 왔다. 李朝社會를 지탱케 하는 主軸的 產業에 종사하는 農民이 新羅以來의 地主的 性格을 가진 官人支配下에서 신음했다는 것은 李成 桂의 建國事業의 第一課인 田制改革도 그들을 地位나 所得面에서 전혀 改善해 주지는 못했다.

李朝는 물론、 韓國史 全般을 지배해온 社會經濟史의 中心概念은 「土地所有制度의 變遷」이라 고 생각할 수 있다. 各時代마다 그 王朝의 經濟的 土臺를 마련키 위해서는 土地所有主를 國家 或은 새 支配勢力에게 轉屬시키는 手續을 했으며 이를 일러 李朝의 그것은 「田制改革」이라고 했다.

李朝社會도 아시아的 共同體 槪念의 例外일 수 없다면 農地와의 所有關係에서 그時代의 經濟 社會的 構造를 이해할 수밖에 없는 것이다. 이것은 東洋社會가 대개 農耕社會이기 때문이라 는 것을 잊어서는 안된다.

저명한 東洋社會研究書인 「Oriental Despotism」(東洋的專制)의 著者 카알 · A · 윗트포겔敎 授는 주로 中國社會의 歷史的研究를 통해서 그 「治水에 의한 水力社會」라는 특징을 지워 새 東 洋史觀을 제시한 점은 우리 李朝 專制社會經濟的 性格을 이해하는 데도 도움이 될 것이다. 「中 國社會는 거의 不毛상태에 있던 黃河流域에서 시작되었다. 이러한 환경 속에서 農業을 영위하는 사람들이 （灌漑와 水害防止를 목적으로） 물（水）을 生産用으로도 이용하고 ──대규모의 水利工事를 기초로 한 農業을 「治水農業」이라고 ── 이와 같은 農業을 운영하는 政府를 「治水政府」라고 하고 이러한 대규모의 水利는 거대한 國家權力下에서 지도·운영되어 治水社會는 中央集權的 專制를 강화케 되었다」고 본다. 그러나 李朝社會가 곧 「治水社會」라고는 볼 수 없고 따라서 治水에 의해서 東洋的 專制體制를 강화한 혼적도 없다. 그러나 儒敎中心 中國文物의 傳來와 그 영향을 크게 받는 李朝社會가 中國의 專制를 그대로 받아 들였다고 볼 수는 충분히 있다는 점에서 우리는 李朝經濟가 「水力經濟」인 바 「管理者的인 진실로 政治的인 經濟」의 一面을 인정하는 데 인색하지 않는다.

이처럼 우리 社會는 歷史的으로 中國古代社會와 많은 공통점이 있으면서도 차이점을 인정치 않을 수 없다. 따라서 우리 社會는 「물의 社會」가 아니라 「땅의 社會」이며 한정된 土地의 所有權을 둘러싼 政治的 關係에 얽힌 社會라는 점에서 윗트포겔의 이른바 「管理者的인 진실로 政治의 인 經濟」라고 하겠다. 그러면 李朝의 管理者的 政治的 經濟支配의 主體는 누구인가? 그것은 地主的 性格을 가진 官人階級이다. 이 官人들은 최고 통치자인 國王으로부터 土地租稅權을 부여받음으로써 服從關係에 들어서고 다시 官人들은 耕作者에게 「土地가 國有制」라는 點에서 田租를 强要할 수 있는 法制的 根據를 가지게 됨으로써 李朝의 田制改革은 田地를 「集權的 公有化」하는바 즉 土地國有化로 나타난 것으로 볼 수 있다. 이점이 바로 西洋的封建社會와 다른 點이다. 西洋封建制는 일종의 契約關係 위에 서 있었으나 中國의 「周의 諸州 統治者들은 자기를 섬기는 사람들은 無條件 服從狀態에 두었으며、 그들에게 배당된 土地는 官吏에게 給料로 수여된 △非封建的 領地▽였음을 발견한다。」

그리고 「水力的 財産은 弱한 財産」이라고 했는데 李朝의 土地所有制 역시 「弱한 財産」으로 政治權力인 王權이나 勢道政治의 영향에 의해 항상 좌우된 것이다。

이제까지 李朝의 田制改革의 性格을 이해할 수 있는 序說的 論究를 하였거니와 이제 田制改革의 內容을 더듬어 보자。

당초에 新興勢力인 趙浚一派의 田制改革案은 周의 井田法、唐의 均田法을 復古하여 다시 그 것을 擴充해서 위로는 王・士大夫(兩班)로부터 아래로 鄕吏、兵卒(軍校)、農民(常人) 奴婢에 이르기까지 國家의 職務와 差役을 감당하는 자에게는 그 온갖 地位에 상응하는 一定한 土地를 주는 前代보다는 광범하고 革新的인 土地分配案이었으나 四年間의 論爭 끝에 귀착된 것은 결국 麗末 「科田制」를 그대로 도습한 것이 되고 말았다。

그러나 李朝 田制改革의 原理는 麗末의 土地私有化를 폐지하고 土地國有制를 선포한 것이었고 恭讓王 二年(一三九〇年)에는 종내는 公私田籍을 모조리 불태우고 애석해서 눈물을 흘렸다고 한다。이것만으로도 李朝官人들이 土地와 地主的 地位에 대한 애착이 얼마나 강했는가를 엿볼 수 있다。

「科田制」는 全國의 土地를 國家公有의 原則으로 해서 公田과 私田을 구별하여 公田은 官廳 直屬의 土地로서 그 收租權이 나라에 속하는 것이오、私田은 個人(官人)에게 나누어 준 田畓

즉 功臣田、私田、軍人田 등으로 그 收租權이 個人에게 속하는 것이며 그 私田 중에서도 功臣田

이외에는 모두 나라에 納稅할 의무가 있었다.

이는 高麗初의 田柴科와는 달리 土地收租權이 在職期間에 그치지 않고 世襲化됐다는 점에서

地主的 性格을 강화시킨 것이며 아울러 李朝後期의 私田化를 결과할 요인이 되었고 대부분의

土地는 權勢家門의 農莊으로 化하게 되었다.

李朝의 科田制는 麗初의 田柴科와 달리 田主가 納稅하는 「稅」를 첨가했을 뿐 큰 改革은 못되

었다.

「未展開의 名目的 土地 國有制로부터 官僚的 集權的 土地國有制로의 轉化、國有制로부터

大土地 私田制로의 分解 또한 그 逆轉化는 李朝에 있어서의 獨自的인 政治的 風雲의 物質的

背景이며 國家興亡의 內面的 秘密이 되어 있던 것이다」라고 할 정도로 李朝 田制改革은 構造

的 改革이 되지 못하고 말았다.

그러나 李朝의 田莊이 前代의 그것과 다른 점을 몇 가지 발견할 수 있으니 ① 國家公有制의

原則에 의해 田主의 「稅」制 新設과 田地所有權의 自由移轉을 禁한 것 이외에도 ② 量田(土地調

査)을 하여 土地臺帳을 정리하고(世宗代) ③ 田莊을 경작하는 賤民 중에는 實質的으로는 노예

가 아니라 自作農도 있었으며 ④ 田莊所有者 중에서도 不在地主뿐만이 아니라 農莊에 書院을

세워 거기서 在田地主가 많이 나타났다는 점이다.

그러나 李朝田制는 점차 문란해져서 中宗、明宗 때에 가서는 給與할 土地가 없어서 私田의

廢止(世宗代)뿐만 아니라 現職者에게만 제한되어 있던 職田마저 폐지하였다. 그리하여 私田의 收

益이 낮아지고 그 量的 擴大를 기대할 수 없게 되어 실망한 官人들은 마침내 田租를 橫領하는

한편 公田의 私有化를 노리게 되어 民田의 發生을 가져왔다.

燕山君 때에는 호화방탕한 생활만을 삼는 暴君政治로 말미암아 民生은 도탄에 빠지고 士禍·

黨爭에만 마음이 쏠린 부패한 官人들은 私慾에만 눈이 어두워 土地의 兼倂, 公田의 私田化가

더욱 격심해 갔다.

이리하여 農村社會는 극도로 疲弊하고 貧困은 극에 달했으며 거기에 經濟外的 收奪은 더욱

가혹해 가기만 했다. 농민의 부담은 租稅(地代) 이외에도 身役(兵役 賦役) 혹은 그 代役稅(布木

으로) 選上(奴婢提供)이 있었고 이중에서도 가장 무거운 것은 地方民의 諸般貢納(土産物貢納)

등이었다. 「防納」이라고 해서 地方民의 土産物貢納이 거리가 멀거나 凶年 등으로 납공이 불가

능한 경우에 官公吏가 대신으로 納貢해 주고 막대한 中間收奪을 하는 弊害가 있었다. 「取民有

度」라는 말처럼 經濟外的 壓迫은 점차 激化되어 農村은 「草樹成林」의 황무지로 化하고 굶어 죽

거나 離農하는 자가 많았다. 이리하여 明宗十七年에는 林巨正이라는 義賊이 나타날 정도로 農

村은 궁핍하게 된 것이다.

당시 農民들의 상태를 보면 그 一例로 睿宗元年(一四六九年) 工曹判書 梁誠之는 「職田을 경

작하는 농민은 여름에는 靑草를 바치고 겨울에는 穀草를 바치는데 官家에 바칠 뿐만 아니라 職

田主에게도 바치지 않으면 안된다. 그런데 一束의 草價는 米一斗로 換算하여 징수함으로 草價

米는 六稅米와 同等하게 된다」고 하였고 農民은 하늘을 쳐다보면 天稅、땅 보면 地稅格으로 온갖

名目으로 수탈 당하여 常食을 도토리 나무뿌리로 할 정도이었다.

그 위에 李朝農民에게는 「高利債」가 큰 癌이었다. 李朝의 兩班과 같은 官人支配層은 地租에

만족하지 않고 高利債에 의해 經濟的 弱者인 農民으로부터 金利收得을 꾀한 것이다. 國家機關인

「內需司」(國王에 直屬하여 內需의 米布・雜物・奴婢 등을 맡아보는 官廳)는 그 財産을 資本으로

高利債貸付를 하였다. 內需司는 농민의 貢租로 징수한 財産을 資本으로 하여 農民을 상대로 高

利貸業을 했고 그 밖에 長利(장리쌀)、寺刹 長利 등 대규모의 高利貸金이 성했다. 支配層의 封

建官僚들도 高利貸를 했고 그 중에서도 貨殖率相(財務相) 尹弼商은 유명한 高利貸金業者이며

그 밖에도 「公債」가 高利貸金化했다.

李朝後期에 성왕한 高利貸資本은 農民(小農)에 대한 寄生的 作用을 했다고 할 수 있다. 「農民

은 그 중요한 財産을 放棄하지 않으면 아니되었다. 勿論 喪失의 原因은 高利貸인데 그러한 것

은…小農民으로 하여금 그들이 所有하는 耕地를 賣却토록 유혹한 가장 빈번한 原因은 항상 高

利貸에 의한 隸屬이었다」고 하겠다.

결국 李朝의 田制改革은 後期에 와서 비참한 農民의 貧困으로 나타났고 一九世紀에 들어선

李朝는 三政(田政・軍政・還穀)의 紊亂을 마르고 民衆은 도탄에 빠져 哲宗朝의

이른바 「民亂의 時代」를 연출하여 李朝王權의 黃昏을 告하기에 이른 것이다.

反省하건대 李朝經濟는 많은 惡遺産을 남겼다. 먼저 官權을 밑받침으로 한 特權經濟意識이

부식되어 經濟와 政治가 分離되지 못함으로써 政治人은 政權의 「剩餘價値」를 누리려고 하고

經濟人은 自立해서 民間活動을 하려고 하지 않고 官權과 결탁하려는 惡習이 생겼다. 그 밖에도

李朝社會가 붕괴된 原因으로 생각해 볼 점이 있으니 ① 農民의 租稅와 力役에만 의존하는 封建

的 自給自足經濟는 近代化의 過渡期에 들어선 李朝社會의 人口增加의 壓力 등으로 극심한 赤字

財政을 免할 길이 없었고 專制王權의 解體期에 들어서 이상 강력한 租稅徵收도 불가능하였고

② 이 社會的 貧困 속에서 李朝王權의 現狀維持를 위해서는 부패한 官人層의 不正蓄財에는 손

을 못대고 弱者인 多數農民의 피땀을 긁어들이는 도리밖에 없었고 ③ 黨爭、外侵 등이 빈번하

여 海外貿易이나 手工業 그밖의 産業을 振興시킬 만한 國家的配慮를 할 겨를도 意思도 없었음

으로 「닫쳐진 나라」 속에서 질식할 때를 기다리는 수밖에 없었고 ④ 傳統社會를 박차고 비약하

여 近代化할 수 있는 강력한 民族主義 情熱의 成熟도 새 指導勢力의 成長도 없이 日帝植民地化

했다는 점을 反省해 볼 수 있을 것이다.

이와 같은 李朝的 傳統社會의 專制的 特權意識과 消費生活은 近代化했으면서도 生産力은 原始

農業 그대로의 비약한 상태인 畸型的 構造가 그대로 植民地 經濟支配를 거쳐 오늘날까지 傳하

고 특히 貧困이 고질화된 農村社會는 高利債 등의 李朝的 惡遺産과 封建的 要因이 그대로 남아

있는 형편이다. 그렇다고 지금까지 이러한 前近代的 經濟構造를 改革할 만한 새로운 指導勢力

이 擡頭되지도 育成되지도 못했고 解放後의 「外援」이 과연 傳統的 農村社會의 改革과 再建에

얼마마한 영향력을 가졌던가도 크게 의문된다.

四 李朝黨爭史의 反民主的 弊習

李朝社會가 後代에 끼친 弊習 중에서 가장 큰 것은 「士禍와 黨爭」이라는 말로 要約되거니와 이것은 官人支配層內의 무자비한 權力爭奪을 위한 「內紛」이다. 이 싸움은 公開的인 「파인·풀레이」가 아니라 謀略、陰謀、테로와 같은 陰性的 殘酷性을 가진 派爭으로 反對黨이나 政敵에 대해서는 피도 눈물도 없는 ∧寬容性의 缺如∨를 나타냈다는 점에서 後世 西歐 民族分裂을 조장하고 平和로운 統治勢力 交替의 可能性을 제거하고 말았다는 點에서 後世 西歐 民主政治輸入에 임해 적지 않은 弊害가 되었다. 다시 말하면 多數決과 妥協을 方法으로 하는 相對主義的인 「討論의 廣場」이 성립될 여지를 주지 않는 黨爭的 政治心理를 고질화시켰던 것이다.

그리고 黨爭이 朱子學과 같은 儒學과 緊密한 관계가 있었고 黨爭의 主體는 儒林들이었으므로 儒學의 國敎化、書院의 成長과 緊密한 관계가 있다고는 할 수 있으나 그 反目과 對立의 俎上에 오른 문제는 朱子學의 哲學體系의 研究論議가 아니라 禮論이나 儀式末節에 관한 사소한 문제들로서 黨爭이 주로 狹少한 感情的 反目에 그쳤던 것은 슬픈 일이었다. 討論이나 言爭은 우리말로 「시비」라고 하는데 「是非」는 원래 옳고 그르고를 똑바로 가리는 것을 뜻했으나 黨爭을 誘發한 是非는 그대로 우리말의 語感이 전해 주듯이 문제도 안되는 남의 흠을 찾아 헐뜯고 공연히 「시비」를 거는 것이었다. 黨爭은 사소한 시비거리에서 피비린내나는 權力鬪爭으로 發展하곤 했던 것이다.

士禍·黨爭은 世祖의 王位爭奪에서 비롯하여 李朝史 全般을 지배했다고 해도 과언이 아니다.

특히 李朝의 極盛期라고 할 成宗朝 治世 直後부터 시작되어 燕山君의 暴政期에 가서 폭발된 것이다. 이리하여 十五世紀末에 비롯한 王宮內 紛爭이 地方的 儒敎勢力인 朋黨間의 黨爭으로 擴大發展하여 十七世紀末까지 支配階級間의 權力鬪爭은 그칠 줄을 몰랐다.

前代인 高麗時代에도 官人間의 政爭은 있었으나 그것은 주로 王室과의 婚姻問題、王位繼承問題를 둘러싸고 王宮內 紛爭에 국한되었었다. 그러나 李朝의 士禍와 黨爭은 그 舞台를 넓혀 執權黨인 官人과 在野朋黨과의 관련 속에서 야기된 투쟁으로 그 範圍와 性格이 달라진 것이었다.

李朝 統治層內의 紛爭은 대개 두 단계로 ① 士禍——王과 官人 내지는 朋黨과의 투쟁、② 黨爭——주로 儒林들의 강력한 黨派的 結合인 朋黨間의 투쟁으로 구분할 수 있다. 그런데 前者인 士禍는 아직 李朝 全體 官人階級이 여러 갈래의 朋黨으로 分裂되어 非難、陰謀、테로 등의 방법으로 싸운 典型的 黨爭期에 들어가서는 李朝 全體 官人階級이 여러 갈래의 朋黨으로 分裂되어 非難、陰謀、테로 등의 방법으로 싸운 典型的 黨爭인 것이다.

그런데 이 黨爭은 新興儒林들의 擡頭와 긴밀한 관계가 있다고 말했거니와 첫번째 士禍인 戊午士禍(燕山君四年 戊午 西紀一四九八年)가 바로 儒臣 金宗直 一派의 數十名 士林이 權臣 柳子光으로 인해 處刑된 데서 시작된다. 이 피해자 金宗直이 麗末의 儒學者 吉再의 弟子라는 점에서 舊支配階級이 그대로 잔존했다가 李朝의 新興勢力으로 대두케 된 것을 볼 수 있다.

그후 五十年間 戊午·甲子·己卯·乙巳의 四大士禍가 연이어 일어났고 이 事件에서 慘變을

당한 것은 朱子學的 理想을 위해 싸운 士林들이었다. 建國初의 外交政策上 對明事大主義가 채

택될 때 이와 부수하여 國敎化한 儒敎라는 새로운 思想이 民間에 침투하여 新興儒林 勢力을 形

成하여 힘을 내게 된 셈이다. 다시 말하면 이때부터 保守對 進步의 兩勢力間의 투쟁이 전개되

었다고도 할 수 있다.

士禍의 誘發原因을 살펴보면

① 戊午士禍——燕山君 四年 成宗實錄을 편찬할 때 金馹孫이 世祖의 王位 찬탈행위를 비난한

文章을 실어 그것이 그의 弟子 金馹孫의 史草 속에 포함되었던 것이 문제가 되어 燕山君한테 참

살 당했다.

② 甲子士禍（燕山君十年）——燕山君은 廢位된 生母를 追崇하여 王后의 位에 다시 오르게 하

고 廷臣은 모조리 처형했다.

③ 中宗反正（一五〇六年）과 己卯士禍——燕山君의 荒淫한 生活과 暴政에 반항하여 燕山君을

축출하고 中宗이 即位하였다. 中宗은 前代의 惡政을 쇄신하고자 新興士林 趙光祖一派를 중용

한바 趙光祖一派의 革新的 改革에 대해 保守派의 反感을 사게 되어 마침내 「謀反罪」로 趙光祖는

流配되어 죽었다.

④ 己巳士禍——明宗初에 王位 繼承問題를 둘러싼 王室 外戚間의 政權爭奪戰에 휩쓸려 士類

들이 많이 참화를 당했다.

이상 士禍에서 보는바와 같이 李朝 官人支配의 主體가 된 儒林·士類들은 王을 중심으로 한 謀

略、陰謀 등의 方法으로 政治權力의 획득을 다투었으며 儒林들의 知識 追求는 至上目標가 너무

도 심하게 官職獲得과 긴밀히 관계가 있었던 것을 알 수 있다. 당시 朱子學은 순수한 哲學理

論이 아니라「經濟學 即 政教를 다루는 根本」이라고 할 정도로 官僚主義的 이데오르기의 性格

을 가지고 있어 그 朱子學의 倫理的 教訓은 모두 탈색해 버리고 말았었다.

李朝士禍의 性格에서 문제되는 것은 그 투쟁 방식이다. 反對派를 勢力의 자리에서 몰아 내는

방법이 대개는 ①고자질 ②陰謀 ③私的反感을 풀려는 복수 등이 있으며 西歐封建社會에서처

럼 公開的이요、正正堂堂한 騎士道的 競爭이 아니라 비굴하고 陰性的이요、그러므로 寬容과 妥

協이 없는 ∧殘忍性∨을 내포하고 있었다.

東洋官人들의 競爭은 西歐封建主義의 騎士道나 資本主義 市場內의 公開的 競爭과는 그 類를

달리하는 것이었고 오히려「共産主義的 全體主義下의」官僚들의 競爭과 유사한 點이 많다. 이

러한 東洋社會의「統治官僚階級의 환경하에서는 謀略과 中傷이 절대적인 역할을 감당한다. 이

러한 習性、음모、不法的 체포、拷問 등의 全體主義的 手法이 겹쳐져 統治官僚階級間의 경쟁은 경

계할 만한 것이다.」라고 윗트포겔은 말한바 있다. 이처럼 李朝 官人階級間의 투쟁도 秘密裡에

謀略하는 것이었는데 그 이유는 첫째로 田制改革後 科田과 후에 가서는 現職官吏에 줄 職田

까지도 없어진 國家經濟의 貧困、이에 따르는 中央集權的 一人政治의 弱化──그 사이에 벼슬을

따려고 덤비는 士類는 많아졌으나「감투」의 수효는 制限되어 있었다는 점을 考慮할 수 있을 것

이며 둘째로 專制的 官人支配下에 官權이 너무 肥大하므로 民間産業活動 등이 위축되어 「社會의 多樣化」가 이룩되지 못해서 工夫한 사람이면 모두 벼슬자리에 올라야 한다는 이른바 「나으리 觀念」이 굳어진 것이다.

결국 黨爭의 傳統的 弊習은 후대에 情實人事、獵官運動、汚職、野黨에 대한 무자비한 彈壓 등으로 계승된 셈이다. 이러한 士禍의 內紛은 黨爭에 가서 더욱 치열해진다. 黨爭의 溫床은 書院이었다.

建國初에 李太祖는 儒敎를 國敎化하는 한편 「자신도 經筵官을 두어 經典을 講하게 하여 爲政의 資로 備하고 다시 三年에는 都評議使司의 上書에 의해 濟州島에까지 敎授官士를 賜하고 六年에는 太學을 두고 聖哲(孔子)에 奉祀하는 文廟 밖에도 序學、明倫堂 養賢庫를 設하고 많은 學田을 賜했다.」 이 결과 李朝時代에는 明賢儒者가 많이 나고 李朝 初中等學校의 몫을 하는 書院 書堂의 增加로 主로 漢文學에 限한 것이기는 하나 敎育史上 공헌을 남긴 것도 사실이다. 特히 十五世紀後半 世祖때에 생긴 「成均館」은 國立大學、研究院인 동시에 科擧制와 더불어 官吏登用 機關이 되었다. 이리하여 中央 및 地方의 私學으로서의 書院의 發展으로 執權層 이외의 많은 새로운 官人候補生이 배출되어 旣成勢力에 대한 不平不滿과 批判이 커지고 하나의 큰 세력으로 군림케 되었다. 이미 士禍 이전에 李朝社會에는 儒林의 知識階級이 형성되고 그 數가 증가되어 「高級 룸펜」이 多量 輩出된 셈이며 이 部類를 나누면 ① 勳舊派 —— 世祖의 寵臣・功臣・御用 學者들의 旣成勢力 ② 節義派 —— 世祖의 찬탈 행위에 분개하여 「두 임금을 섬기지 않는다」는(不

事二君)는 忠節을 품고 野人으로 지낸 士類들 ③ 士林派──勳舊派인 소위 官學派에 대항한

進取的 革新派 즉 金宗直一派、④ 淸淡派──官學派에 반대하나 벼슬에는 뜻을 두지 않고 초

발한 淸談風流를 즐기는 소위 「竹林七賢」에 자기네를 比하면 派 등이다.

이 四派들은 결국 勳舊派(官學派)라는 保守的인 御用學派와 士林派(朱子學派)라는 革新的인

新進士類派와의 對立鬪爭이었고 결국 이러한 書院의 發展과 士類의 新舊對立이 士禍의 近因

이 된 것이다。

결국 書院에서 배출된 士林들은 「朋黨」을 구성할 정도로 數的으로나 實力面에서나 強大해졌

다。白雲洞書院 (周世鵬)의 創建 以後 많은 書院이 생겨 明宗 이전에는 二十九院、그리고 宣祖

때에는 百二十四院으로 증가되었다。書院은 有志의 出資와 國家의 補助를 얻어 田土와 奴婢와

書册을 소유하고 田莊을 私有化하게 되어 書院은 점차 地主的 性格을 띠게 되었다。

宣祖(一五六八─一六〇八) 때에는 政府에 乙卯士禍 이래의 士林學派(朱子學派)를 대폭적으로

등용하여 일단 新進士類가 승리를 거두었으나 政權獲得 후에는 同派 自體內에 新舊勢力이 대립

하여 문자 그대로 「감투싸움」을 시작한 것이다。모든 士類가 다 득세한 것은 아니고 「감투」의

절대수효는 甚히 不足하여 「열 사람 중에 한 사람씩 벼슬자리」(十人共一官)를 주어도 不足할 판

국이고 보니 黨盛者면 큰 자리를 얻고 勢孤者는 여전히 불우한 형편이니 또다시 自派內 分裂이

불가피했던 것이다。(四・一九 후 民主黨 新舊派分裂과 견주어 보면 흥미롭다。)그러니 벼슬자리

는 적고 감투욕을 가진 자는 많으니 地閥、門閥、情實에 사로잡힌 人事行政을 하게」마련이었고

이것이 분쟁의 씨를 또 뿌리는 것이다.

黨爭의 시초인 東西分黨은 情實人事 내지는 人事行政에 대한 不滿에서 비롯했다. 宣祖八年에

金孝元과 沈義謙이 「銓郞」 벼슬자리를 둘러싸고 분쟁이 시작되었다. 李朝官制上 銓郞이 모든

人事權을 장악하는 자리이므로 金孝元이 銓郞의 물망에 오르자 沈義謙이 이를 반대하여 두사

람을 둘러싸고 朋黨的인 분위기를 이루어 東人(金孝元派)과 西人(沈義謙派)으로 갈라졌다. 東

人은 다시 南人、北人으로 그중 北人은 새끼쳐서 大北、小北으로 갈라졌다. 그리고 西人도 尹

西와 申西로 다시 갈라졌다가 또 老論、少論으로 갈라지고 해서 四色黨爭의 對立、分

立은 그칠 사이가 없이 李朝末에까지 아니 오늘날에 이르기까지 계속되고 있는 셈이다. 大義

아래 단결하지 못하고 사소한 個人感情이나 私利에 얽혀 뿔뿔이 分裂해서 수없는 派黨을 만드

는 惡弊는 그치지 않았다.

十七世紀後半에 가서는 大儒 宋時烈도 黨論에 휩쓸려 들어 國王의 服喪期間問題로 실각하고

마침내 死刑까지 받고 말았으니 四色黨爭이 얼마나 치열했는가를 짐작할 수 있다. 그야말로 우

리나라 黨爭은 「至大 至久 至難」한 것이었다고 黨議通略은 評했다.

결국 宣祖 二十四年三月에는 使官을 日本에 보내 倭亂의 기미를 探知해온 報告가 東人 黃

允吉(正使)의 주장과 副使로 갔던 西人 金誠一의 주장이 서로 相反되어 혼란을 일으켜 倭寇를

사전 대비치 못한 것이다. 正使 黃允吉은 國王에게 「豐臣秀吉의 眼光이 燦燦하여 야심만만해 보

이니 반드시 入寇하리라」고 敵情을 정확히 보고했으나 副使로 갔던 西人 金誠一은 「豊臣秀吉의 눈이 쥐눈깔같고 人物이 보잘것 없으니 敢히 入寇하지 못하리라」고 반대 의견을 들고 나와 被侵을 경계할 필요가 없다고 대들었으니 黨爭이 民族의 危機에도 이토록 해롭게 작용한 것을 볼 수 있다.

亂 후에도 분열은 계속되어 肅宗代에는 우세한 西人이 다시 老論 少論으로 對立되어 王弟(후의 英祖)의 繼位를 둘러싸고 少論의 맹렬한 규탄을 받아 金昌集 등 老論 四大臣이 大逆으로 화를 입게 되었으니 이를 辛壬士禍라고 한다.

이런 黨爭의 도가니 속에서 英祖는 깊이 느낀바 있어 소위 「蕩平策」을 세워 四色을 고루 등용하는 한편 어느 一黨이 專制함을 막아 王權을 강화했다. 이리하여 英祖는 一時 太平歲月을 이룩해서 世宗大王 이후 李朝文化의 르네쌍스期를 맞았으나 海外의 近代列强과 天主敎 流入으로 後期李朝社會는 다시 혼란에 빠지고 黨爭의 당연한 귀결이라고 할 「勢道政治」가 나타나 民生은 극도의 塗炭에 빠지게 되었다. 결국 李朝의 國家體制는 흔들리게 되었고 地方官吏의 橫暴와 收奪은 심해지고 農村은 극도로 피폐하여 마침내 洪景來亂、三政의 紊亂、哲宗朝의 民亂、東學農民運動 등을 거쳐 李朝社會는 붕괴기에 들어 갔다.

결국 黨爭은 書院의 成長과 儒林 士類 등 새로운 「高等인테리」의 大量增加로 벼슬자리만 노리는 그들에게 「失職狀態」가 분쟁의 重要 原因이 되었다고 하겠다. 李朝의 官人階級이 그 경제적 기초가 되는 田莊의 不足으로 經濟的 利權鬪爭을 격렬하게 전개할 수밖에 없었고 그 生存競

爭은 權力爭奪戰의 형태로 나타났던 것이다.

十九世紀末에 來韓했던 모리스·꾸랑은 西歐人의 眼目으로 「孤立의 결과로 創造의 才能도 國內에 갇혀지고 高度의 思想은 軋轢의 禍根이 되어 不和內紛의 酵母로 變性하여 당쟁을 일으켜 社會的 進步를 停滯시켰다」고 評하고 있다. 계속 팽창되어가는 李朝社會가 그 經濟的 土臺는 아직 自足自給的 封建經濟의 테두리 안에 갇혀 있었고 멀리 눈을 海外로 돌릴 여유도 없이 「封鎖된 나라」의 孤立을 固守해 왔으니 오래 고인 물은 썩어 냄새를 피우게 마련이므로 그 惡臭가 바로 黨爭의 추악한 陰謀 內紛으로 나타난 것이다.

實學者인 星湖도 당쟁의 원인을 「黨裕蓋國設科 頻而取人廣也」라고 해서 그 대책으로 遊休兩班을 농업에 종사시키자고 「歸士務農」을 주장하였고 朴齊家는 中國 江南浙江과 商船을 통하여 中國의 技藝를 배우고 그 風俗을 살펴서 「拘儒俗士의 偏塞因滯」의 見을 破하고 視野를 넓혀 주고 兩班들이 歸農定着케 하고 商業의 길도 국가가 보조해서 열어 주자고 제의했다.

黨爭은 마침내 우리 歷史上 가장 해롭고 치욕스러운 內紛習性을 남겼다. 특히 벼슬과 감투욕의 만족을 위해서는 手段方法을 가리지 않는 殘忍性과 排外的인 朋黨結合 그리고 妥協과 寬容을 모르는 作黨 鬪爭史는 후대에 議會民主主義와 政黨政治의 可能性을 계속 훼손하고 마침내 해방후 우리 나라 民主主義 輸入 十七年史를 失敗로 돌아가게 한 一大要因이라고 해도 過言이 아니다.

五 李朝社會의 惡遺産들

우리 社會는 지난 解放十七年間의 民主社會建設에 失敗를 거듭했다. 政黨政治를 감당할 수 있는 건전한 政治人이 없고、 그것을 담당할 指導勢力이 育成되지도 못했다. 公務員은 뇌물먹는 일과 不正蓄財에 눈이 어두웠고 일반 국민 역시 利己心이 惡性個人主義化해서 참다운 愛國心도 勤勞精神도 缺如되어 있다.

최근에는 「엽전」이란 말이 유행하여 우리 民族의 劣等意識을 自認하고 있는 형편이며 서로 헐뜯고 남이 亡하는 것만 바라는 「民族性의 惡性化」를 가져온 듯한 느낌이 짙어간다.

그런데 이러한 모든 惡習들은 결국 이 나라에서 건전한 福祉民主國家建設을 해치고 있는 것이다. 기왕에는 西歐民主主義를 「直輸入」하면 만사는 다 된다고 생각했는데 결국 거칠은 韓國 땅에서는 찬란한 外來民主主義라는 나무가 椄木에 성공치 못함을 보고 이제 우리 民族史의 原木을 培養하지 않으면 안되겠다는 自覺에 눈뜬 것이다.

그런데 이와 같은 事情은 英國式 民主主義十餘年의 쓰라린 失敗를 본 파키스탄에서도 革命指導者 아유브·칸將軍이 파키스탄의 傳統과 現實에 적합한 政治體制를 모색할 必要性을 力說하고 「우리 나라의 民主主義는 딴 나라에서 들여올 것이 아니라 파키스탄의 책 속에서 찾아내야 한다」고 하면서 回回敎의 民族宗敎 속에 「基本的 民主主義」의 뿌리를 둔다고 한 것 역시 우리에게 시사하는바 적지 않다. 에집트의 낫셀 역시 그러한 경향을 걷고 있다.

이러한 점을 反省해서 우리는 李朝社會史가 우리에게 끼친 惡遺産을 整理해서 反民族的 反革命的 諸要素와 싸워야 할 것이다.

李朝社會의 惡遺産을 생각하기 전에 그 大前提가 되는 後進民族의 경우를 생각해 보자. 一九五七年 로오마에서 개최된 國際經濟學者大會에 참석했던 희랍의 經濟學者 데리바니스敎授는 후진국의 가난한 原因을 「① 가능한 한 조금 일하려는 住民들의 欲求 ② 企業家의 平均才能이 낮다. ③ 그 나라 行政의 低調」를 들었다. 國民의 惡習이나 反民主的 要因이 먼저 經濟的 貧困에서 온다는 전제를 가정하고 생각할 때 후진 민족들은 「게으르다」는 것이 일반적 견해이다. 물론 게으른 것은 「貧困한 나라」의 특징인 ① 原始的 生産 ② 人口의 壓迫 ③ 自然資源의 未開發 ④ 資本不足 등을 들 수 있겠으나 이러한 요인들은 近代化過程에 있어서 「貧困의 惡循環」을 초래하고 資本投資도 안되니 實所得도 낮아 經濟活動에 대한 意欲이 꺾여 버리는 것이다.

(1) 事大主義 ― 自主精神의 缺如

따라서 李朝末에 外國列强이 들어오고 資本主義發達의 계기가 형성되었을 때 우리 나라는 우선 企業心을 발휘할 經濟的餘裕도 國家的補助도 없었다. 더욱이 各國의 近代化의 原動力은 民族主義라고 하는 宗敎的 情熱이 國民을 묶어 세워 급격한 經濟開發、海外市場 擴大를 強行했던 것이다. 그런데 우리나라의 近代化가 土台를 잡기도 전에 極東諸國의 「밥」이 되었으니 民族資本이 형성될 여유가 없었던 것이다.

따라서 李朝의 惡遺產을 論할 때에는 韓半島라는 地政學的 位置에서 「事大主義」的 對外政策

을 쓰지 않을 수 없었던 李太祖의 建國理念과 당시 極東情勢에서 비롯해야 한다.

健全하고 自主的인 外交는 國內에 건전하고 自主的인 國民精神을 形成한다. 애당초 李太祖

가 政治的 理由로 설정한 事大主義가 儒敎의 慕華思想을 知識人 속에 깊이 뿌리 박게 하고

모든 社會制度、生活樣式 까지 그대로 본뜨는 「模倣文化」를 形成했다. 따라서 價値判斷의 기준

이 자기의 判斷力이나 自民族의 文化에 있는 것이 아니라 「中國에서 어떻게 하고 있는가?」에

照應해 보아 受動的으로 결정해 버리고 자기 民族의 현실이나 전통 속에서 스스로 탐구해 내려

하지 않는 「事大依存的 習性」을 만들었다.

그러므로 民族的 自立性、民族的 主體性이 형성되지 못하고 外來文化나 思想의 「旣成服」만을

입으려는 경향으로 나오니 이것이 解放後 이른바 「救護物資」式 民主主義輸入으로 결과된 것

이다.

결국 事大主義는 ① 우리나라의 地政學上 位置가 强大國과의 事大外交를 불가피하게 한 일

면을 인정할 수 있고 ② 歷代王朝가 事大外交를 止揚할 만한 實力도 創意도 없었으며 ③ 高麗

이후 先代國學的 史風과 民族固有文化를 말살하고 지나치게 儒敎등 外來文化輸入에 傾倒했으

며 ④ 新羅가 統一을 위해 唐의 援兵을 이용한 이래、統治勢力이 國內問題를 해결하기 곤란

한 경우에는 外國의 軍事力을 招致한 惡習이 생겼다는 점 등을 그 성립근거로 볼 수가 있다. 이

제 문제는 事大依賴的 惡習을 一掃키 위한 自主外交의 傳統이 育成되어야 할 것이다.

(2) 게으름과 不勞所得觀念

李朝의 社會構造는 農業과 같은 生産活動과 勤勞를 위축케 만들었다. 앞서도 말한바와 같이 게으름은 後進國의 일반적 특징이라고 했거니와 「韓國的인 게으름」은 兩班觀念에서 비롯하며 우리 歷史에 뿌리깊은 特權意識과 不勞所得觀念과도 긴밀한 관계가 있다. 앞서 田制改革에서 언급한바와 같이 李朝의 土地制度는 兩班을 特權地主로 만들었고 또한 地主인 兩班은 단지 收租權에만 관심이 있는 것이지 農家經營에는 무관심했다. 따라서 傳統的 經濟觀念은 엄밀한 利害打算을 따지는 것이 아니라 헤픈 「閑良」氣質을 형성했다. 「閑良」은 후에 「활량이」「할랭이」로 와전되어 그 뜻도 「돈을 물쓰듯하고 바람피는 놈팽이」를 말한다. 여기에는 虛勢가 깃들어 있다. 實質的으로는 가난하면서 공연히 허세를 부리는 것이 대개 집을 패가망신케 하는 것이니 이는 虛禮를 일삼는 外飾的 形式主義 때문이다. 우리나라의 傳說에는 守錢奴를 욕하는 유모어가 많다. 그런 社會雰圍氣 속에서는 貯蓄觀念이 형성되지 못하고 그날 그날 먹고 살며는 그만이라고 하는 刹那主義가 깃들어 있다. 官僚的專制는 土地制度上에 강력하게 부식하여 농민의 재산이나 토지는 항상 官權의 영향력을 받게 마련이며 名目上의 土地國有制가 近代化過程에서 건전한 土地利田化를 촉구하지 못했으므로 이른바 「弱한 財産」에 대한 애착도 적었다고 볼 수 있다.

이러한 분위기는 民謠나 그밖의 民衆의 노래 속에 깃들어 있으니 「권주가」라든가 愁心歌、陽山道 등에 나오는 것처럼 이 순간을 마음껏 즐겨보려는 快樂主義가 造成되었다. 흔히 말하는 바 「때려먹는 것」에만 관심이 컸으니 게으를러 질 수밖에 없다。 그러나 일반적으로 게으른 것은 兩班 등 上層階級이며 不勞所得하는 사람들이다。 시골의 「사랑방」의 空論이나 兩班行勢가 게으른 것의 標本이라 하겠다。 화롯가에 앉아 허세나 부리며 高談俊論이나 하고 家門이나 자랑하며 하루종일 들어앉아 수염만 내려쓰는 샌님의 나태한 兩班生活이 그것이다。

따라서 건전한 職業觀念이 발달되지 못한 것이다。 獨逸에서는 職業은 Beruf라고 한다。 이는 하느님한테서 부름을 받은 것을 말하니 직업은 곧 「天職」이라는 관념으로 된 것이다。 西歐 近世史上의 宗敎改革은 인간이 職業人으로서 社會的 效用에 奉仕함으로써 神을 받드는 것이다는 것을 사람들에게 가르쳤다。 우리가 보통 생각하기는 진정한 삶은 世俗的인 일 이외의 무슨 고상한 일이라고 생각한다。 그러나 獨逸人들은 世俗的인 職業(Beruf)에 충실하는 것이 곧 神의 뜻에 맞는 것이라고 생각한 것이다。 다시 말하면 世俗的인 職業、 장사、 돈벌이는 곧 神으로부터 부여된 使命의 完遂이며 이는 手段이 아니라 人生의 目的 自體라고 생각했다。 그러므로 世俗的인 職業에도 충실하고 責任感을 느낀다。 이와 아울러 「라인江의 奇蹟」을 일으킨 二次大戰後의 西獨人들도 이러한 성실한 職業意識에서 勤勉했던 것이다。 그 一例로 西歐人들의 姓名은 모두 手工業 등 직업과 관련이 깊다。 Smith는 대장쟁이、 鐵工을 뜻하고 그 조상이 대장간을 경영하는 대장쟁이였다는 것을 나타내나 하등 구애하지 않고 東洋에서도 日本人의 姓中에는 賤한 職業을 나타내는 것이 많다。

그러나 우리나라 姓名은 대개가 金・李・朴 등이오, 이른바 「賤한 職業」을 나타내지 않는다。

이 점으로 보아도 우리나라에는 李朝 이래 職業觀念이 박약하고 모두 農業統制下에서 官僚가 되는 것만을 爲主로 삼는 官權觀念의 弊害는 크다. 지금도 農民이 아들을 공부시킬 때에는 자기와 같이 손에 흙 묻히고 일하지 않고 공짜로 먹는 벼슬(法科、政治科 등)을 하게 하려고 한다.

(3) 開拓精神의 缺如

外國人들은 韓國人들이 모두 슬픔、哀傷、悲劇을 좋아한다고 한다. 우리나라 民謠를 보더라도 가냘픈 哀調가 태반이요 그 슬픔은 억센 反抗으로 폭발하는 것이 아니라 「될대로 되라」「굿이나 보다 떡이나 먹자」「별 수 있나」라는 의식이 굳어져서 消極的 諦念에 파묻히고 만다.

그러므로 韓國人의 悲劇은 西歐의 悲劇과 근본적으로 다르다. 西歐의 悲劇은 힘차고 억세게 運命的인 것과 對抗하다가 장엄하게 쓸어지는 것이므로 否定을 다시 否定해서 克服하려는 力動的인 긴장이 있는 것이다. 그러나 우리나라의 슬픔、애수는 사실 悲劇이 아니요 可憐이오 諦念하는 새김질이다. 이는 「忍從」보다 못한 노예적인 「屈從」이 굳어진 것이라고 할까.

따라서 억세게 헤치고 나가려는 西歐的 悲劇意識이 韓國에는 없고 나약한 눈물과 값싼 同情이 있을 따름이다. 이러한 연약한 同情感 정도는 民族性 속에 힘찬 人生의 勇氣나 억센 開拓精神을 낳지 못한다.

그러면 우리나라의 代表的인 노래 하나를 들어 消極的 諦念이 고질화된 일단을 살펴 보자. 그것은 「아리랑」이다. 한국하면 「아리랑」의 노래를 연상하도록 우리의 마음을 잘 대표하는 가락이다. 그런데 그 노래의 歌詞를 세심하게 검토해 보면

「나를 버리고 가시는 님은
十里도 못가서 발병난다.」

——이 내용은 자기를 뿌리치고 떠나가는 님을 그리워하면서도 『여보 날 두구 어디를 가오』하고 막아서지 못하고 혹시 十里쯤 가서 요행으로 님께서 발병이라도 나서 돌아와 주었으면 하는 애처로움이 깃들어 있다. 遊牧民族인 西歐人같으면 따라서든지 목을 매달고 못가게 할 것인데 「十里쯤 갔다가 돌아 오기를 바랄」정도로 그리우면서도 말못하는 나약함을 잘 나타냈다. 밀양 아리랑의 「정든님 오시는데 인사를 못해、행주치마 입에 물고 입만 빵긋」할 정도로 소극적이요 無表情한 一面을 볼 수 있다.

그러나 우리 民族의 消極的 諦念은 벌써 新羅의 鄕歌 속에 깃들었다고 할 것이다. 處容歌를 보면 그 끝에 「본시 내해였건만 아사날 어찌할꼬」라고 했다. 즉 처용이 잠깐 어디 나갔다가 돌아와서 자리를 보니 아내 옆에 딴 녀석이 들어 있어 그것을 보고 분시는 내것이었는데 도적맞았으니 「어찌할꼬」——할 수 없다고 諦念해 버리는 民族性의 일단을 엿보게 한다. 과연 이런 경우에 西洋人의 사나이었다면 권총을 들어 둘다 射殺했을 것이 아닌가? 그렇다면 우리 先祖들은 이처럼 못나도록 착했단 말인가?

이러한 諦念은 對決意識이 없고 후퇴하거나 굴복하는 人生態度이니 運命에 순순히 굴복하는 태도이다. 따라서 운명을 개척하거나 새길을 모색치 않는다. 특히 民間 信仰中에 깊이 박힌 占、觀相、四柱、擇日과 같은 運命觀이 깊이 박혀 不可能을 可能으로 전환시키려는 勇氣가 부족했다.

따라서 貧困이 고질화되고 生活을 再建하려는 再建意慾이 움트지 못하는 것이다.

대개는 이러한 諦念은 소극적인 現實逃避로 나타난다. 李朝社會에 만연했던 民間信仰、讖諱 등 특히 「鄭鑑錄은 피난처로 十勝之地를 구하는 現實社會逃避」이며 그 밖에도 退溪 栗谷 등이 지은 陶山十二曲、高山九谷歌가 모두 이 세상을 멀리하고 깊은 山속의 自然에 파묻혀 달이나 草木을 벗삼아 安貧樂道하겠다는 것이니 이야말로 韓國知性人의 現實逃避의 典型이라고 할 것이다.

우리나라 노래가 슬프고 눈물을 자아내는 일면 탄식이 있고 좀 힘들면 「못살겠다」「죽겠다」라는 말이 항용 튀어 나온다. 李朝 專制下에 鄕吏들의 등살에 괴롭힌 民生의 일단을 말해주는 동시에 安易하게 삶을 포기하려는 나약한 人生態度、現實逃避를 무슨 고상한 일로 착각하는 敗北意識이 깊이 뿌리박혀 있다.

(4) 企業心의 不足

이는 企業心의 不足으로 나타난다. 마음 속에서는 여러가지 着想을 가지면서도 그것을 現實化시킬 용기가 없고 일에 착수하기도 전에 不可能한 이유만 많이 생각해 내서 자지려트린다.

이는 獨自的으로 제 일을 해보지 못하고 항상 官家의 눈치만 살피는 專制社會에서는 自主的 創發性을 기대하기 곤란하다. 그러므로 무슨 事業이든지 權力機關을 껴야 되지 저만 잘해가지고는 안된다고 생각하는 習性이 있다. 官權과 결탁해서 비로소 돈벌이가 된다는 不正蓄財觀念이 깊다.

또한 企業心은 극도의 貧困 속에서는 생기지 않는다. 하루의 끼니가 바빠야 어찌 무슨 일을 계획하고 經營하겠는가? 우리 한국사람들의 人事하는 말이 대개는 「조반 잡수셨읍니까」라고

한다。이는 조반을 못끓일 정도의 가난 속에서 나오는 인삿말이다。西歐人들은 good morning,

guten Tage 등 日氣를 찬탄한다。그들이 사는 英國같은 나라의 天候는 대단히 고르지 못함으

로 日氣가 인삿말이 된 것이다。우리나라의 貧困은 인삿말이 될 정도로 심각했다고 할 수 있으

니 國家的 補助없이 擧族的 育成없이 企業心은 생기지 않는다。

「後進國 資本形成論」을 쓴 넉씨敎授도 후진국에서 資本蓄積이 안되는 것은 「着想(idea)의

不足」이라고 했다。이 역시 企業心의 不足을 말하는 것이다。

李朝社會의 階層構造、工人들의 賤視、官尊民卑思想 등이 모두 企業心의 缺如를 자극했다고

볼 수 있다。

(5) 惡性的 利己主義

우리 민족은 團結心이 不足하고 派黨心이 많다고 한다。이것은 李朝黨爭史가 잘 말해 준다。

封建鎭國을 견지해온 李朝社會는 그 내부가 停滯되어 썩기 시작하였으니 「그 小農本位의 分散

的 經濟條件과 함께 家系本位的인 私爭的黨爭」이 民族의 團結을 파괴하고 地方主義的인 산만한

派閥意識을 조성했다。

「李朝政爭略史」에 四色黨爭의 一般的 弊害를 들어 ① 黨爭은 社會 各階級을 離反시켰고 ②

士大夫賢愚高低의 標準을 잃게 하였으며 ③ 크게 倫當을 파괴하였다고 했다。이는 아직 李

朝末이라는 近代의 轉換期에 民族主義가 건전하게 성장치 못하여 民族意識의 形成을 보지 못

하고 種族意識 단계에 머물렀고 아직도 家族本位的인 낡은 民族意識과 國家意識을 그대로 가져

國家도 家父長과 家族員間의 關係의 擴大로밖에 이해치 못한다. 이는 우리나라 宗法制度의

弊害인 것이다.

宗法制는 男系血統 繼續主義를 그 基本原則으로 하는 父系的 家産制度이다. 따라서 宗法制는

첫째로 宗族意識으로 結合되는 宗族團體의 形成을 招來하여 그 宗族團體의 存在는 國家의

諸般 民主制度의 運行을 破壞한다.

宗法制 밑에서는 男系血族間에 있어서의 共同血緣의 意識이 强化되어 彼此間에 本宗이라 呼

稱하여 그 血緣의 遠近을 不問하고 百代之親의 觀念으로 一家로서 대할 뿐만 아니라 一家間에는

可能한 限 一戶로 이루어 共同生活을 하기를 願하여 九世同居를 理想으로 하며 共同生活을 아

니하더라도 共同血緣의 意識——宗族意識——으로써 協同하는 血緣團體인 家族團體를 形成한

다. 이러한 宗族意識으로써 協同하는 宗族團體는 國家 안에 小國家를 이룩하여 排他的 團體로

化하여 宗族團體 사이에 抵抗의 意識을 助長하여 紛爭을 일으키는 일을 우리는 村落에 있어서

항용 목격하는 바다.

宗族團體의 存在는 宗族團體 사이의 紛爭을 惹起함으로써 社會의 秩序를 紊亂케 할 뿐만 아

니라 宗族團體의 構成員인 各人의 意思와 行爲를 制御하여 各人으로 하여금 民主主義에 逆行

케 한다.

이러한 家法制度에서 유래되는 家閥、門閥의 좁은 宗派觀念과 階級的 特權意識 家父長的 專

制觀念 絶對屈服의 弊習은 건전한 民族主義의 형성을 저해하고 利己를 넘어서 功利性을 전제하

는 길을 막았다。 남이 잘 살아야 내가 잘 살 수 있다고 하는 社會意識이 성장하고 他人의 幸福과 동시에 내 幸福을 찾겠다는 社會的 功利主義에로 발전해야 할 것이다。

（6） 名譽觀念의 缺如

李朝社會에서는 儒敎의 正名主義가 들어와서 名節이나 儀禮에 구애되어 實을 잃는 것이 예사였다。 冠婚喪祭를 남한테 뼈젓이 하기 위해 家産을 탕진했다。 그러나 西歐의 騎士道的인 名譽意識은 형성되지 못했다。 黨爭의 분위기 속에서 論功行賞은 좋아했으나 진정한 人格的 名譽觀念은 박약하다。 一對一로 대결하는 決鬪보다는 비겁하게 權力에 기탁하거나 大勢에 의지한다。 이를 阿附的 勇氣라고 한다。 문제는 허심탑회한 「平服의 勇氣」가 없다는 말이다。

西洋말에는 「名譽를 걸고」라는 말을 우리는 「決死的으로」 或은 「滅私的」을 「必死코」라고 한다。 내가 죽으면 명예도 아무것도 없고 責任을 지지 않는다。 결국 섭게 자기 목숨을 끊어 責任을 면하겠다는 것이지 名譽를 걸고 責任을 지키기 위해 죽는 것이 아니다。 거짓말을 하고 간사하며 남의 돈을 사기하는 것은 모두 名譽感의 缺如와 관계가 깊다。

그러므로 우리 法律上의 「名譽毁損罪」란 西歐人들의 生活意識의 産物이므로 우리에게 實感이 나지 않는다。

우리 民衆에게 名譽觀念이 박약하고 따라서 責任觀念이 희박하다。 그것은 확고한 自我意識이 형성되지 못하고 다만 「막연한 種族意識」 「家閥意識」이 있을 따름이다。 그 一例로는 西洋人들은 「나」를 크게 내세워 「I」라고 或은 「Ich」라고 강조하는 데 대해 우리는 「나」가 小生이요、 그 小生의 字體도 적다。

그리고 「나」는 대개 對話 속에서 「우리」라는 막연한 種派 속에 解消시키는 경향이 있다。「자네는 담배 좋아하나」 할때 「나는 좋아하지 않아」할 것을 「우리는 좋아하지 않아」 해도 전혀 어색하지 않다。 이는 우리말 속에 單數、 複數가 未分된 탓도 있으나 「나」라는 自我가 확립되지 못한 탓이라고 할 수 있다。

대개 우리말에서는 「나」라는 主語、自我主語를 省略하는 것이 오히려 자연스럽다。「革命이 일어났다고 하기에 뛰어 나갔다。 아무것도 보이지 않는다。 그래서 집에 들어 왔더니 라디오가 혁명을 알려 주었다」 —— 이 문장에서 「나」라는 主語가 네번 빠졌어도 文章에는 전혀 지장이 없다。「나」가 責任的 自我가 형성되지 못했으니 건전한 人格도 道義의 確立도 기대키 곤란하다。 이렇듯 自我의 確立이 없으면 건전한 批判精神도 성립되지 않는다。

(7) 健全한 批判精神의 缺如

批判은 現實을 克服하려는 적극적 자세에서 생기는 것이지 李朝社會와 같은 强權的 專制下에서는 諦念이나 逃避만이 있게 된다。

특히 東洋精神 속에는 진정한 批判이 없고 傳受와 繼承만을 능사로 삼았다。 孔子의 말이면 무조건 옳다고 해서 「子曰…」이면 그만인 것이다。 李朝社會의 文化 역시 朱子學 이외의 자유로운 學問의 硏究를 不許했고 이를 「斯文亂賊」이라고 억압했다。 그러므로 民衆의 마음 속에는 陽性的인 批判意識이 성장치 못하고 陰性的인 不平不滿이 습성화했다。 특히 黨爭의 대결은 批判

的論爭이 아니라 不平不滿의 蓄積이오 그 폭발 역시 비뚜러진 非正常的인 發散이었다.

한편 李朝人들은 비교적 詩文에는 능했으나 論證을 통한 理性的思考가 缺如되어 있었다. 感

受性이나 感覺에는 민감해서 言語에서도 感覺的인 形容詞는 발달시켰으나 論理的思考에서 나

오는 理性에는 敏感 中國文獻을 그대로 옮겨 놓는데 그쳤다. 討論이나 意見의 發表는 대개 兩班

의 威信과 관련되어 獨斷的이요 絕對的이었다. 적어도 상대방의 의견을 고려한다든가, 論爭에

서 理論的으로 납득시키려는 것이 아니라 「우격다짐」이었다.

李朝社會의 文化는 마치 희랍의 소피스트時代에 비유할 수 있다. 문제는 出世이고 지식은

出世해서 權勢를 잡기 위한 도구였던 것이다. 그러므로 權勢를 가진 虛僞가 오히려 權勢없는

眞理를 누루는 것은 마땅한 것으로 된 것이다.

이러한 惡貨가 良貨를 구축하는 경향은 李朝社會內에 건전한 指導勢力을 育成치 못했다.

六 傳承해야 할 遺産들

우리는 李朝史를 四色黨爭·事大主義·兩班의 安逸한 無事主義的 生活態度 등을 들어 후대에

따른 악영향을 끼친 民族的 罪惡史라고 생각한다. 때로는 오늘날 우리 삶이 고되고 구부러진 것

이 마치 李朝史의 惡遺産 그것이라고 생각한다. 오늘날 젊은 世代는 旣成世代와 더불어 先祖

들의 足跡을 원망스러운 눈으로 돌아 보며 경멸과 분노를 아울러 느끼는 것이다. 이는 젊은 世

代에게 있어서 하나의 좋은 長點이라 하겠다. 現實의 再建은 勿論 過去史를 批判的으로 反省

하여 보다 나은 未來를 創造하는 계기가 되기 때문이다.

그러나 한가지 警戒해야 할 것이 있으니 그것은 우리나라의 現實을 再建하는 데 外來文化나 政治制度에 너무 의뢰하여 자기가 디디고 있는 韓國이라는 大地에서 전개되어온 國史를 저바리거나 거기서 떠나서는 아무 일도 되지 않는 것이다. 解放十七年史을 되돌아 볼 때 우리 民族은 한때의 나이롱旋風에도 팬스바람에도 그리고 外來品범람에 휩쓸려 제 넋을 잃음을 번했다. 이른바 「外來思潮 消化不良症」에 걸렸다고 할 것이다.

이제 우리는 제 생각을 國史 속깊이 뿌리박게 해야 한다. 소크라테스가 風前燈火와 같이 흔들리는 아테네의 市民을 향해 외친 그 소리 「너 자신을 알라」——이 말은 「네 民族이 걸어온 苦難의 歷史 속에서 敎訓과 힘을 찾아내라」는 말로 우리 가슴 속을 울려 퍼진다.

우리 民族은 歷史라는 거울 앞에 서면 유달리 못난 곳만을 보고 실망을 금할 수 없는 나머지 푹 고개를 수그리는 格이다. 그러나 황야 속에서 허덕이며 살아온 苦難의 歷史도 자랑일 수 있고 그것을 자랑으로 만드는 일이 革命을 통해 歷史를 힘차게 創造하는 役軍의 보람이 아닌가.

우리 民族史는 「상처투성이의 榮光」이다. 거기에도 珠玉이 있고 寶貨가 있다. 이러한 뜻에서 우리는 李朝史 속에서도 우리가 傳承할 수 있는 훌륭한 遺産을 찾아보자.

李朝時代의 「르네쌍스」는 世宗、世祖、英祖代라고 할 수 있다. 이 中興期를 맞아 난숙한 李朝의 文化가 꽃피었으며 大同法 均役法은 물론 한글의 制定、經國大典의 發刊은 후대에도 큰 영향을 끼쳤다.

世宗大王(一三九七─一四五○)은 우리 文化史上 빛나는 업적을 남긴 聖王일 뿐만 아니라 「言文一致」의 원리에 입각한 「한글」制定은 실로 民族的 自覺에서 우러나온 賢策으로 그 偉大함은 「近世韓國의 民族文化革命」이라고 해도 과언이 아니다. 그 訓民正音 序에 「國之語音이 異乎中國하여 與文字로 不相流通이라……」고 한 것을 보더라도 世宗大王은 文字改革을 통해서 自主的 民族意識을 고취하였을 뿐만 아니라, 民族固有文化의 育成과 國民敎育上에 일대 革新策을 세운 것이라고 하겠다.

그 때까지 사용된 文字는 漢文이었고 또한 익히기 힘든 漢文은 兩班階級의 專用物로서 民衆은 더욱더 無知 속에 빠져 專制的 愚民政治의 폭압 아래 어두운 생활을 이어왔다. 그런데 世宗大王은 民衆의 生活을 통찰할 줄 아는 賢君으로서 「訓民」을 생각한 점 역시 위대한 民族的指導者의 면모를 말해 줄 뿐만 아니라 「故로 愚民이 말하고자 해도 마침내 그 情을 펼수 없는 者가 많도다. 나는 그것을 가엾게 여겨 새로 二十八字를 制定하고」訓民正音이라고 해서 아래로부터의 民心과 民意를 존중하는 一面을 보여준 것이다.

世宗은 文化·政治硏究의 國立硏究所格인 「集賢殿」의 制度를 잘 활용했다. 이 아카데미에서는 世宗의 도움을 받아 당대의 少壯學者를 모아 各種學術硏究討論、政治制度、歷史의 硏究、王의 學問上의 顧問과 進講、各種 書籍發刊 著述에 종사케 했던 것이다.

大王은 成三問、申叔舟、鄭麟趾 등 集賢殿學士들과 더불어 事大主義學者의 반대를 물리치고 「한글」制定을 단행했을 뿐만 아니라 그밖에 科學發明에도 큰 업적을 남겼다.

大王은 李蕆 蔣英實로 하여금 天文觀測機(簡儀、渾儀、渾象)、해시계(仰釜日晷)와 물시계 (自擊漏)를 만들어 農業에 도움이 되게 하고 一四三八年(世宗 二十年)에는 天文圖、天文曆法 에 관한 書籍을 편찬하고 一四四二年(世宗 二十四年)에는 測雨器를 製作하여 中央觀象臺인 書 雲觀에 두고 八道로 하여금 이를 모방하여 全國 雨量을 조사케 했다.

世宗十一年(一四二九年)에는 中國農業의 代表作인 「齊民要術」을 참고하여 「農事直說」을 저 슬했고 世宗은 한편으로 田制를 정비하고 賦稅의 공평을 기하기 위하여 田分六等、年分九等의 法을 제정하고 二十年마다 「量田」(土地測定)을 실시케 했다.

또한 世宗 때에는 括目할 만한 活版印刷術의 改良이 행해졌다。太祖 때에는 木活字를 除外하고 흔히 銅・鉛 등 鑄造活字가 사용되었으며 太宗 때에는 새로 鑄字所를 두어 銅活字를 만든 이후 거듭 活字를 改鑄하였다。특히 世宗代에는 四次에 걸친 鑄字改良을 기했고 우리나라 活字의 發達은 독일인 쿠텐베르그의 活字發明(一四五五年)보다 훨씬 앞섰던 것이다。

이리하여 李朝盛時인 世宗、世祖、成宗代에는 「治平要覽」、「龍飛御天歌」、「高麗史」、「五禮 儀」、「國朝寶鑑」、「東國通鑑」、「東文選」、「東國輿地勝覽」、「訓民正音」、「經國大典」 등 저명한 책을 많이 남겼다.

앞서 말한 世宗前後의 李朝初期 르네쌍스는 英祖、正祖代에 와서 다시 꽃피었다.

英祖는 黨爭의 폐해를 근절키 위해 「蕩平策」을 써서 人材를 널리 고루 登用하는 한편 새로 均役法을 만들어 一般農民의 부담을 경감하여 役을 平均케 하고 그 대신 런세가들이 소유하고

있는 漁場、 鹽田、 船舶 등에서 稅를 징수하여 국고수입을 늘였다。 다음 正祖는 열렬한 改革意
志를 가지고 文運을 발전시켰다。 그는 奎章閣을 만들어 참신한 學者들이 모이게하고 부패한 外
叔勢力을 제거하고 대대적으로 학문을 장려하여 大典會通、 武藝圖譜通志、 奎章全韻 등을 편찬
케 했다。

英祖代에는 國文學이 크게 발달하여 金天澤의 靑丘永言과 아전 출신인 金壽長의 海東歌謠가
편찬되고 春香傳도 이때에 나온 것이다。 그밖에도 檀園 金弘道의 그림 등 美術과 李朝 白磁器
등 工藝도 발달했다。

이상은 王朝와 支配層中心의 文化遺産을 설명한 것이다。 이보다도 民衆 속에서 움튼 고귀한
遺産을 찾아내보자。

(1) 地方自治의 發生 —鄉約과 契—

民主主義의 기초는 地方自治에 있다。 地方自治에는 무관심하고 中央政治에만 관심을 둔다는
것은 中央集權的 專制의 잔재로서 民主政治가 成長되지 못했음을 말해주는 것이다。(四·一九
후 地方自治團體選擧에 대한 국민의 無關心과 관련하여)

이러한 의미에서 李朝初부터 발달한 우리나라 地方自治의 싹인 「鄉約」은 그리 찬란하게 꽃
피지는 못했으나 다시 살펴야할 遺産이다。 오늘날의 再建國民運動이 성공하려면 國史上의 地
方自治의 範型인 鄉約으로부터 歷史的根據를 다시 얻어야 할 것이며 그럼으로써만이 民衆 속
에 뿌리박은 汎國民運動으로 성공할 수 있을 것이다。

원래 「鄉約」은 李朝의 儒敎主義의 허구많은 弊害에도 불구하고 몇 가지 안되는 美點이다.

「鄉約」이란 이른바 鄉里、鄉村의 契約에 해당하는 것으로 그 地方의 自治組織을 말한다. 鄉約은 본래 中國宋代藍田呂代(呂大防) 一門에서 된 것으로 그 四大綱目은

1. 德業을 서로 권장하자. (德業相勸)
2. 잘못을 서로 바로잡자. (過失相規)
3. 禮俗을 서로 나누자. (禮俗相交)
4. 患難을 서로 돕(恤)자. (患難相恤)

는 것으로서 이는 鄉村의 自治規約이다. 李朝에 들어온 것은 呂氏鄉約에 朱子의 增損이 된 것이며 우리나라에서 본격적으로 채택된 것은 改革派인 趙光祖一派의 奏請에서 비롯한 것이다. 그후 얼마 안가서 실패하고 民間에서 自然發生的으로 생긴 것이며 그 代表인 것이 李退溪 李栗谷의 鄉約이다.

趙光祖의 鄉約 이전에는 벌써 李太祖가 「鄉憲」이라 해서 地方自治運動을 피한바 있고 世宗 때에 와서는 各地方에 汎國民的인 「留鄉約」을 설치하고 地方官吏의 不正을 바로잡고 鄉風을 바르게 했다. 中宗 이후(一五一七年) 國令으로 鄉約의 一般化를 강행하려고 했으나 좋은 성과를 거두지 못하고 그후 民間에서 자연 발생적으로 鄉約運動이 일어나 中國鄉約을 우선 韓國化시키고 다시 各地方의 실정에 알맞는 것으로 만들어 비로소 성공한 것이다.

이러한 地方的特色을 가미한 地方自治的인 조직의 發生은 주로 李退溪의 禮安鄉約에서 비롯

하여 坡州鄕約、海州鄕約、西原鄕約、社倉鄕約 등으로 전파되어 李朝末까지 왕성하였으나 그

것이 儒敎의 封建倫理로 말미암아 差別待遇라 土豪의 발호를 주어 건전한 平民的인 새

로운 民主勢力의 등장으로까지 발전하지 못한 것은 유감이다。特히 鄕約이 儒林들 中心의 鄕

校와 結부되어 美風良俗을 보호한다는 美名下에 虛禮와 形式을 권장하고 女子의 出入時 장옷

으로 얼굴을 가리는 등 男尊女卑에 골몰하여 그 制度가 지닌 儒敎的制約을 탈피치 못했고 兩

班支配階級의 貴族自治에서 民衆自治로 발전치 못한 것은 十九世紀末 東學亂時 忠淸道地方에서

鄕約이 官軍과 협력해서 東學軍과 싸운 것이 잘 설명해 준다。

다음은 「契」의 發達이다。

원래 「契」란 것은 일종의 친목모임, 同好會 혹은 組合을 말한다。契는 高麗時代부터 있었는

데 그것이 近世에 와서는 鄕村에 널리 퍼져 共濟共生組合의 몫을 하는 自治團體로 발달했다。

그러나 이러한 조직이 分明한 것이 못되고 대개는 秘密結社、血緣的封建的 테두리 내의 조직에

그쳤다。그 「契」조직을 몇 가지로 나누어 보면

① 秘密結社를 주로 하는 契이다。이에 해당하는 것은 宣祖 때 鄭汝立 등이 모은 「大同契」이

다。東西黨爭으로 朝廷에서 떠난 鄭汝立은 鄕里 全州에 돌아와 講學을 하며 儒林、武士、僧侶

등을 모아 大同契라는 同志會를 만들고 反王大亂을 일으킬 것을 목적으로 武藝를 단련하는

한편 反亂의 思想的根據를 秘記讖說(鄭鑑錄 등에 木子亡奠邑 即 李氏는 亡하고 鄭氏가 興한다는

것)에 두고 은밀히 조직을 펴고 있었다。鄭汝立은 儒敎의 尊王思想에 대항해서 「人民에 害되는

임금은 弑함도 可하고 行義不正한 夫는 去함도 可하다」고 당시로 보아서는 기상 천의의 革命的인 說을 들고 나와 이를 實現키 위해 契를 모았다가 발각되어 全家가 몰살당하고 그의 저명한 著述들은 불속에 던져졌다。鄭汝立의 反逆은 다시 評價되어야 할 것이다。또한 李夢鶴 등의 同甲契會도 그것이다。

② 同好親睦에 관한 契로서 宗契、花樹契、同甲契 등이다。이는 血緣、地緣、族黨的結合이다。

③ 共濟救助를 위한 契는 婚喪契、爲親契、香徒契、投壓契 등이다。

④ 同業組合으로서의 契――이는 蔘契、牛契、金契、銀契、紙契 등이다。

⑤ 共同擔保 隣保團結을 목적으로 하는 농민들의 契로서 軍布契、戶契、洞契、統契、農契、松契 등이다。이 契는 族的、村落的 結合으로서 無力한 民衆들이 兩班支配下에서 살아가려는 結合이다。이런 結合을 통해서 무력한 농민들이 자기들의 自治團體나 혹은 族黨이나 權力者와의 結合關係를 통해서 생하려는 것이다。그러므로 成員間의 平等을 인정하는 組織體가 못되고 封建的인 냄새를 가진 義理、人情이라는 유대로 뭉인 閉鎖的 團體들이었다고 해도 과언이 아니다。그러나 이는 우리 나라 地方自治의 萌芽로서 앞으로 農業協同組合을 전개하는 歷史的 土臺로서 검토해 볼 만한 것이다。

이밖에도 농촌의 村落共同體인 요소로서 「두레」「품앗이」 등 遺風은 권장할 만한 것이다。

(2) 國難克服을 위한 愛國傳統――李忠武公과 義兵運動、東學農民運動 등――

李朝儒敎主義는 新羅 때부터 傳承된 곳곳한 護國民族精神인 國仙「花郞道」의 知行合一의 指導

者像을 무너뜨리고 文弱에 빠져 廣開土王의 웅대한 高句麗的 雄威는 사라지고 계속되는 外賊

의 侵入을 받은 것이 李朝이다. 이렇듯 자취를 감추었던 民族精神인 花郞道는 李朝에 와서도

國難이 있을 때마다 支配層은 속수무책일 때 오히려 民衆 속에서 우뚝 솟아 나오곤 했다. 그 花

郞道의 李朝的 中興이 李忠武公의 찬란한 護國行績이다. 忠武公과 同時代의 學者로 이름 높은

李晬光은 壬辰倭亂을 몸소 겪어본 체험에서 이 倭亂 속에 花郞道의 再現을 본것이다. 宣祖代의

李晬光이 지은 「芝峰類說」에 의하면 國俗의 仙이란 花郞國仙을 말하며 그것이 「作契」하여 서

로 「糾察監察」하는 바 이를 「香徒」라고 한다고 한다. 壬辰倭亂 때 護國靑年團體인 「香徒」의 國

仙이 忠武公의 정신을 떠받들어 花郞의 傳說을 다시 살린 것이라 할 수 있다.

花郞道 硏究家인 丹齊가 妙淸의 西京戰役과 事大史家 金富軾의 三國史記를 우리 나라 民族史

上의 「第一重要한 事件」으로 보는 것은 바로 그때부터 花郞道 國學風이 자취를 감춘 때문이다.

그런데 李晬光은 「香徒」가 나타나 「中外의 鄕邑과 坊里가 모두 契」를 모아 國土防衛에 임했

다는 것이다. 사실 壬亂 때에는 우리 나라에 僧兵이 나타나 西山大師와 四溟堂이 승병을 지휘했

다고 했는데 그때 훈시한 내용이 花郞五戒인 것으로 보아 「僧兵」도 대개 花郞國仙이었음을 알

수 있다.

아무래도 花郞國仙을 李朝에서 찾는다면 東洋海將의 龜鑑 李舜臣將軍을 들어야 할 것이다.

그의 英雄的 海戰과 尙武精神은 國亂克服을 위한 護國傳統을 수립했다.

그후 壬午軍亂 후에는 各處에 義兵運動이 일어나 그 規模나 戰鬪回數는 방대하였다. 특히 全琫準將軍이 倡義한 東學革命은 「斥洋斥倭」・「除暴救民」의 大義를 내걸고 일기한 農民反亂으로 그 속에는 역시 花郞精神이 흐르고 있었다. 東學敎主 崔濟愚는 花郞道의 발상지 慶州서 나서 「儒佛仙三敎合一」의 새로운 民族宗敎를 수립하고 「保國安民 地上天國建設」을 제창했는바 그 역시 花郞의 傳統을 이어 「仙」 즉 花郞國仙을 新興 民衆信仰으로 再興시키려고 했다. 특히 水雲(崔濟愚)은 劒舞를 추고 劒訣인 「시호시호 이내시오 부재래지 시호로다」라고 읊으며 칼춤을 런장 했다고 하니 花郞尙武의 遺訓이 들어 있었다고 하겠다. 진정한 우리 나라 「선비」像은 文弱에 흐르지 않고 일단 국가가 위기에 빠지면 싸움터에 나서는 愛國的戰士이기도 했다.

(3) 庶民文學의 開花

世宗大王이 「한글」을 제정한 이래 漢文學보다 한글로 표현된 國文學의 發達은 壬亂을 전후해서 많은 詩歌作家를 배출했다. 鄭澈의 松江歌辭와 尹善道의 歌辭는 후인들이 높이 평가하고 있다. 특히 宣祖 때 許筠의 「洪吉童傳」은 金萬重의 作品인 九雲夢、謝氏南征記와 같은 中國作品의 모방이 아니라는 점에서, 더욱 가치가 있다. 許筠은 洪吉童傳에서 儒敎論理와 旣成社會에 대한 批判을 試圖하고 階級打破를 주장하는 한편 民衆의 봉기를 예고했다고 할 수 있다. 李朝中期 이후에는 庶民文學이 대두하여 兩班의 庶孼子孫과 平民(常民)중에서 學者、文人이 많이 배출되었다. 胥吏階級출신의 金天澤(英祖代文人)은 靑丘永言을 金壽長은 海東歌謠를 내었고 그 후 朴孝寬、安玫英 두 詩人은 歌曲源流를 엮었다.

그 밖에도 예속적 지위하에 억눌려 있었던 女性들이 詩文學을 통해 그 빛을 남겼다. 李栗谷

의 어머니인 申師任堂, 許蘭雪軒의 詩、黃眞伊、李梅實과 같은 妓女文學 등이 유명하다. 더우

기 思悼世子의 아내인 惠慶宮 洪氏의 恨中錄은 우리 나라 宮中 女流文學의 白眉요、黨爭的 분

위기를 피눈물 나게 엮은 歷史的 告白이기도 하다.

(4) 退溪와 實學思想

李朝代에 性理學은 크게 發達하여 李退溪、李栗谷 같은 大學者를 배출했다. 書院의 발달과

더불어 山村에 묻혀 私學을 육성하는 한편 심오한 哲學의 探究를 가능케 하여 「四七論爭」(四

端理之發 七情氣之發 등의 「四七」을 중심으로 退溪와 奇高峯間의 學術論爭)의 大碩學을 배출했

고 특히 退溪의 學問은 日本에 전파되어 近世 全般의 日本思想을 지배한 감조차 없지 않다.

栗谷은 社會問題 國政問題에 관해서도 큰 관심을 가져 理氣說뿐만 아니라 「更張漸進主義」의

입장에 선 理論을 전개하여 壬亂前에 「十萬養兵說」을 제창한 점 역시 그의 위대한 先驅的 知性

을 말해 준다.

十六世紀中葉 이후 近世列强들이 東洋을 侵入해 들어옴에 따라 隱者의 나라에도 朱子學만으

로 안주할 수 없게 되어 西歐文物의 자극을 받아 實學思想이 일어났다.

實學은 공리공론에 골몰한 朱子學에 **반대하여 實用的 知識**과 科學을 존중하는 思想이다. 이

「實事求是」의 근본정신은 秋史 金正喜의 「實事求是說」등에 의하면 「實」인즉 實踐躬行을 의미

하고 「空虛에 떨어지지 않는다」고 했다. 茶山 丁若鏞은 實學的 立場에서 「經世遺表」「牧民心書」

등을 저술하고 과거 朱子學에 물든 兩班들의 無事無爲主義 安逸主義를 배격하고 「天下에 堯舜
보다 勤함이 없거늘 無爲라고 속이고」라고 개탄하면서 無爲自然에 기탁해서 속수무책으로 허송
세월하는 낡은 生活態度를 반박하고 實踐을 강조했던 것이다. 도리켜 보면 우리 나라 近代化의
轉換期에선 思想界가 黨論에 쏠린 朱子學 등 儒敎風을 누리고 西歐科學文物을 받아들이는 進取
的인 「實學」의 革新思想을 보다 과감하게 받아들여 육성했다면 後進性을 克服하는 시간을 휠
썬 단축시킬 수 있었을 것이다.

七 李朝 亡國史의 反省
— 民衆의 反亂、外來植民地化의 亡國史 反省 —

李朝社會는 宣祖代의 壬辰倭亂과 仁祖代의 丙子胡亂의 兩大 外來侵入으로 內政은 극도로 문
란해졌고 民衆의 生活은 이루 말할 수 없을 정도로 비참한 지경에 빠졌다. 黨爭史의 反省에서
이미 검토한 바와 같이 李朝王權도 이제는 弱化되어 그 혼란속에 勢道政治가 純祖、憲宗、哲
宗 三代 六十年間 계속되었고 소위 「勢道」를 부린 外戚인 金氏一門은 감투싸움과 뇌물、매관
매직을 멱먹듯이 감행하고 地方官吏의 대개가 勢道家의 戚黨으로서 百姓을 賦役과 貢稅 양면
에서 가혹하게 수탈하고 그 행패는 이루 말할 수 없었다.
勢道政治란 것은 王의 信任을 받는 外戚 중에서 한 派가 독재를 하여 自派의 利益을 위해서는
國家權力을 무궤도하게 악용하는 末世的 政治現象인 것이다. 따라서 李朝後期의 黨爭과 外賊의

侵入에 이어 勢道政治의 橫暴가 나타났으니 이제 民衆의 생활은 中央兩班은 물론 地方의 勢道外戚・官吏들한테 法外의 허다한 徵收에 뜯겨 피폐한 것은 이루 말할 수 없다. 그래서 暗行御使를 빈번히 파견했으나 御使마저 뇌물을 먹는 판국이니 李朝官人의 不正、腐敗는 극에 이르고야 말았다. 李朝가 黃昏에 이르렀다는 징조는 도처에 나타났다.

우선 旱害、水害、虫害、惡疫、乞食、飢死 등 재난이 끊임없이 일어났다. 특히 顯宗十二年（一六七一年）의 凶年 때에는 굶어 죽고 疫病에 죽은 자 壬辰亂 때보다 많았고 굶주린 사람들은 남의 무덤을 파고 시체의 옷을 벗기고 幼兒를 버리는 게 흔했다고 한다. 그래서 政府가 遺棄兒收護法을 公布할 지경에 이르렀다. 純祖十二年（一八一二年）의 飢民의 數는 平安道 九十萬名、黃海道 五十二萬、江原道 十七萬、咸鏡道 四十萬、京畿道 七萬에 이르렀고 다음해에는 平安道二十三萬、黃海道 三十萬、江原道 十二萬、慶尙道 九十二萬、忠淸道 十八萬、全羅道 六十九萬名에 이르렀다고 한다. 이처럼 방대한 貧民의 增加를 政府로서는 도저히 구제할 길이 없었다.

「가난은 나라도 못 구한다」는 옛 속담이 이런 경우에 들어맞는 것이다. 결국 하염없이 流浪하는 離農民과 乞人들이 속출케 되었다. 그것은 산에 올라가서 山賊이 되고 그로 인해 산불이 자주 일어나고 村落이나 地方官衙가 불타고 강도들이 총을 메고 말타고는 都市에 빈번히 출현하였으니 이를 「火賊」이라고 했다. 또한 海岸과 河川에는 「水賊」들이 우굴거렸다. 수많은 農民反亂이 일어났는데 그 중에서도 平安道民에 대한 差別待遇와 농민의 곤궁을 이용해서 그들을 선동하여 大反王朝反亂을 일으켰으니 이것이 純祖 十一年 辛未（一八一一年）의 「洪景來亂」이다. 洪景來는 원래 不平官人으로서 政權奪取를 목적으로한 「逆賊」이었다고 하나, 그 反亂이 능케 된 것은 극도로 피폐한 농촌의 貧困이었다. 한때 이 亂軍은 淸川江以北을 완전히 장악하고 흔들리는 李氏王權을 위협했으나 半年 후 定州亂軍城이 함락되어 결국 실패로 돌아가고 말았다. 그러나 農民反亂은 계속해서 각지에서 벌떼처럼 일어나 哲宗十三年（一八六一年）에는 慶尙、全羅、忠淸 三道에서 무수한 反亂이 일어나고 진압되고 했다.

이 哲宗朝는 이른바 「民亂의 時代」를 연출하였으니 그 시작은 유명한 「晋州民亂」에서이다. 哲宗 十三年二月에 晋州民들은 兵使 白樂莘의 貪虐에 참다못해 궐기하여 反亂農民들은 머리에 白布巾을 쓰고 竹槍을 들고 官家에 들어가 官長을 내쫓고 奸吏를 죽이고 放火、파괴를 감행했다. 그리하여 農民의 反亂 심지에 불이 붙어지고 마침내 「東學亂」이라고 일컫는 近世 最大의 一大 農民反亂에까지 擴大하고 말았던 것이다.

그러면 이렇게 농민들이 民亂을 일으키게 된 원인은 무엇인가? 史家들은 「三政의 紊亂」 때문이라고 설명한다. 三政이란 田政、軍政、還穀 등 國家財政의 근본이 되는 納徵을 말한다. 이 三政이 문란해졌으므로 國庫는 마르고 地方官吏의 橫暴와 수탈은 가혹해졌으므로 農村經濟는 파탄되고 따라서 田制改革의 기초위에 섰던 李朝의 中央集權的 官人支配는 무너질 위기에 이른 것이다. 특히 地方官員들이 三政의 紊亂을 틈타서 中間搾取方法을 여러 모로 강구하여 수탈했으니 民亂의 직접적 분노는 地方官吏에게 향해졌던 것이다. 먼저 田政에 있어서 土地臺帳을

정비할 수 없으므로 실제 수확과 量案과는 큰 차이가 있으므로 地方官吏가 농간을 부려 중간

착취를 하고 이와 같은 「空地徵稅」로 농민의 부담은 커진데다가 免稅地의 增大 國庫의 赤字로

인해 과중한 各種稅率이 부과되니 농민들은 유랑의 길을 떠나지 않을 수 없었다。 또한 地方官

員들에게는 일정한 「常祿」(봉급)이 없으니 자연히 부정、 횡령을 해서 생계를 유지하게 마련이

었다。 軍政은 代役稅로서 軍布를 징수하는 것을 말하는데 거기에도 無力한 農民들만이 과중한

부담을 강요당했고 또한 還穀도 원래는 일종의 貧民救濟策으로 低利로 「春貸秋納」하는 制度였

던 것이 官權을 등진 國家的인 규모의 高利貸로 化하고 말았다。 결국 농촌 경제는 극도로 황

폐 하고 國家存立은 危機에 직면케 된 것이다。

哲宗 十四年 即 晋州民亂의 다음해에 집권한 大院君은 諸般 國政改革과 對外的으로는 外來

西歐勢力의 侵入을 막아 「鎖國政策」을 감행했다。 大院君이 外戚勢道를 누르고 四色을 고루

用하고 地方의 癌인 書院을 撤廢했다고 해서 그 정도의 미온적인 改革으로 곪을 대로 곪긴 李朝

社會를 再生시킬 수는 없었다。 도리어 그는 막대한 財政을 드려 景福宮重建의 一大土木工事를

계획하고 각종 세납을 받아들여 民怨을 사게 된 것이다。

對外的으로 볼 때 大院君 治世는 天主敎徒의 入國과 더불어 近代列强들이 韓半島라는 먹을것

을 놓고 서로 다투는 판국이었으며 極東에서는 日本、 淸國、 露西亞의 三國이 對韓政策面에

서 서로 각축을 다투고 西歐各國은 阿片戰爭 후 中國을 攻略하여 이웃인 韓國을 노리고 있었

다。 그것이 丙寅洋擾、 辛未洋擾로 나타난 것이다。

당시의 極東情勢는 中國과 韓國에 대한 利權을 둘러싼 列强의 植民主義的欲望의 對決이었다

고 해도 과언이 아니다. 이러한 판국에 世界情勢에 눈 어두운 大院君은 二次의 洋擾를 물리치

고 의기양양하여 「斥和碑」까지 세웠으나、執政十年만에 一八七四年 政權을 外戚 閔氏一派에게

넘겨주게 된 것이다.

그 후 閔氏勢道政治도 鎖國을 계속하였으나 高宗 十二年 雲揚號事件을 계기로 日本側의 요구

조건을 받아 「開國」하게 되어 釜山外二港을 貿易港으로 開港할 것을 내용으로하는 江華島條約

(一八七六年)이 체결되었다. 이 조약 이후 征韓論까지 들고나와 軍國主義的 侵略을 武力으로

꾀하려던 「사무라이」들은 日本商品市場化라는 「經濟的인 보이지 않는 侵略」으로 韓國으로 몰

려들기 시작했다. 日本外務大臣 宮本小一이 와서 修交通商章程을 議定하였고 四年 후 金宏集을

보내고 日本의 代理公使로서 花房義質이 와서 修約에 의해서 釜山 이외에 元山과 仁川의 開港을

보게 되어 이 기회에 日本은 韓國을 샅샅이 조사했다. 그리고 들어온 日本의 값싼 綿製品은

韓國市場을 獨占하고 말았다. 그리고 韓國으로부터는 쌀을 싼 값으로 사가게 됨으로써 韓國은

日本을 위한 食糧供給地가 되어갔다. 특히 日本商人들은 西歐商品들을 仲介해서 韓國에 팔아

넘겼다. 韓國市場에 팔 西歐商品(日本의 對韓輸出의 八〇%이상)은 오로지 日本船舶에 의해

서만 수송되어 오게 됨으로써 소위 「舶來品」은 日本資本主義發達과 韓國植民地化의 앞잡이가

된 셈이다.

門戶開放을 계기로 해서 新文化가 輸入되고 새로운 制度가 채택되게 된 韓國社會는 近代化를

위해 日本에「紳士遊覽團」을 파견하는 등 법석대는 바람에 국내 여론은 開化 革新 自主派와 守

舊、事大 親淸派의 두 파로 갈라졌다. 따라서 혼란된 政界는 다시 改革派인 閔氏系와 守舊派

大院君系의 對立 鬪爭이 전개되고 그 배후에는 日本、 淸國、 露西亞 등 外來勢力이 작용하고

있었다. 一八七三年 大院君이 은퇴하자 政局의 지도권은 王妃인 閔氏中心의 開化派가 잡게 되

어 韓國의 內政改革을 日本의 본을 따서 수행하려고 하여 軍制面에서도 新武器가 導入되고 日

本將校를 초청해서 新式軍制를 편성하기에 이르렀다.

늦게나마 開化思想을 통감한 閔氏一派의 改革運動은 기실 李朝官

人支配나 그 經濟的 基盤인 田制改革(近代的 土地改革)을 수행하려고 한 것이 아니라 皮相的인

새制度 文物의 輸入에 그쳤으므로 땅에 뿌리를 박는 改革運動이 되지 못하고 또한 부패한 兩班

官人層에 대치될 새로운 指導勢力, 近代化의 역군을 기반으로 한 改革도 못 되었으므로 失敗하

지 않을 수 없었다. 결국 閔氏派의 改革試圖는 軍制改革에 의해 舊軍隊와 大院君派의 不平을

사서 이 新制「別技軍」이 되어 舊軍隊들은 오래 밀린 봉급문제를 들고 쿠데타를 일으켜 閔妃를

타도하려고 했고 閔氏一族의 가옥을 부수고 日本人敎官을 죽이고 日本公使館을 파괴했다. 이

를 壬午軍亂이라고 한다.

결국 內憂外患에 흔들리던 당시의 壬午軍亂은 守舊派인 大院君을 다시 등장하게 했다. 亂을

진압시킨 大院君은 새로운 政府機構를 만들고 閔氏一派를 제어하는 한편 自派를 등용하고 軍

制를 부활시켰다. 그리고 혼란에 빠진 韓國을 두고 日·淸兩國은 다투어 침략의 손을 뻗쳤으니

日本은 軍亂때 日本人의 피해에 대한 보상을 요구하고 五十萬圓의 賠償金과 公使舘護衛兵의 駐屯을 인정하는 濟物浦條約(一八八二年)을 맺었고 淸國은 이 기회에 韓國에 대한 支配權을 회복키 위해 韓國의 군란을 진압한다는 명목하에 五千의 淸軍을 파견하고 鎖國政策을 쓴 大院君을 납치해가고 閔氏政府를 세우는 한편, 이러한 괴뢰정부를 시켜 西歐各國과의 通商條約을 맺도록 했다. 美國(一八八二), 英國、獨逸(一八八三) 伊太利、露西亞(一八八四年)등과 通商關係를 맺게 된것이다.

「西勢東漸」으로 西歐植民主義 侵略勢力에 의해 中國이 世界의 「고기밥」이 되었을 때 韓國은 주로 日·淸 혹은 日露間의 對立으로 노골화되었다.

결국 壬午軍亂 후 淸國의 韓國進出은 日本에게 큰 타격을 주었다. 이리하여 日·淸角逐戰은 國內的으로 親日的인 開化黨과 親淸的인 事大黨(閔氏一派) 사이의 대결로 나타났으니 閔氏一派는 결국 二分되어 親日派와 親淸派로 나누어진 셈이다. 日本을 배경으로 한 金玉均、朴泳孝、徐載弼 등 開化黨은 一八八四年 日本武力을 빌어 쿠테타를 감행하고 王宮을 占領、새 政府를 조직하고 革新開化를 선언했으나 「三日天下」에 끝나고 이른바 「甲申政變」은 실패로 돌아갔다.

이처럼 韓國은 日·淸과 西歐 등의 植民化의 길로 전락되어 가고 官人支配層의 勢力爭奪戰、地方官吏의 無道한 收奪은 극심하여 마침내 「哲宗朝의 民亂」은 一大農民革命으로 발전되었으니 이것이 「東學民亂」이다.

甲午(高宗三十一年)年인 一八九四年에는 全羅道 古阜에서 郡守 趙秉甲이 萬石深의 水稅를

징수한 것이 도화선이 되어 三南一帶를 석권한 農民反亂으로 확대되고 倡義東學軍大將 全琫準 下에 百萬의 大民軍이 집결했다. 원래 全琫準은 南接의 接主로 東學의 地方組織인 接色을 기 간으로 해서 東學幹部를 지도자로, 그리고 革命이데오로기는 崔水雲의 「人乃天」의 民衆思想, 經國安民、 廣濟蒼生、 地國天國建設의 東學思想으로 하고 前代에 볼수 없는 一大 民衆革命을 전개했다.

全琫準將軍은 「斥洋斥倭、 除暴救民」을 大슬로간으로 하고 歷政下에서 民衆을 해방하고 外來植民主義에 叛旗를 드는 民族革命으로 전개했다. 東學軍은 드디어 湖南의 要地인 全州城을 함락시키고 官軍을 도처에서 무찌르고 창고를 열어 貧民에게 쌀을 나눠주고 횡포한 兩班、 官吏를 처단했다. 三個月餘를 全琫準과 金開南은 全羅左右道를 호령하고 시기를 보아 「驅兵入京」하려는 계획을 세우고 있었다. 五月에 들어 日軍과 淸軍이 內亂에 干涉하여 派兵케 됨에 全은 全州城을 官軍에게 내주는 한편 東學의 自治民政機關인 「執綱所」를 各道郡에 설치하고 執綱所는 弊政改革十二條를 제시하기에 이르렀다. 여기에는 탐관오리의 엄벌은 물론 「土地는 平均으로 分作케 却」「無名雜稅의 廢止」 그리고 「公私債는 물론 己往의 것을 勿施」 「奴婢文書의 燒 할事」라는 近代化의 要諦인 土地改革의 요구까지 들어있다. 이는 후에 甲午更張에 그대로 반 영되어 실현되었으니 東學革命의 要求가 半은 성취된 셈이다.

東學民亂은 마침내 李朝 官人支配를 民衆의 힘으로 전복시키지는 못하였으나 그것이 우리 나 라 民主革命과 近代化의 起黙으로서 가지는 바 意義는 큰 것이다. 그 歷史的 意義는 ① 우리 나라

近代 民衆革命의 호시로서「保國安民 廣濟蒼生」의 民衆思想과 斥洋斥倭의 反植民地 民族主義의 擡頭였다는 점이요 ② 李朝 封建專制社會의 解體過程에 있어서 새로운 社會建設을 위한 指導勢力이 農民大衆속에서 싹텄다는 점이며 西歐의 近代化와 견주어 後進李朝社會 속에서 農民革命이 시도되었다는 점 ③ 韓國社會의 再建과 革命의 原理를 西歐思想의「直輸入」이 아니라 主體性을 가진 東學의「人乃天」「事天如天」이라는 民衆思想으로 전개되어 우리 나라 革命思想과 새로운 民主主義의 韓國化를 위한 精神的 源泉이 되었다는 것 ④ 따라서 東學은 花郞道 등 民族精神을 계승한 主體的 思想으로서 그 후 三·一運動, 四·一九, 五·一六의 韓國民主革命의 밑바닥을 흐르고 있다는 점을 들 수 있을 것이다.

마침내 東學民亂은 日·清兩軍의 韓國進駐의 구실을 주어 日·清戰爭을 유발했다. 그 때 韓國政府는 日·清兩軍의 撤兵을 제창했으나 日本軍國主義는 清軍을 패배시키고 韓國에 대한 支配權을 확립했다.

이 日淸戰爭에 승리한 日本은 閔氏政府를 제거하고 新日開化主義者 金弘集內閣을 수립하고 소위「甲午改革」(一八九四)을 日本近代化의 方向에 따라 실시했다. 이 改革은 日本侵略勢力의 비호하에 韓國의 近代化를 위한 諸般改革을 실시한 바 一種의「日本近代化 改革의 輸入品」이었다.

改革의 내용을 보면 法律上 兩班과 平民의 不等, 公私奴婢의 文書廢棄, 人身賣買禁止, 賤人身分의 廢止, 早婚禁止, 犯罪人家族의 連座刑廢止, 新官吏登用法, 租稅의 金納制, 文武官의

尊卑廢止、海外留學生派遣、外人顧問의 招致 등이었으며 이러한 改革은 急進的으로 김행하려고

했으나 실효를 거두지 못한 것은 물론이다。 문제는 李朝支配層을 日帝植民主義 앞잡이로 代置시

킨 결과밖에 가져오지 못했고 새로 대두된 大衆의 力量의 싹(東學民亂 등)은 꺾이어지고 말았

다。近代化의 플랜이 문제가 아니라 近代化를 수행할 지도 세력으로서의 民族的 中樞勢力의 形

成이 문제였던 것이다。 一八九五年 正月 國王은 親日 朴泳孝內閣으로하여금 선포케한 洪範十

四條를 宣言케하여 韓國이 「自主獨立國」임을 선포했으나 그 속에도 日本의 韓國侵略을 위한

계략이 잠동하고 있었다。

日本의 戰勝을 본 露西亞、佛蘭西、獨逸은 韓國과 滿洲에 대한 日本의 獨占에 반발하게 되었

고 露西亞는 滿洲와 韓國에 南下하려고 침략의 마수를 펴온 터라 日·露戰爭을 일으키고 말았다。

당시 極東情勢下에서 日本과 러시아間의 外交上 중요문제는 對韓政策이었고 한때는 韓國의 中

立化案으로 절충해 보기도 하고 北緯三十九度線으로 韓國을 兩分占有하려는 절충까지 있었던

터이다。 一九〇五年 러시아는 新興 日本軍國主義한테 敗했다。

日·露戰爭中 韓國은 局外中立을 宣言(一九〇四年)하고 日本侵略을 피해보려고 했으나 강제로

韓·日議政書에 도장을 찍게한 乙巳保護條約을 체결함으로써 거의 韓國의 主權을 상실케 되어

一九一〇年 八月 「韓·日合併條約」이라는 탈을 씌워 강도 日本은 韓國을 삼키고 말았다。 이리하

여 三十六年間의 日帝植民地化의 「悲劇」이 비롯한 것이다。 一九四五年 八月 十五日 民族解放의

날까지 「韓國」은 자취를 감추었으니 「나라없는 서름」을 받으며 살아온 受難民族史는 피눈물로

아로새겨졌다.

韓國의 政治的 主權喪失은 日本軍國主義의 經濟的 侵略으로 그 발판을 닦았으니 그것은 ① 韓國의 幣制改革 ② 東洋拓殖會社를 設立 ③ 土地調査(一九一○年)에 의한 植民地收獲의 强化、 ④ 學制改革 ⑤ 日本文化宣傳의 침투 등이었다. 결국 우리 나라의 近代化는 植民地 宗主國에 의한 近代的 變革이었으므로 畸型的 近代化이었고 經濟的 侵略과 日本軍國主義 兵站基地化의 길에 불과했으니 解放 후까지 그 植民地的 餘毒은 오래 남아 우리 民族의 再興을 방해해 왔다고 해도 과언이 아니다.

八 破滅에서 再建에로

― 李朝亡國、 六・二五、 四・一九、 五・一六 ―

舊韓末 亡國史로부터 오늘에 이르는 半世紀는 우리 民族이 「破滅에서 再建에로」 걸어온 가시밭길이었다고 할 수 있다.

近代化와 西歐列强의 東洋進出의 시기인 우리 나라 近世史의 새벽에 「隱者의 나라」「맑은 아침의 나라」로 알려졌던 韓國은 世界史에서 자취를 감추고 어두운 受難史의 主人公으로 化했다.

四千餘年의 歷史를 가진 韓民族이 저 南美의 「잉카帝國」처럼、 書誌學上의 功獻이 있는 民族의 遺名을 남긴 채 歷史의 舞台에서 자취를 감추었을지도 알 수 없는 ―― 아슬아슬한 밤이었다.

그러나 再建의 햿불을 찾아 五十年의 가시밭길에는 한숨과 피눈물로 아로 새겼다. 우리 나라 最近世史는 쓰라린 「民族의 거울」이기에 否定的인 教訓으로 우리 民族의 긴 잠을 일깨우고야 말 것이다.

國恥亡國一、三・一一八・一五一六・二五一四・一九・五一一六一이 날짜들이 매듭을 이루어 엮어온 最近世史의 苦程、그것은 실로 破滅에서 再建에로의 民族의 白衣行軍이리라. 日帝植民地支配속에서도 民族主義 獨立運動을 전개하여 民族精神을 간신히 살려온 우리 民族은 八・一五解放을 맞았으나 國土는 兩斷되고 마침내 六・二五의 民族相殘의 비극을 연출하였으니 北에는 蘇聯과 中共의 赤色帝國主義 植民地化의 길을 걷는 金日成共産獨裁가 人民을 酷使하고 南에서는 李承晩＝自由黨獨裁十二年에 基幹産業의 土臺인 電力하나 해결치 못한 사치적인 消費經濟로 농촌은 피폐하고 그 農民의 피와 살을 깎아 都市만이 非正常的으로 肥大化하여 腐敗와 不正이 극에 달해 世界의 눈에는 우리 나라가 「極東의 병든 孤島」로 비치게 되고 말았다. 젊은 世代의 民族意識과 貧困打破、民主再建의 大願을 절규한 四・一九도 自由黨과의 「○・五」黨이라고 할 정도로 土豪、解放貴族의 도당에 불과한 民主黨 執政九個月에 失政을 거듭하고 마침내 五・一六軍事革命을 유발하고 말았다.

五・一六軍事革命은 우리 나라 近代化史上 八・一五에서 비롯한 民主革命과 自立經濟建設의 民族的인 課題가 四・一九學生革命으로 각성이 촉구되어 그 기초공사를 시작하는 起點으로 이해되어야 하는 동시에 東學農民革命、三・一民族獨立宣言、大韓民國建國理念을 貫通해 흐르는 한

가닥 民族史의 巨流의 一環으로 이해되어야 할 것이다. 이제 세부에 들어가서 논의해 보자.

지난 半世紀는 우리 民族史의 一大轉換期였다. 一九一○年을 전후해서 우리 民族은 日本帝國主義 植民化로 전환되었고 韓·日「保護條約」 이후 韓國은 三十六年間의 民族受難期를 겪었다.

지난 半世紀는 世界史上「아시아民族의 覺醒」의 시대인 동시에 이른 바 後進世界가 植民地支配를 박차고 獨立하여 近代化를 완수하는 激動의 時代이기도 했다. 이 귀중한 시기에 우리 民族은 近代文化의 開花가 「봉오리」채로 시들고 倭賊의 쇠사슬에 뮤였으니 그 끼친바 累는 길이 후대에 미쳐 民族史의 再建과 創造를 괴롭혔다고 하겠다. 韓國에 대한 日本의 植民地支配는 「武斷政治」로서 가혹한 暴力支配였으며 무자비한 「사무라이」기질의 憲兵과 警察을 앞세운 無道한 暴壓이었던 것은 말할 나위도 없다. 특히 日本의 侵略은 자기 나라 資本主義의 成長과 팽창을 위해 經濟社會的으로는 갓난아기 같은 近代化 黎明期의 韓國을 괴롭혔으니 이는 韓國의 農民을 약탈하고 食糧供給源으로 삼았으므로 李朝官人支配下에 시달려온 農民들은 어쩔 수 없이 零落되어 버리고 말았다.

日本이 韓國을 商品市場과 原料供給地化시켰다는 것은 經濟的 植民政策으로 가장 가혹한 바가 있어 아직 半封建的인 零細農業國에 지나지 않았던 舊韓末經濟는 資本主義 植民地化로 말미암아 畸型的인 모습을 면할 수가 없었다.

一九○九年 八月二十九日 韓·日合倂이 발표되고 日本이 一九一○年에는 韓國에 近代的「土地私有權」을 확립하는 土地調査事業을 실시하여 植民地 體制를 정비 강화했다. 李朝建國의 기초

가 田制改革으로 이룩된 것처럼 日帝의 土地調査事業은 九年間의 時日과 巨額을 들여 완성하

여 武斷政治의 本領인 朝鮮總督府를 大土地所有者로 만들고 속속 移住해온 日本人들이 地主가

되고 鑛權、商權 등을 장악하게 되었는데 韓國經濟는 傳統的으로 「經濟的抑壓」하에 위축되어 온

이 마당에 설상가상으로 一九一○年을 계기로 해서 日帝武斷政治의 官權이 다시 등장하여 韓

國民族資本의 形成과 農民의 經濟的 成長을 더욱 위축시켰다.

一九一八年 土地調査事業이 완성되어 韓國에는 처음으로 近代的 土地私有權이 확립되었다는

것은 중대한 역사적 사건이다. 韓國에서는 낡은 土地所有權이 그때까지도 殘存하여 土地調査와

日人들의 土地買收上 커다란 혼란이 야기되었다. 이는 아직도 韓國의 傳統的인 土地制 즉 아

시아의 共同體와 封建的集權制下에 土地私田制에 대한 自營이 미숙하고 近代的인 私有觀念이 발

달되지 못했기 때문이다. 다시 말하면 近代化가 農民＝民衆의 成長으로 이룩된 것이 아니라＝日

本資本主義의 植民地 支配形式으로 强賣된 「一種의 輸入品」이었다는 사실이다.

韓國資本主義의 出發은 바로 이 土地私有制 確立에서 비롯했으나 日帝의 强賣品이 었으므로 오

늘날까지도 우리 나라 資本主義가 畸型的인 위축과정을 밟아 왔다는 것을 주목해야 할 것이다.

이미 一八七六年 「江華島條約」을 기점으로 해서 土地國有制 위에 섰던 李朝中央集權的 封建

專制社會는 무너지고 日本資本主義의 侵入을 받았다. 즉 日本資本主義는 韓國에 資本을 投入

키 위해서 價格의 不安定을 제거해야 했으므로 새로운 貨幣制를 마련케 하고 日本市場과의 統

一된 度量衡制로 改革하고 日本의 金融機關 商社들을 진출시키고 一九○八年에는 東洋拓殖會

社를 設立하고 日本資本主義의 獨占市場化를 위해 韓國에 鐵道를 부설했다。한편 日本資本主

義는 土地에 침입하여 食糧供給地로 만들려고 했고 마침내 一九一八年에 완성된 土地調査는 日

帝植民地化의 經濟侵略을 위한 外來「土地改革」이 되고 말았다。그리하여 그 結果 土地는 과거

收稅權者이었던 兩班 官人階級의 私田으로 化하는 한편 朝鮮總督府는 「最大의 地主」가 되어 農

民은 모두 土地 없는 小作人으로 전락되었다。

결국 日帝土地調査를 계기로 한 소위 「土地改革」은 土地를 商品化하고 近代的 所有權을 형성

하기에 이르렀으나 根本的인 構造의 改革이 되지 못하고 小作農民과 官人的 地主라는 낡은 所有關

係의 延長에 불과했으며 土地를 상실한 우리 나라 農民은 더욱 零細化하고 貧困化에의 길을 걸었

다。韓國農村經濟는 日本資本主義에 의해 강요된 近代的 土地改革에도 불구하고、李朝末의 官僚

貴族의 土地를 그대로 私有財產權으로 合理化시킨 데 불과하며 高率의 現物小作料를 납부하게

되었으므로 封建遺制는 농후하게 잔존하였다고 할 수 있어 半封建的 畸型性을 면할 수가 없었다。

이러한 植民地的 土地私有制는 해방후 農地改革(一九四九年六月)에 의해 土地없는 農民에게

土地를 有償 分配케 되어 形式的으로는 改革(六・二五動亂 등으로 파란을 거듭하여)되었다고

할 것이나 實質的으로는 失敗로 돌아가고 「農家高利債」 등의 폐단으로 나타났다。農地改革은 ①

農地를 細分化하여 小農、貧農을 만듦으로써 農村經濟의 資本主義的 成長을 가져 오지 못하고

② 農民은 平年作의 三割을 現物穀으로 五年間 계속 부담해야 했으므로 부담이 과중하여 더욱더

農家의 零細化만 가져왔고 ③ 地主階級은 매수당한 土地의 代價로 받은 土地證券을 産業資本

으로 전환시키지 못하고 歸屬企業體는 대개 官權과 政治部로키에 의해 농락되어 舊地主가 아

닌 新興資本家 이른바 「解放貴族」의 手中으로 들어가고 말았다. 農地改革으로 地主가 民族資

本家層을 형성할 수 있는 기회를 노치고 政權、官權에 의해 致富는 헀다고 하더라도 「解放貴族」

은 政治氣象圖에 민감한 계층이므로 그 不安定性 때문에 건전한 資本育成을 이룩하지 못하고

말았다. 經済外的 抑壓에 의한 官權依存 經済의 「惡循環」은 우리 나라 歷史를 지배해온 傳統的

인 弊害로서 근본적인 再反省과 檢討를 필요로 한다.

다시말하면 日帝植民地的 土地政策과 解放 후의 農地改革은 모두가 農業技術의 發達과 經營

의 合理化를 가져 오지 못하고 國家經済의 零細化、離農 등으로 도리어 우리 나라 農村을 파괴

의 길로 이끌었을 따름이다. 따라서 農地改革은 農村社會의 中樞勢力인 地主階級이 몰락한 이

후 人的으로나 物的으로 荒蕪地로 化한 셈이다. 과거의 地主는 그래도 經營面에서 比較的 安

定勢力을 形成하고 있었으나 그것마저 몰락하고 나니 지금까지 農民들이 依存해온 농촌의 中

心勢力을 완전히 잃었을 뿐만 아니라 小農、零細農이 그 經營資金을 의존해온(地主라는) 財政

的源泉이 없어진 셈이다. 따라서 농민들은 부득이 地域社會와는 유대도 애착도 없는 商業資本

이나 産業資本에 의존치 않을 수 없었으므로 결국 피도 눈물도 없는 高利債 搾取對象으로 化하

고 높아만 가는 農家負債는 우리 나라 經済의 「貧困의 惡循環」을 촉구해온 셈이다.

앞서 日帝의 經済侵略을 논구하고 그 영향력을 해방 후의 農地改革에까지 연장하여 고찰헀거

니와 이는 모두 우리民族의 奴隷化를 강요한 日本의 「武斷政治」에 起因된 것이다.

서울에 總督府를 둔 日本은 韓國民族의 獨立抗爭을 막기 위해 憲兵、警察을 앞세워 軍國主義的 壓制를 가했고 政治的 自由는 물론 言論의 自由도 韓國땅에서는 자취를 감추었다. 그러나 우리民族의 自立精神은 民衆 속에 엄연히 살아 남아 있었다.

合併前에는 게리라戰으로 全國的인 대규모의 「義兵」運動이 일어나서 도처에서 日軍을 무찔렀고 間島 沿海州 등지에서 抗日義勇軍이 조직되어 鴨綠江을 건너와 日軍을 습격하는 일이 빈번했다. 文化人、知識人、敎育者들도 은밀히 獨立思想을 고취하고 점차로 民族言論(獨立新聞 등)이 나타나고 培材學堂、中央、普成、徽文、養正 등 私學이 생겼으며 西北學會、興士團、畿湖學會、湖南學會 등도 생겨 民衆啓蒙에 당했으며 基督敎、佛敎、天道敎 등이 民族主義的 自覺을 가지고 성장케 되었다.

이러한 韓國民族의 自立精神의 自覺、成長은 一九一九年 三・一 獨立運動으로 폭발되었다. 이 全國的인 擧族的 獨立運動은 비록 失敗로 돌아갔으나 그 歷史的 意義는 큰 것이다. 이 運動은 ① 男女老少할 것 없이 모두 獨立과 自由를 절규한 擧族的 團結을 시위했고 ② 東學民亂이래 封建的 身分制를 제거한 民衆의 抗爭으로 近代的 自覺의 표시이며 ③ 民族自決의 民族意識을 發見하여 우리 나라의 건전한 民族主義의 開花라고 할 수 있는 동시에 ④ 近代的인 愛國民 愛族心이 싹텄고 ⑤ 武斷的 獨裁를 반대하는 民主主義的 自由의 自覺이라는 점에서 커다란 의의가 있는 것이다. 이 三・一運動에서 集約的으로 나타난 民族自立의 反帝國主義 反植民鬪爭은 계속되어 해방에까지 이르렀다.

三·一獨立運動 이후 日帝는 韓國統治方式을 武斷政治에서 文化政治에로 전환시켰다。一九
二○年 이후 十五年間 日本은 米穀增産運動을 전개하여 植民地 經濟體制인 「單一栽培」 強要로
나타나 쌀(米)만을 생산하는 單獨耕作型 農業으로 만들어 韓國經濟는 多樣的 發展을 기하지 못
하고 畸型的으로 위축되어 「自己 中心의 經濟」로 化하여 「自立經濟體制의 一大缺如」를 形成
해 놓아 오늘날까지도 그 缺如는 계속 작용하고 있다。

滿洲事變을 계기로 日本資本主義는 帝國主義的 海外侵略으로 나가게 되어 주로 北韓地域을
中心으로 日本의 工業資本이 投資되어 朝鮮水力電氣會社、興南窒素肥料會社 등을 비롯해서 鑛
工業、紡織、食料品工業 등이 생겼다。이는 오늘날 南韓은 쌀、北韓은 工業으로 二分시키는 결
과가 되었다。

一九三一年（滿洲事變） 이후 第二次大戰까지의 시기에 日本帝國主義는 韓國을 大陸侵略을 위
한 兵站基地로 만들고 戰爭目的을 위해 韓國經濟는 극도로 위축되고 희생되어 쌀밥은 물론、
末期에는 신발도 신지 못하고 헐벗기었다。

마침내 日帝는 韓國民까지 소위 「皇國臣民」化하여 日本의 노예로 만들려고 했으며 日本語使
用을 강요하고 神社參拜、創氏改名 등으로 韓國民族의 「말」과 「얼」마저 약탈하려고 했던 것이
다。이러한 「나라없는 民族의 설움」 三十六年은 第二次大戰의 終戰으로 마침내 끝나고 우리民
族은 解放되었다。

一九四五年 八月 十五日!

이날은 우리民族의 解放記念日이다. 그러나 民族解放이 自力으로, 民衆의 自覺的 成長으로 爭取되지 못하고 「終戰의 선물」로 聯合軍에 의해 贈與받은 것이니 이 점이 곧 解放後 十六年間의 混沌의 時期를 가져온 셈이다. 三八線에 의한 民族의 兩斷 역시 外國의 선물이었으니 北에는 蘇聯군에 의한 괴뢰 정권이 세워지고 南韓에는 유엔監視下에 南韓 單獨政府로서 大韓民國이 수립되었다. 이 民族分裂은 赤色帝國主義의 새로운 植民地政策으로 北韓을 삼키고 괴뢰 金日成 一黨을 앞잡이로 세워 一九五○年 六·二五動亂을 도발케 하고야 말았다. 三年間의 熱戰은 이 강토를 焦土化하고 수많은 死傷者를 내는 一大 民族的悲劇을 연출하고야 말았다. 一九五三 年 七月 二十七日 休戰이 成立되어 오늘에 이르고 있다.

休戰 후 八年間의 南北韓은 分裂된 채 「休戰會談에 의한 平和」를 유지하고 있으나 歷史的으 로 볼 때에는 이때부터 南北間의 「經濟競爭」의 시기로 들어갔다고 보아야 할 것이다. 그 후의 싸움은 大韓民國에서 볼 때는 經濟的, 政治的, 社會的, 文化的인 「勝共의 對立時代」로 들어갔 다고 할 것이다.

北韓에서는 괴뢰 金日成 獨裁下에 人民들에게는 民主主義的 自由가 박탈되고 休戰후부터 「千 里馬運動」이라는 經濟計劃을 강행하여 北韓民衆을 혹사해 왔다.

그러면 그동안 우리 民國의 實情은 어떠했는가?

自由黨獨裁 十二年에 農村經濟는 파탄되고 官紀는 문란했고、不正蓄財者들은 건전한 國家經 濟의 成長은 커녕 不正、腐敗의 溫床으로 化했다. 解放 十六年에 南韓에서는 李承晩老人의 눈

어두운 獨裁와 부패한 自由黨 官權中心의 「解放貴族」들이 跳梁하여 民族의 將來는 어두워만 갔

다。民主主義를 直輸入한 議會民主政治는 失敗하고 三十億弗의 「外援」은 電力、肥料工場 하나

제대로 만들지 못한 채 都市의 화려한 消費生活로 탕진되었다。社會는 外來風潮 消化不良症에

걸려 外來商品의 展示效果에 유혹되어 사치스러운 消費性向만 늘어가고 農村은 原始 그대로의

生産力을 가진 채 二律背反的인 不協和音은 韓國社會를 병들게 했다。결국 一九五九年 콜론 報

告 韓國篇은 「韓國에는 民主主義의 껍질만 남은것도 奇蹟이다⋯⋯ 韓國에는 民主主義가 부적

당한 것 같다。차라리 仁慈한 專制政治가 타당할는지도 모른다」고 結論지은 바 있다。 마침내

四・一九의 反獨裁 學生革命을 유발하고 말았다。

이 學生革命을 새치기한 民主黨 政權역시 그 無性格 無計劃한 執權 九個月 만에 失敗만 거듭

하고 韓國社會를 데모、깡패 들에 의한 無法地帶로 만들고 말았다。

마침내 이 나라를 목숨으로 死守한 愛國的인 國軍은 궐기한 것이다。五月十六日 아침 軍事革

命軍은 首都서울에 入城하고 革命委員會가 조직되고 農漁村高利債를 비롯한 舊惡一掃에 斷을

내리는 한편 民政復歸를 國民에게 約束하고 歷史的인 革命課業遂行에 우렁찬 前進을 거듭하

고 있다。

八・一五解放에서 시작된 韓國民主革命은 젊은 世代―軍人・學生・知識人―새로운 指導勢力

의 새로운 革命理念에 의해서 完遂되어야 한다。晩時之嘆이 있으나 民族의 르네상스를 예비하

는 國家再建의 行進은 시작되었다。 人間革命 社會改革의 발자국은 우렁차게 大地를 진동시킨

다. 貧困으로부터 民衆을 解放시켜 福祉民主國家를 기어코 건설해야 한다.

九　韓國의 近代化를 위하여

―― 우리나라 民主革命의 課題 ――

지금까지 李朝社會史와 日帝植民地時代를 거쳐 李政權에 이르는 우리 民族史의 苦程을 反省해 보았다. 우리 나라 最近世史는 亡國의 歷史요 混沌의 歷史이며 失敗의 記錄이기도 했다. 이 피어린 歷史를 엮어 나가는 데 있어서 歷史創造의 主人公인 우리 民族의 自律性이 缺如되고 事大主義와 外來支配에 좌우된 他律性을 볼 수 있다. 日人 史學者는 「韓國史의 他律性」을 말했는 바 우리 民族의 過去를 피나게 反省해 볼 때 그 말을 全的으로 否認할 도리가 없다.

韓國史의 主人公은 잠자고 있었다. 新羅骨品制下의 貴族이나 高麗、李朝의 兩班 官人層은 安易한 特權의 享受에 젖어 침체하고 새로운 民衆의 指導勢力의 擡頭를 저해해 왔음을 볼 수 있다. 歷史의 創造者인 韓國民衆(農民들)은 集權的 官人的 土地所有制下에서 「半農奴的」 地位에 처해 있었고 封建的 身分制의 장벽은 「民衆의 解放」을 불가능케 해온 것이다. 그러므로 지금까지의 國史는 王朝中心史觀、事大史觀에 의해서 엮어졌고 진정한 民衆史觀의 形成을 보지 못했다. 農民反亂、李施愛의 亂、鄭汝立의 亂、洪景來亂、東學民亂 등 民衆抗拒의 歷史는 「捕盜錄」에나 기록되고 正史에 오로지 못했으니 진정한 우리 民族史의 性格을 찾아보기 힘들게 되어 있다.

國史는 民族의 거울이요 등불이다. 과거 우리는 「歷史를 보는 눈」을 못가졌고 따라서 이 民族의 걸어나갈 길을 展望해 볼 수도 없었다. 暗中摸索으로 「길」을 찾다가 쓸어지고 헤매다가 쓸어지는 고달픈 道程이었다. 이제 우리는 「韓國史觀」을 形成할 때가 온 것이다. 韓國民族의 主體性을 파악하고 韓國史의 精神的 支柱을 회복하여 外來文化輸入을 위한 批判的 受容態勢를 確立해야 할 것이다.

지금 우리 民族은 近代化의 歷史的 課題를 앞에 놓고 있다. 十九世紀末 西歐列强의 東漸 이래 아직 未完成의 숙제로 남은 우리 나라 近代化의 課題를 完遂하는 것이 民主革命의 목표이다. 이번 五·一六軍事革命이 國民革命으로 성공하려면 이 民族史的 課題를 해결해야 한다.

韓國近代化의 課題는 첫째로 半封建的 半植民地的 殘滓로부터 民族을 解放시켜야 한다. 오늘날 後進國의 民族主義는 「貧困世界의 소리」요 그들의 生存을 위한 意志이기도 하다. 그들은 國際外交面에서 自國의 存立과 安全을 위해 분투하고 있다.

우리도 八·一五解放으로 獨立을 쟁취했으나 民族自立과 自尊을 위한 싸움은 아직도 험하다. 온 民族이 利己的 個人을 탈피하고 大同團結하는 길이 남아 있다. 과거 모든 民族은 傳統社會를 벗어나 近代社會로 비약할 때에는 어느 경우에나 民族主義的 情熱이 作用하였다. 먼저 近代化의 무우드를 만들어 놓지 않고는 안된다는 것을 자각해야 한다.

둘째로 貧困으로부터 民族을 해방시켜 經濟自立을 이룩하는 길이다. 우리 民族은 小規模의 農業社會로서 항상 經濟的 零細化에 시달려 왔고 貧困은 고질화하여 脫皮할 수 없는 것이라고 하는 執念이 굳어졌다. 民間에서 民族資本의 形成을 보지 못하고 政治뿌로커들이 난무하는 가운데 畸型的인 官權依存經濟의 弊害는 굳어지고 近代化를 저해해 왔다. 따라서 經濟觀念이 육성되지 못하고 되도록 「일하지 않고 손에 흙을 묻히지 않는」 不勞所得의 兩班經濟觀이 無事主義、安逸主義를 길러 나태한 民族性을 이룩했으니 解放十六年에 企業心도 육성되지 못하고 화려한 都市의 畸型的 肥大化만 가져왔다. 民衆은 오래 동안 시달리는 가운데 「無表情한 半奴隷」로 化하고 諦念과 哀愁 속에서 허송세월하는 消極的 人間들로 되고 말았다. 韓國史 全般을 지배해온 土地所有制度는 土地國有化의 官權的 支配下에서 民衆의 私有觀念은 시들고 再建意慾의 샘도 메말라 버렸다. 유페된 半島속에서 강력한 專制下에 억눌려온 民衆들은 現實의 改革이나 再建에는 無望함을 알아 자포자기하고 非科學的인 迷信、占、四柱、讖諱說에 의탁하게 되었다.

이러한 民衆의 宿命觀은 開拓精神도 改革意志도 육성치 못하고 自由를 자각하지 못한 屈從的 人間으로 전락되었다. 문제는 이 民衆의 얼어붙은 마음을 녹여 再建意慾과 肯定的 人生觀을 다시 찾게 하는 일이며 個人을 自覺한 社會的 人間을 形成하고 生産的人間、勤勞的人間을 계동、육성하는 일이다.

세째로 건전한 民主主義의 再建이다. 우리는 과거 十六年間 民主主義 輸入史를 반성해 볼 때 그 失敗는 주로 外來 民主主義를 그대로 「直輸入」하기만 하고 자기 民族史의 反省 위에 우리 生活 속에 뿌리를 내리게 하지 못했다는 점이다. 李朝社會는 그 강인한 中央集權的 封建性을 後代

에까지 영향을 주었다. 따라서 解放十六年史 속에는 血緣的 家族共同體의 「닫혀진 道德」이 남

아 진전한 個人의 自覺을 육성치 못하고 地閥、宗派、家閥 등이 큰 힘을 썼으며 近代的 政黨의

發生도 시늘어 李朝的 朋黨을 만들었으며 傳統的 支配形態인 카리스마的인 一人政治 李承晩獨裁

로 끝났다. 이와 같은 權威主義的 權力使用과 「制度化」하지 못한 個人中心的인 政黨=朋黨은

民主政治를 실패로 돌아가게 했다.

民主主義의 形態는 수입하더라도 그 뿌리까지 輸入할 수는 없다. 이제 늦게나마 「民主主義

의 韓國化」라는 과제를 자각케 된 것이다. 民主主義는 放縱的 자유가 아니라 自律的 자유임으

로 民主主義에도 指導性이 導入되어야 한다.

韓國民主主義는 과거 半封建的 半植民地的 指導勢力(自由黨、民主黨의 기간이 된 解放貴族、

地方土豪、兩班 등)을 그대로 놓아 두고 運營하려고 한데 失敗의 원인이 있었다. 韓國의 近代

化를 위해서는 近代的인 새로운 指導勢力의 擡頭와 育成을 기초로 하여야 할 것이다. 밑으로부

터 農民大衆을 계몽、육성하고 위로부터는 새로운 知識人 革新的인 인테리를 中心으로 한 民主

主義的 指導勢力의 育成을 必要로 할 것이다.

韓國近代化의 담당자—

韓國民主革命의 主人公을 찾아 育成해야 한다. 그리하여 韓國思想史의 主體性에 椄木한 「民

主主義의 韓國化」를 기해야 할 것이다. 韓國資本主義는 日帝 이래 外來 植民主義者들의 利益追

求를 보장했고 해방 후에는 官權과 결탁한 不正蓄財者들을 위한 利潤追求를 방조하여 부패、부

정의 온상이 되었다。 東洋的傳統을 얼마간 가진 韓國社會의 經濟的土臺를 구축하기 위해서는 根本的인 經濟改革、 社會革命이 필요함을 우리는 民族史의 거울에 비쳐보고 찾아내야 한다。

韓民族의 受難의 歷程

Ⅲ 韓民族의 受難의 歷程

一 民族 受難의 歷史

우리의 歷史가 受難의 歷史였다는 것은 나만이 생각하는 獨斷은 아니다. 우리의 民族性으로 보나 우리의 地政學的인 立場에서 보나 우리는 內部的인 貧困과 外部的인 壓迫의 歷史였다. 이미 우리의 內部的인 要件、民族的인 自主性의 缺如가 그 얼마나 우리 나라를 內部的으로 後進性의 脫皮를 遲延시켜 왔으며 近代國家의 發展에 障害를 가져왔는가 하는 것은 言及한 바 있다. 따라서 여기서는 主로 外部的인 要件、即 우리를 둘러싸고 있었던 다른 나라와의 關係에서 우리 民族이 받아왔고 겪어온 受難과 苦難의 歷史를 더듬어 보고 外部勢力에 의하여 그 얼마나 主體性이 喪失되고 바람이 東에서 불면 東으로、西에서 불면 西로 밀리고 갈기 갈기 찢기었던 被壓迫과 被侵略의 民族의 슬픈 歷程을 더듬어 보지 않을 수 없다.

우리의 歷史가 萬一 苦難의 歷史요、被侵略의 歷史라면 반드시 우리의 地政學的인 位置에서 그것이 決定되어 있었을 것이다. 정말 우리가 우리의 歷史를 곰곰히 생각해 보고 우리의 地理를 吟味해 보면 그 條件과 그 位置 위에 苦難과 被侵略의 文字가 바로 새겨 있다는 것을 쉽사리 알 수가 있다. 우리의 地政學的인 位置를 떠놓고 살펴 보면 韓半島는 三面에서 肉迫해 오는 三大勢力 앞에 언제나 包圍되어 있었음을 쉽사리 알 수가 있다. 바꾸어 말하자면 西쪽에는 中國과 北에는 소련 및 滿洲와 東에는 日本이 바로 그것이었다.

그러나 三面에서 肉迫하는 이러한 三大勢力 앞에 包圍되어 있다 하더라도 그 位置에 萬若 能動的인 힘을 가지는 者가 나서게 되기만 하면 三者를 호령할 수 있고 三者를 이끌 수 있는 中心地요、號令의 司令塔이요 支配의 干城일 수 있다. 그러나 不幸하게도 우리의 歷史가 內部的인 貧困과 民族的인 自覺과 奮發이 없었기 때문에 그렇게 强者가 될 수 없었고 그렇게 强者가 되지 못했기 때문에 우리의 歷史는 受難의 틈바구니요、壓迫의 골목이요、被侵略의 庭園이었다. 中國本土만 보더라도 그 안에서 强力한 나라가 생긴다면 언제나 外部로 뻗쳐나와 韓半島에까지 影響을 미친 것이다 大概 中國의 地勢를 보면 强할 때는 그 周圍의 몇몇 弱處를 그 出口로 서 擇하게 되는데 北으로는 몽고로 通하는 길이요、南에는 安南에 들어가는 길이요、東에는 山東半島에서 海路로 韓半島에 나오는 길과 山海關을 넘어 遼東道로 滿洲에 들어오는 길이다. 따라서 中國本土 안에서 나라의 行勢가 强하고 人文이 盛할 때면 반드시 이 出口를 通하여 그 勢力이 뻗쳐나오는 것이었다. 그리하여 漢族이 强力하여 盛하게 될때마다 韓半島는 언제나 그 侵略의 對象에서 벗어나지 못하였다. 扶餘時代로부터 李朝에 이르기까지 언제나 侵略의 발굽에 짓밟혀 왔다.

韓半島 北쪽게 있는 滿洲만 하더라도 그곳에는 여러 猙勇한 여러 民族의 出沒地라고 할 수

있는데 그곳에서 한번 覇氣를 떨치기만 하면 반드시 韓半島를 通하여 南下運動을 하는 것이었

다. 勿論 지금은 滿洲를 自然의 寶庫라고 하여 여러 나라들이 눈이 시뻘겋지만 人文發達이 이

루어지지 못했던 옛날에는 寒冷의 滿洲는 사람 살기에 좋은 곳은 못되었다. 그러기 때문에 滿

洲에서 일어난 者가 南國을 貪하여 내려오는 것도 自然의 理致이며 우리 檀君이 南遷을 한 것

도 반드시 그때문일 것이며 契丹、金、淸、蒙古라는 여러 나라들이 우리나라를 侵略해 온것도

어느 一意味로서는 그런데 있지 아니 않나 생각된다. 勿論 그들이 조그마한 韓半島를 들어 삼키는

데만 窮極의 目的이 있은 것이 아니라 中國을 삼키는데 비록 욕심이 있었다 하더라도 그냥 韓

半島를 두고 中國本土에 들어 가지는 않았다. 아마도 戰略上이나 軍事上 韓半島를 그냥 두고

中國本土에 들어갈 수 없었기 때문에 언제나 韓半島는 이들 滿洲에서 일어난 나라들의 侵略의

受難을 노상 받아왔다.

百年前에 露西亞가 韓半島를 侵略하여 들어 삼키려고 한 것도 그 實은 韓半島를 삼키는 것이

窮極의 目的이 아니라 韓半島를 橋梁으로 하여 日本과 아울러 東北亞 一帶를 掌握하자는데 그

窮極의 目的이 있었다. 지금 蘇聯이 六·二五 事變의 中盤戰에서 無慘한 敗北를 當했지만 自

己네들이 困難하니까 심지어는 中共 義勇軍이네 하면서 中共오랑캐를 끌어다 넣으면서까지

三八線 以北을 기어히 놓지 않은 것도 바로 이런데 目的이 있지 않았는가 생각이 된다.

우리 가까이 있는 섬나라 日本도 언제나 韓半島를 自己發展의 橋梁臺로 생각하고 機會 있을

때마다 우리를 건드려 왔다. 그러나 日本本土를 보면 그 規模나 地勢가 中國이나 滿洲에 比할

바 못되는 몇 개의 孤島로서 이루어져 있지만 그래도 韓半島보다는 오히려 그 地勢나 規模가 좋고 큰 편이다。더욱이 孤島라는 點에서 韓半島가 가질 수 없는 强點을 가지고 있다。비록 옛날에 人口가 稀少할 때는 勿論 韓半島에서 많은 사람들이 移民하였던 形便이라 할지라도 그 러나 일단 그곳에 들어간 後로는 다시 갈곳없는 섬인지라 人文의 發達이 어느 程度 到達하기 만 하면 大陸을 向하여 反動과 躍進의 물결이 건너 오게 마련이다。그러기 때문에 그 나라가 盛 하기만 하면 언제나 밖으로 빠져나갈 出口를 찾았으니 바로 一葦帶水를 隔하여 韓半島로 向하 였다。勿論 이것 역시 韓半島를 窮極의 目的으로 한것이 아니라 滿洲를 삼키는 데、滿洲를 삼 키면 中國大陸을 휘어 잡는 데 그 窮極의 目的이 있었는가 싶다。

바로 이러한 事實은 新羅로부터 現代에 이르기까지 歷史는 말하고 있다。바로 이것이 歷史上 에 나타난 韓半島 位置였다。이러한 位置에 서서 受難과 侵略을 免하려면 强力하고도 억센 民 族이 되지 않으면 안되었다。그러나 强力하고 억센 民族이 되기에는 지난날 歷史의 우리네들 의 指導 階級이 惰氣와 黨派心에만 눈이 어두워 民族의 結束을 이룩하고 民族的 奮發을 일깨워 주는 歷史的인 使命意識이 너무나 不足하였다。民衆이야 죽든 말든 自己네 만이 잘 살면 그만 는 利己的인 安逸한 생각에 사로잡혀 왔기 때문에 民衆의 精神을 바로잡지를 못하였다。

國運이 衰하여 各處에서는 民衆의 自發的인 義兵이 일어나는 데도 不拘하고 支配階級과 指 導者는 自己地位 維持에만 血眼이 되어 치열한 黨爭만을 일삼았다。심지어 亂으로 因하여 貴한 民衆의 人命을 잃고 國財를 蕩盡하고 文獻과 藝術文化 모든 文化遺産을 잃어버린데도 不拘하고 이 黨派 싸움만은 잊지 않았다는 데 우리 民族의 受難의 歷史의 悲劇이 있었다.

이렇게 본다면 더우기 우리의 地政學的인 位置를 克服할 수 있는 內部的인 民族的 團合과 繁

榮이 없었다는데 우리는 不可不 受難과 被侵略의 歷史가 되지 않을 수 없었다. 그러나 이러한 受

難과 苦難의 歷史 또는 언제나 外部에 依한 被侵略의 歷史는 數百年、數千年前의 歷史的 事實뿐

만 아니라 오늘날까지도 綿綿히 흘러 내려오는 그 줄기를 올바르게 把握하지 않으면 안 된다.

二　事大外交와　韓・日修交의　民族史的인　悲劇

이러한 受難과 被壓迫의 歷史는 옛날에만 當한 것이 아니라 이미 우리의 古代 우리의 할아

버지와 아버지의 時代에 있었던 現實을 우리들이 되살려 보면서 우리 自身을 다시금 가다듬

어야 할 것이다.

이미 言及한 바와 같이 우리 韓半島를 둘러싼 나라 가운데 二十世紀 初葉에 눈에 띄는 나

라는 말할 것도 없이 淸國과 日本이다. 韓半島의 地勢든지 地政學的인 理由에서도 苦難과 被侵

略의 슬픈 歷史를 지녔지만 또한 地政學的인 位置 때문에 다른 나라가 다 西洋文明을 接하

고 開國을 하여 近代國家를 만들고 있었음에도 不拘하고 유독히 우리나라는 이러한 近代化의

惠澤에 다른 나라보다도 뒤떨어졌다는 것을 알 수 있다. 오늘날 文明이라고 하면 그 尺度는

어디까지나 西洋文明이란 것을 두고 말한다는 것은 두말할 나위도 없다.

東洋一般을 두고 말할 때는 어느 나라가 남보다 더 재빨리 그리고 有效하게 西洋文明을 받아들

여 自己것으로 만들었느냐 하는 것이 바로 東洋에 있어서 오늘날 自國의 國力의 尺度가 되었고

文明의 水準을 재는 基準이 되었다는 것은 그 누구도 否定할 수 없다.

極東에서 자리잡고 있는 나라 가운데 여러 나라들과 좋든 싫든 間에 第一 먼저、 通交를 한

나라는 말할것도 없이 淸國이었고、 그 다음이 바로 日本이었던 것이다. 그러나 우리 韓國은 이

들 나라들이 西洋文明을 받아들여 활과 代身에 총을 가지고 있는데 우리들은 이 韓半島라

는 구석진 모퉁이에서 世界가 變遷하는 것을 모르고 第一 마지막까지 상투만 틀고 溫突房에

들어앉아 있었던 所謂 鎖撰國이었다. 다른 나라는 모두 近代文明을 接하여 近代化를 하는데도

不拘하고 우리 혼자만 왜 끝까지 뒤멸어져 남아 있었던가.

勿論 이 문제에 對해서도 생각하는 사람에 따라 각가지로 말할 수 있겠으나 國內的으로 볼

때는 그 當時 우리의 指導層이 變遷하는 外勢에는 너무나 눈이 어두웠고 萬事에 消極的이고

回避的인 根性에 基因한 要因도 있겠으나 또 한편 생각해보면 이것 역시 우리의 地政學的인 要

因 때문에 落差의 歷史가 展開되었다는 것을 느낄 수 있다. 即 바꾸어 말하면 韓半島가 西洋

諸國과의 接觸이 무엇 때문에 이처럼 늦었는가 하는 것은 사람에 따라서 생각하는 바가 다를

지언정 大體로 淸國이 그래도 第一 먼저 開國이 되고 그 다음이 日本이고 第一 마지막까지 韓

國은 鎖撰國으로 남아 있는 理由는 地政學的인 要因에서 찾을 수 있다。

西洋의 여러 나라들이 極東方面으로 交通을 求한 것은 勿論 陸路로는 될 수 없고 오로지 海

路에 依存하지 않을 수 없었다。 이러한 海路를 따라 東으로 東으로 北으로 北으로 가보니 막

第一 먼저 눈에 뜨인 것이 中國大陸이요、 그 다음이 日本이었다。 西洋에서 極東方面으로 나

오는 船舶은 모두가 다 中國의 南部海岸을 돌아서 日本의 西海에 到着하는 順路를 따랐기 때문

에 中國大陸에서는 위선 廣東이 交通의 中心地가 되었고 여기서 北上하여 日本에서는 長崎가

그 中心地를 이루었던 것이다。 이러한 航路를 본다면 韓半島의 地勢는 훨썬 北方에 들어가 있

기 때문에 航路가 廣東에서 北上해서 北中國이나 南滿洲로 열려 있지 않는 우리의 西海岸에까

지 이들 西洋諸國의 洋船이 들어올 수 있는 機會는 있기 힘들었다。 더욱이 當時의 形便에서

본다면 이 方面은 經濟的으로 價値가 적었기 때문에 길이 열리지 않았다。 韓半島가 겨우 西洋

에 알리게 된 契機는 廣東、 長崎間의 航路에서 風波를 만나 漂流해 왔던 몇 사람들에 依한 것

이었다。 이와 같이 우리의 韓半島가 西洋文明과 接할 수 있는 機會가 적었고 그 時期가 늦은

마큼 우리는 歷史的으로 뒤떨어진 民族이 되고 말았던 것이다。

그러나 또한 우리가 西洋文明에 接하게 되자마자 우리는 日本勢力의 侵略에 들어가게 된

슬픈 民族의 受難의 길을 걷고 말았던 것이다。 우리 民族의 受難의 歷史는 一八七五年의 丙子

修好條約에서도 찾아 볼 수 있다。 우리를 둘러 싸고 있는 나라 가운데 그네들 나라의 國勢가

强해지면 반드시 옆에 있는 平和愛好的이었던 우리 나라를 발판으로 하여 大陸 進出을 꿈꾸

거나 그렇지 않으면 極東全域에 대한 影響圈의 掌握을 企圖해 왔던 것이다。 이와 같이 自己네 나라들

運의 飛躍的인 發展을 企圖하였던 日本 역시 그 例外가 아니었다。 明治維新 以後 國

의 國運의 飛躍的인 發展을 위하여 우리民族은 犧牲의 밥이 되고 말았던 것이다。 그 當時만

하더라도 日本은 維新 以後 國威와 國勢의 눈부신 發展을 必要로 하였지만 維新을 위한 國內的 整備를 完成하지 못하였던 때라 不可不 國內的 不安을 國外에 쏟아내는 措置가 必要하였던 것이요 이것을 端的으로 表示한것이 바로 西鄕隆盛一派의 征韓論이었다는 것은 두말할 것도 없다. 그러니까 그 當時 日本을 두고 말한다면 그들 國內的인 不安을 解消하는 한편 國外로의 發展을 爲한 第一次的 措置로서 韓半島에 日本勢力을 扶植해보자는 것이 그들의 野心이었으며 그 方法으로서 「雲揚號」事件을 만들어서 利用하였던 것이다. 왜냐 하면 日本은 韓國을 自己 勢力下에 두기 爲하여서는 먼저 淸國의 影響圈內에 있는 韓國을 淸國에서 日本으로 옮기지 않으면 아니 되었던 것이다.

이러기 爲해서 日本은 一八七五年에 일부러 「雲揚號」라는 軍艦을 보내어서 韓國沿海測量을 한다고 구실삼아 江華海峽에 들어오다가 우리의 砲擊을 받자 이에 應射하여 草芝鎭을 占領한 적이 있었다. 그러나 그 當時 西洋의 通念上에서 보나 國際法上에서 보나 여하튼 남의 나라의 沿海測量을 한다는 것은 當該國의 主權에 關한 問題라는 것을 모르는바 아닌 日本이었지만 維新 日本은 이러한 公公然한 海賊行爲로써 우리를 威脅하였던 것이다. 그래서 日本은 交涉途中 淸國政府의 許可나 同意없이는 韓國朝廷이 말을 들을 것 같지 않다고 생각하고 日本은 森公使를 淸國政府로 李鴻章을 訪問케 하고 淸國으로 하여금 對韓說服을 請하기로 하였던 것이다. 이만큼 비록 땅은 우리 땅이고 나라는 嚴然히 우리의 山河이지만 남의 눈치와 남의 同意下에서만 나라 일을 決定해야 될 슬픈 民族과 受難의 國運을 지닌 우리들이 되고 말았던 것이

다。 내나라 내民族의 將來도 오로지 남이 지워주는 決定과 運命에 默從해야 될 自主性 없는

民族이 되고 말은것은 오늘 어제의 일이 아니다。 나라라고 있었지만 언제나 하나의 제나라로

서 있었던 것이 아니라 우리 周邊에 있는 큰 나라에 事大의 禮를 한다고 분주하게 이리 몰리고

저리 몰리는 가냘픈 나라요、 슬픈 民族이었다。

甚至於 그 當時 韓・日修交條約을 체결함에 있어서도 韓・日兩國의 君位號를 條約前文에 使用

함에 있어서까지도 나라의 對外的인 事大 依存性으로 因하여 國家的인 外交的 主體性이 없었

기 때문에 問題가 생기기까지 하였다。

當時 韓國은 아직 淸國에 事大의 禮를 다하고 있는 때라 淸國의 皇帝와 같이 朝鮮國 皇帝라

고 떳떳하게 부를 수 없는 것이 事實이었다。 그렇다고 해서 「日本國皇帝與朝鮮國王締約」이란

式으로 條約을 만들었으나 傳統的으로 언제나 藩國視해온 日本을 皇帝라 稱하는데 韓國은 王

으로만 말할 수 없어서 양쪽 모두 「韓國政府與日本國政府」의 形式으로 通當히 얼버무려 나라

의 體面과 威信을 겨우 모면하는 程度에 그쳤다。

우리 나라의 外交的인 主體性이 없었다는 것은 비단 君位號를 使用하는 程度에만 그친 것이

아니라 李朝末葉에 淸國과 日本과 露西亞의 勢力角逐의 影響下에 나라 內部가 이리 흔들리고

저리 흔들렸던 事實을 생각해 보더라도 능히 짐작이 갈 수 있는 일이나 韓・日修交에서부터도

이와같은 受難과 苦難의 발자취를 볼 수 있었다。 日本과의 交渉이 大槪 完成되고난 뒤에도 이

를 淸廷에 報告하는 形式을 取하지 않을 수 없었던 것이 우리의 形便이 되고 말았다。 여기서

도 내나라 問題는 내나라가 決定할 수 없었었던 韓國政府의 對淸依存性이 明白히 드러나고 있다는 것을 우리는 알 수 있다. 앞서 言及한바와 같이 제나라 問題를 제나라 單獨으로 決定하지 못했던 슬픈 政治的인 現實이었기 때문에 甚至於 日本과 條約을 締結함에 있어서 韓國의 國際法上의 地位가 무엇이었던가 하는 것을 疑心할 수 있고 國際法上의 地位가 나라로서는 大端히 不分明하였던 것이다.

그래서 日本으로서는 韓國이 外國과의 條約을 締結할 수 있는 能力이 있는 限 獨立國임을 疑心의 餘地가 없다는 解釋을 내리고 이 點에 淸國政府의 明確한 承認을 要求하였던 것이다. 그리하여 條約 第一條에 「朝鮮國은 自主之邦으로서 日本國과 平等權을 保有한다」라고 規定하고 韓國의 國際法上의 地位를 明確히 하여 두고자 하였는데、이것은 비단 韓國의 國際法上의 地位를 明白히 하자는 데 그치는 것이 아니라 기왕에 韓國은 對日關係에 있어서 日本을 外交的으로 差別對遇하는 것을 철폐하고 兩國間의 平等權의 確保가 第一次的인 目的이었던 것이다. 왜냐하면 우리나라는 비록 明治維新 以後 日本의 國勢가 日就月將으로 發展하자 이 問題가 언제나 말성이 되었었던 것임에 日本이 이 條目에서 노렸던 바는 第一次的으로는 兩國間의 平等權의 確保에 있었고 그 確保 然後에는 大陸에로 活路獲得을 爲한 最初의 발판으로서 韓半島를 淸國의 勢力으로부터 分離시켜 놓으려는 것이 그들의 진짜 꿍심이었다.

三　露西亞의　南下政策과　韓・美修交의　意義

美國內에서　最初로　韓國과　通商하고자　하는　움직임은　一八四五年이　처음이었다。이　해에　美下院에서　韓國과의　通商條約締結을　勸告하는　한　決議案이　提起되었으나　結局　成功하지　못하고　오랜동안　이에對한　關心은　묻혀버리고　말았다。그러나　海軍當局은　英・佛兩國의　極東方面으로의　進出에　恒常　神經을　쓰고　있었다。

그러다가　一八七八年　가을에　美海軍省은　美國軍艦　Ticonderoga 號를　Shufeldt　揮下에　두어〔아프리카〕西海岸을　向하여　世界周航의　길에　올랐다。Shufeldt 가　〔페루샤〕灣을　지나　香港을　거쳐　日本의　長崎에　到着한　것이　一八八〇年　봄이었다。

이때　Shufeldt 의　使命中에　韓國開放이　그　하나임은　더　말할　것도　없었다。一八六六年에　General Sherman 號가　大同江에서　燒破된　것을　契機로　하여　다음해　一八六七年에　그가　Wachusett 號를　타고　黃海道沿岸에　와서　朝鮮　開國을　試圖한　바　있는　그는　이번　機會에　이　計劃을　實現하려　한　것은　當然한　일이었다。그러나　그는　海軍省으로부터　다음과　같은　訓令을　받고　있었다。

即「韓國의　어떤　港口를　訪問하고　平和的手段으로　該國政府와　談判하기를　努力하라。그리고　一八七一年에　美司令官　Rogers 가　江華島를　攻擊하였던　事件은　充分한　說明을　要할　터인즉　該國政府에　向하여　適當하고　또　宥和的方策으로　對하면　該國의　各港口를　美國商業을　爲해서　開放하는　結果를　얻을　듯하니　貴下는　이　目的達成을　爲해서　特別한　考慮가　있어야　한다」라고 하였다. 勿論 海軍省의 이러한 訓令은 國務省의 承認을 받은 것이었다. 다만 國務省은 이미 韓國과 修好한 日本을 사이에 넣어서 交涉을 꾀하려 하였다. 그래서 國務省은 日本駐在美國公使 Tohn A. Bingham에 訓令하여 Shufeldt의 使命遂行에 協力하여 日本外務大臣의 私函이나 公翰을 韓國政府에 보내 주기를 周旋하라고 指示하였다. 그러나 日本의 仲介役割은 成功하지 못하였다.

여기서 問題는 日本이 어느程度 이러한 韓·美間의 周旋에 積極的이었던가 하는 데 있었다. 勿論 當時 西域諸國과 修交하는 것을 極히 꺼려해서 日本과 修好한 條件에서도 日本과의 修好가 他諸國의 修好要請의 口實이 되지 않도록 保障한다는 條件下에서 되었을 程度이니 우리 政府의 態度가 그러할 뿐만 아니라 日本 또한 그러한 約束 때문에 拘碍되는 바가 없지 않았다. 如何튼간에 日本은 韓·美間의 修好에 熱을 띠우지 않았던 것이다. 그 理由를 結論부터 말하면 日本은 이미 形式的이나마 韓半島를 淸國의 손에서 分離시켜 놓은 以上 第三者의 介入을 許하고 싶지 않았던 것이다. 美國의 國力에 눌려 妨害를 놓지는 않았으나 對外通交를 싫어하는 우리 政府의 態度를 구실삼아서 積極的인 周旋을 하지 않았던 것이다.

事態가 이렇게 됨에 Shufeldt는 淸國으로 向해가서 淸國의 李鴻章의 周旋을 要請하였던 것이다. 이때 Shufeldt 提督이 美國에 보낸 書信의 一部엔 다음과 같은 句節이 있다.「日本은 韓國의 商業을 獨占하려는 것이 그 國策이다. 日本은 治外法權을 가지고 韓國을 統治한다. 日本은 自國에서 外國人의 專橫을 驅逐하려 하며 또 이와같은 方式을 無力한 隣邦에서 더욱 徹

底히 實行하려 하면서도 그것을 外國人에게는 감추려 한다」라고 여기에서도 Shufeldt 提督이 느꼈던 바와 같이 韓・美修交에 對한 消極的인 日本態度를 端的으로 알 수 있는 것이다.

長崎駐在 淸國領事 余璃의 書信으로 Shufeldt의 對韓 通交意思를 알게 된 李鴻章은 크게 기뻐하면서 天津에서 이 問題를 對談하자는 招請狀을 Shufeldt에게 보내었다. 그래서 一八八〇

年 八月 二六日에 Shufeldt는 李鴻章을 天津에서 만났던 것이다.

그러면 李鴻章이 Shufeldt에게 이처럼 好意를 베풀었던 理由는 어디에 있었던가. 이 또한 結論부터 말하면 첫째로 그 當時 露西亞의 南下政策에 비상한 威脅을 느꼈으므로 Shufeldt같은 武將을 맞아다가 淸國의 對露海軍組織과 그 訓練을 꾀하려 한 데 있으며 그 둘째가 韓半島가 日本의 獨舞臺化하는 것을 遠國으로서 領土的 野心이 없으리라고 믿어지는 美國으로 하여금 막아 보려 하였던 것이다.

여기서 우리들이 잊어서는 안될 가장 重要한 것은 「Shufeldt・李」會談은 當事者의 直接的인 問題없이 이루어졌다는 것과 또 條約討議에 있어서 韓國側 草案이란 것도 統理機務衙門 參謀官 李東仁과 淸國書記官 黃遵憲이 만든 擬星約稿를 基本으로 해서 淸國側에서 適當히 改削한 것이었다는 것과 끝으로 韓・美修好를 周旋할 적에 朝鮮이 淸國의 屬邦임을 國際公文書에서 確認시키려 한 점이다.

먼저 韓國側草案을 가지고 審議할 때 淸國은 그 第一條에서 「朝鮮爲中國屬邦」이란 말을 집어 넣으려고 무척 努力하였다. 그러나 Shufeldt는 이미 一八七六年 日本과의 丙子修好條約

當時 그 第一條에서 「朝鮮國自主之邦」이라고 되어 있는 以上 「中國屬邦」 云云함은 前例에 反한다고 美國이 絶對 反對의 意思를 表하게 되자 問題가 大端히 深刻한 地境에까지 이르렀다. 反그렇게 되고 보니 李鴻章도 條約文에 屬邦 云云하기는 不可能함을 알고 條約本文 附屬文書로서 또다시 朝鮮國이 中國의 屬邦임을 宣言케 하려고 끝까지 努力하였다.

Shufeldt와 李鴻章의 命令을 받은 馬建忠이 朝鮮政府와의 條約交渉(實은 署名에 지나지 않는다)을 爲해서 仁川港에 入港하기는 五月七日이었다. 朝廷에서는 經理統理機務衙門 申櫶을 正使로 金宏集을 副使로 任命하였다. 談判이 시작되자 馬建忠은 李鴻章이 鮮・中兩國은 宗屬關係임을 中外에 宣言해야 할 것을 소홀히 해서는 안 된다고 하더라고 申櫶에게 말하였다. 申櫶이 答하되 이 事項은 自己의 權限이므로 國王에 相議해야 한다고 朝鮮은 中國에 服事함이 三百年이 된다고 하자 馬建忠은 이機會를 놓칠세라 호주머니에서 「照會擬稿」라는 一書를 내 밀면서 이것을 朝鮮王이 美大統領에게 傳하라고 하였다. 卽 附屬書로서 朝鮮이 中國의 屬邦이나 內治 外交는 自己責任으로 하는 바라고 美大統領에게 宣言하라고 하였던 것이다.

이렇게해서 一八八二年 五月 二十二日 濟物浦에서 締結된 韓・美修好條約은 全文 十四條로서 鮮云은 「照會擬稿」를 그대로 옮겨써서 美大統領에게 보냈던 것이다. 結局 淸國은 宗屬關係 云・中宗屬關係를 表示하려던 條項을 빼고 실상인즉 中國側 草案대로 韓國王名義로 韓・日條約에서 宗屬關係를 明白히 하지 못한 것을 이번 機會에 間接的이나마 明示하게 하는데 成功하였던 것이다.

問題는 여기에서 그치지 않고 修好條約에 따라 相互 常駐外交官을 交換하게 되자 朝鮮王은 初代公使로 朴定陽을 任命하였는데 이때 朴定陽이 國書를 모시고 南大門 밖을 나가 장차 美國을 向해 떠나려 하는데 뜻밖에 淸國의 抗議를 받고 城內에 다시 들어온 일이 있다. 理由인즉 外國에 使臣을 보내면서 淸廷에 相議함이 없이 하였다는 것이다. 여기서 始作하여 淸國은 朴定陽公使의 駐美 一年間 온갖 干涉을 다하여 上國으로서 行勢하려 하였던 것이다.

이러한 淸國의 發惡은 韓半島가 이미 世上에서 묻혀있는 땅이 아니라 世界에 公開된 땅이 되고 또한 地理的으로 各國이 노리는 바가 되자 淸國은 往年의 名分을 現實化해서 確固히 장악하지 않으면 안된다고 생각한 모양이다.

一八八二年의 韓·美修好를 契機로 歐洲各國은 줄을 지어 찾아와 修好하게 되었으며 韓半島의 形勢는 可히 도마 위의 고기덩이를 뭇 개들이 노리고 있는 것과 같았다. 一八八二年 以後 淸日戰爭에 이르기까지는 比較的 極東의 形勢는 平和로웠으나 그 平和의 僞裝 속에서 韓國政界는 運命的인 陣痛을 겪고 있었다.

또한 그 平和는 어디까지나 戰雲을 머리에 걸머진 平和였다. 即 韓國政界에 親露派가 得勢하여 韓·露條約에서 元山을 石炭貯藏所로 露西亞에 提供한다는 風說이 돌자 英國은 一據에 一八八五年 四月 우리 巨文島를 占領하고 말았던 것이다. 이 占領은 우리 政府의 抗議를 無視하고 一八八七年 二月까지 占領하고 있었던 것이다. 이때 우리 政府는 美國政府에 周旋을 부탁하였으나 拒否當하고 말았다.

이상과 같은 事態만 하더라도 韓半島가 極東國際政局에서 어떠한 狀態에 있었던가를 알 수 있으며 列强들의 態度를 짐작 할 수 있을 것이다. 美國의 「모겐토」 敎授의 말과 같이 『韓半島가 어느 一國의 壓倒的 勢力下에 있을 때만이 極東에 平和가 維持되었다』 라고 한 말은 어느 意味에서는 옳은 말일는지 모른다.

그러나 그 當時 우리의 使命은 어느 나라의 勢力下에도 있지 않는 韓半島의 完全한 獨立만이 極東에 平和가 維持된다는 것을 世界에 證明해야할 即 歷史를 創造해야 할 處地에 놓여 있다고 생각한다。 淸國勢力은 勿論이고 日本이나 蘇聯의 勢力까지도 물리칠 수 있는 國內的인 民族的 團結과 指導層의 自覺이 있어야 했음에도 不拘하고 國際列强이나 周邊 新興國家의 自己네 勢力擴張의 발판이 되고 그 희생물이 되고 말았던 것이다. 萬若 그 當時 우리 나라의 指導層들이 民族國家의 發展을 위한 時代的인 使命意識을 깨닫고 近代化를 위한 國民的인 努力과 支持를 얻기 위한 國內的인 社會改革에 果敢하였다면 오늘과 같은 民族의 悲劇의 씨는 남기지 않았을 것이다。

그러나 當時의 우리 나라의 形便은 現實的으로 自立外交를 할 수 있는 國內的인 與件이 되어 있지가 못했다。 그렇다고 하여 外部에서 물밀듯이 들어 오는 壓力을 막을 수 없었다. 이때 이미 極東은 장차의 戰亂을 예언하는 검은 구름이 감돌고 있었으니 指導層들은 露西亞의 南下政策에 威脅을 느꼈으며 露西亞의 第一目的이 韓半島의 占領임을 看破하였으므로 對露方策으로서 親淸 結日本·聯美國하여야 한다는 것이 支配的인 傾向이었던 것이다. 아니、나라를 집어

삼키려는 侵略的인 勢力이 호시탐탐하게 우리 民族을 노린다면 이를 막기 위하여서는 남의

나라의 힘을 빌릴 수도 있을 수 있을 것이다。남의 나라와 同盟을 하여 侵略的인 勢力을 막을

수 있는 方法도 있을 수 있을 것이다。眞正 民族과 나라를 위하는 길이라면 日本도 좋고 淸國

도 좋고、美國도 좋다。나라를 위하고 民族을 위하는 길이라면 나라와 民族을 위한 眞正한 方

法이라면 무엇이라도 나쁠 것은 없다。

그러나 要는 여기서 잊지 못할 것이 있는데 이것은 바로 韓國의 民族發展에 대한 責任을 질

수 있는 主體的 精神이다。우리는 비록 韓國의 地政學的인 位置가 苦難의 場所로 되어있고 그

當時의 對外的인 與件이 不可不 外國勢力의 角逐場으로 되었다 하더라도 不可

避的으로、必然的으로 이 民族이 苦難의 歷史의 길을 걸어야 하고 이 나라가 外國勢力의 侵略

의 犧牲이 되어야 된다는 法은 없다。歷史는 人間의 歷史이다。歷史는 人間의 主體的인 努力

과 意慾에 의하여 克服되는 歷史이다。나라를 지켰든지、잃었든지、民族文化를 向上시켰든지、

退步시켰든지 左右間 韓國歷史라는 地球上의 한모퉁이에 이루어진 事實에 대하여 責任을 질

사람은 다름아닌 우리民族이요 韓國國民이다。

勿論 近來는 歷史思想에 있어서도 環境을 重視하는 主張이 盛하여 人間은 마치 單純한 環境

의 産物인 것처럼 생각하는 일이 있으나 그것은 主客을 顚倒한 妄想이다。韓國歷史에 대한 責

任은 窮極的으로 淸國사람에 있은 것도 아니요 日本사람에게 있는 것도 아니며 露西亞나 美國

사람에게 있는 것도 勿論 아니다。우리의 民族의 主體性이 喪失되고 바람이 東에서 불면 東으

로 西에서 불면 西로 이리 밀리고 저리 밀리면서 侵略을 끊임없이 받아온 民族史의 責任은 終
局的으로는 그 當時 우리 民族의 運命을 事實上 짊어진 우리나라 李朝의 指導層에게 있었
다. 民族에 대한 責任意識과 主體意識이 確固하였던들 이러한 悲劇과 受難은 겪지 않았을 것
이다. 그렇다고 하여 韓國의 自主性과 主權을 無視하고 그들의 口味에 맞게 韓國을 料理해 먹
으려는 外國侵略勢力에 대하여 是認하자는 데 있는 것이 아니라 어디까지나 우리의 歷史는 우
리의 것이며 우리가 決定지을 것이며 우리가 責任을 질 것이라는 것을 强調할 따름이다.

四　國際的　承認下의　日本의　韓國侵略

韓半島의 運命은 第一次 및 第二次 英・日同盟條約과 「포쓰마쓰」 日・露講和條約에 依해 決定되
고 말았다. 이와 같이 韓半島가 國際的 承認下에 日本의 支配와 侵略下에 들어가게 된 것은 第
一次 英・日同盟條約（一八九二年 一月 三〇日） 第一條와 第二次 英・日同盟條約의（一九〇五年
八月 十二日） 第三條에 依해서、 그리고 더 나아가서는 美國 「루즈벨트」 大統領의 仲介로써 成
立된 「포쓰마쓰」 日・露講和條約 第二條에서 이미 우리 國民은 勿論이요 高宗皇帝를 비롯한 朝
廷에서까지도 모르는 사이에 韓半島의 運命을 決定하고 말았던 것이다. 이러한 事態에 이르기
까지의 極東政局의 樣相을 把握하지 않고서는 우리 民族이 지닌 苦難의 歷史를 알 수가 없는
것이다.

그렇다면 그 當時 우리 民族을 둘러싼 國際政局은 果然 어떠하였던가? 그 當時 美國은 아

직 「몬로」主義의 단꿈에 잠겨있던 時節이었으나 다만 美國은 門戶開放主義라는 名分을 내걸고

中國大陸의 市場開拓을 爲해 他國에 比해 뒤늦게나마 막 나서는 참이라 世界의 覇權은 아직 大

英帝國이 掌握하고 있던 참이었다. 따라서 極東情勢 亦是 英國의 政策에 左之右之되는 것이

또한 숨길 수 없는 事實이었다. 그러나 이러한 英國勢力에 挑戰하고 나서는 것이 바로 露

西亞였었고 이 露西亞는 中央亞細亞와 極東에서 英國의 利益을 威脅하였던 唯一한 國際列

强이었다.

英國은 阿片戰爭以來 他列國에 앞서 中國大陸에 나서게 되었고 그 뒤를 이어서는 佛・獨이

登場하였으며 特히 北쪽에서는 露西亞가 南下하기 始作하였던 時期이다.

이러한 時期에 特히 注目을 끈 것은 日本 新興勢力의 躍進이었다. 그러나 英國이 日本을 적

어도 同盟國으로서 考慮한 것은 그렇게 오래된 것은 아니었다. 그것은 前章에서도 說明한

바와 같이 淸・日戰爭에서 日本이 勝利한 以後이다. 그러나 日本의 境遇를 말할 것 같으면 下關

條約에서 日本이 淸國으로부터 얻은 遼東半島가 露・佛・獨의 세 나라에 못 이겨 日本의 勝利의 歡

呼聲이 살아지기도 前에 도로 吐해 놓지 않으면 안되었으며 뿐만 아니라 遼東半島와 淸國 땅

을 前記 露・佛・獨 三國이 共同으로 分割해 먹으려고 들자 孤立政策으로 一貫해온 英國도 極東

에서 지팡이를 찾지 않을 수 없게 되었다.

露・佛・獨의 三國의 團結은 極東情勢를 一變케 할 憂慮가 있었음은 勿論이오 中國大陸에서

의 英國의 利益이 侵害될 可能性이 濃厚했던 것이다。비록 單獨으로는 露・佛・獨의 三國의 壓力에 못이겨 피흘려 얻은 땅을 내놓지 않을 수 없었던 日本이라고 하나、그러나 이미 淸・日戰 爭으로 그 實力이 드러난 日本은 英國이 强하고도 絶好의 同盟者가 되기에 充分하였던 것이 다。더우기 露・佛・獨 三國에 對한 共同防衛의 立場에서나 同 利害關係로 보아서는 英・日 兩 國이 同盟을 맺게 된다는 것은 自然스러운 일이었다。

英國이 日本과 同盟하게 된 것은、첫째로 大陸、特히 露西亞로부터의 壓力에 對抗하기에는 淸國이 너무나 無力했기 때문이었다고 볼 수 있다。더우기 露・佛・獨 三國이 團結하는 데 놀란 英國이 日本을 끌어들이기 爲해서는 日本에 對해서 그만한 代價를 支拂하지 않을 수 없었다。 바로 이러한 境遇에는 國際政治社會의 흔한 例로 强國들은 他弱國의 犧牲으로 同盟을 얻거나 戰爭을 避하려 하는 것은 예나 지금이나 다름이 없는 常套的인 手段이었다。바로 그 當時에도 英國은 韓半島의 犧牲으로써 日本을 얻어 露西亞의 南下를 막으려 하였던 것이다。

이러한 英・日兩國이 利害의 一致點에서 이루어진 英・日同盟은 前記한바와 같이 韓半島를 犧牲 으로 하였으니 即 第一次 同盟條約에서는「兩當事國」은「淸國과 韓國의 獨立을 相互認定하고 이 兩國에서 어떠한 第三國의 侵略的 勢力을 認定하지 않기로 한다。그러나 英國의 淸國에 對한 特殊利益에 鑑하여 日本이 가지는 淸國에 對한 利益에 덧붙여 日本國은 韓國에 있어서 特別한 程・度로 通商 및 産業上의 利益에 못지 않게 政治的인 利益關係를 가지고 있음을 認定하고 따 라서 淸國이나 韓國에 있어서 混亂이 일어날 때는 이들 利益을 保證하기 爲하여 必要한 措置를

取하는 것을 相互 承認한다」라고 規定하였던 것이다. 이 規定에서 보는 바와 같이 韓國의 獨立을 承認한다고는 하면서 한편으로는 韓國에 對한 日本의 內政干涉件을 同時에 設定하고 있다고 볼 수 있다. 도대체 다른 나라의 獨立을 認定 云云 하는 것부터가 可히 우리나라로서는 氣分 좋은 소리가 아닌 것은 勿論이요 거기에다 獨立 認定과 同時에 內政干涉件의 設定이란 정말 二律背反이 아닐 수 없다. 이러한 例는 强國들이 흔히 하는 行動임을 우리는 생각하지 않으면 안된다. 同時에 이것이 우리 民族이나、우리 韓國政府의 意思와는 아무런 關係없이 되었다는 것은 重大한 일이 아닐 수 없다.

이러한 英・日同盟의 成立은 露國에 對해서도 크나큰 威脅이 아닐 수 없다. 따라서 露西亞는 마치 數年前 露・佛・獨 三國의 團結로서 日本이 얻은 遼東半島를 빼앗고 滿洲에 露西亞의 勢力을 뻗친 때와 같이 이번도 또다시 이 大陸 三國의 共同으로 英・日海洋國에 對抗하려는 것이었다. 그러나 獨逸은 여기서 빠지고 露・佛만이 英・日同盟에 抗議하는 共同聲明書〔一九〇二年 三月 十六日〕를 發表하였던 것이다. 그러나 露・佛이 이러한 抗議를 하였음에도 不拘하고 日本은 조금도 介意치 않고 大英帝國이라는 當代 最大强國과 同盟하게 된 好機를 利用하여 美國의 財政援助를 뒷받침으로 해서 對露一戰을 爲한 準備에만 餘念이 없었다.

한편 露西亞는 遼東半島에서 日本을 撤收시킨다는 口實下에 滿洲一帶에 駐屯시킨 軍隊를 撤收하지 않고 그대로 두고 있다가 심지어는 淸國政府에 對한 七個條의 새로운 要求까지도 提示하게 되었다. 이 要求中에는 滿洲의 如何한 部分도 他國에 租借、讓渡、또는 賣却하지 말 것

과 滿洲의 新港口 및 都市를 開放하지 않을 것 등을 包含하고 있었는데 淸國에서의 門戶開放

을 가장 큰 目標로 삼고 있는 英國、日本、美國 이들 세 나라가 이를 坐視할 리가 만무하였다.

다라서 英・日・美 三國은 對露抗議를 하였으나 露西亞는 이 抗議를 考慮하기는 커녕 오히려

一九〇二年 四月엔 韓國政府에 對하여 一八九二年에 얻은 森林利權의 行使를 通告해 왔고 또

五月上旬엔 鴨綠江口의 龍岩浦 一帶의 地域을 占領하기에 이르렀던 것이다. 露西亞의 態度가

이렇게 急進하는 것은 露西亞國內의 主戰派들의 勢力이 增大되었다는 것을 알 수 있는가

하면 또 한편에서는 大露西亞帝國의 終幕을 促進하는 結果를 가져왔다는 것도 우리는 알 수

있다.

露西亞의 이러한 積極的인 南下政策에 對하여 가장 切實히 領土的 利害關係에 서 있었던 나

라는 이미 韓半島를 그의 勢力圈下에 둔 日本이었다. 그 다음에는 淸國本土에 資本을 投下하고

商品市場을 維持하려던 英國이었으며 美國은 淸國에서의 資本市場開拓이 뒤늦었으므로 滿洲方

面으로 그들의 勢力을 進出시키고자 하였다. 이러한 英・日・美 三國은 大露西亞의 南下防止

라는 同一한 立場에서 日本을 앞세워 싸우게 한 것이 一九〇四年의 露・日戰爭이었다.

露・日戰爭은 여러 가지 面에서 意義 있는 戰爭이었다. 韓國의 立場에서 본다면 여태까지 이어

오던 露國勢力이 露・日戰爭에서 露西亞가 敗北하고 日本이 勝利함으로써 韓國의 完全한 支配

權이 日本으로 移讓되었던 것이다.

開國以來 開化黨 中에서도 親露、親日 兩派의 싸움이 露國이 敗北함으로써 親露勢力은 國內

서 完全히 자취를 감추었다. 日本으로서는 露・日戰爭은 두 번째의 大戰이었고 一八九四年의 淸・日戰爭은 어떤 意味에서 본다면 失敗했다고 볼 수 있으나 이 露・日戰爭으로써 日本은 그의 實力을 英國으로부터 認定받아 英國과 同盟까지 맺게 되었던 것이며 이 戰爭은 日本으로 하여금 大帝國을 이룩하는 발판이 되었다. 이로써 日本은 世界列强의 隊列에 參與할 수 있는 實力을 얻었던 것이다.

다음으로 英國은 二年前에 英・日同盟에서 期待했던 政策目的을 充分히 達成할 수 있었으며 끝으로 美國은 前記한 바와 같이 自國資本의 進出의 段階로서 滿洲에 對한 蘇聯의 勢力을 막기 爲하여 露・日戰爭에 必要한 財政援助를 日本에 提供했던 것이다. 即 밤을 日本 사람의 손으로 굽게 하고 군밤은 美國이 먹을 수 있다고 생각하였던 것이다. 美國의 「루즈벨트」大統領은 日本이 美國을 爲해서 美國돈으로 滿洲에서 싸우고 있다고 생각했었다.

이러한 政治的 裏面이 있는 露・日戰爭은 「루즈벨트」大統領의 威脅的인 仲介로써 「포쓰마쓰」講和條約으로 끝났는데 이보다 앞서 英國은 戰勝國 日本과의 關係를 좀더 密接하게 하려고 했던 것이다. 다시 말하면 日本이 英國과 同盟한 德分으로 戰爭을 이겼으니 露西亞가 반드시 報復을 하려 할 것이므로 英國이 第一次 同盟 때 要求한 바 있었으나 日本側의 反對로 挫折됐던 同盟效力 發生地域圈을 英國은 生命線인 印度에까지 擴大시키게 하였다. 同時에 그 代價로 英國은 韓半島의 處分權을 日本에게 完全히 一任하였다. 勿論 戰勝國인 日本은 비록 처음에는 對露宣傳目的은 韓國의 獨立維持에 있었다 하더라도 韓半島에 對한 支配權의 要求는 當然히 그들에게 있었고 英國은 日本의 國力을 對露政策에 利用하기 爲하여 韓半島를 日本에의 祭物로 바치는데 同意했던 것이다.

이것이 所謂 第二次 英·日同盟이며, 韓國에 對해서는 第三條에 보면 「日本은 韓國에서 政治的 軍事的 및 經濟的인 面에서 絕對的 利益權을 가지고 있으므로 英國은 韓國에 對한 利益權을 維持하고 增進시키는데 必要 適切하다고 생각하는 指導와 統轄保護를 取할 것을 承認한다」라고 規定하여. 우리나라가 日本과 乙巳保護條約을 締結하기도 前에 이미 英國은 日本에 對하여 保障權을 保障했던 것이다. 勿論 露·日戰爭中 韓國은 日本과 同盟하여 日本의 戰勝을 爲해 莫大한 犧牲을 甘受했으나 弱한 同盟國에 對한 報酬란 保護權의 設定으로 밖에 나타나지 않아 後代의 우리에게 많은 敎訓을 주고 있는 것이다.

미리 同盟國 英國으로부터 아직 戰爭이 끝나기도 前에 約束을 받아놓은 日本은 「루즈벨트」大統領의 仲介로된 「포츠마쓰」講和會議에서도 마찬가지 保護權의 要求를 固執하였고 美國도 이를 支持하는 立場에 있었으므로 露·日講和條約 第二條에서 用語마저 前記의 英·日 第二次同盟 條約 第三條를 그대로 옮겨 놓았던 것이다. 이리하여 成立된 것이 一九〇五年의 所謂 乙巳保護條約이었던 것이다. 여기서 잠간 「루즈벨트」大統領 當時의 極東政策을 살펴보면 왜 「루즈벨트」大統領이 露·日 仲介를 하였는가 하면 戰爭中부터 論議가 있었던 露·日間의 直接 交戰을 막고 交涉을 시킴으로써 相互의 敵對行爲가 아무런 同盟關係가 없는 美國의 利害를 侵害하는 方向으로 解決될 것을 念慮하여 旣往에 英國과 同盟關係가 있는 日本에 일부러 好意를 베

풀려고 했던 것이다。 當時 美國의「루즈벨트」大統領이「테프트」陸軍長官에게 보내는 電文 가운

데서 不得已 美國은 日本의 韓國에 對한 統治權을 默認할 수밖에 없다는 內容을 보면 알 수

있다。 이는 美國이 韓國과 滿洲에 對한 市場開拓에 參與하기 爲한 努力으로 볼 수 있다。 이러

한 美國의 政策은 講和直後에 滿洲鐵道의 設置權要求와 一九〇九年에「녹스」美國務長官의 滿

洲鐵道中立化案에서 볼 수 있다。

　그러나 이 滿洲問題로 因하여 日本과 美國은 對立하기 始作하여 드디어는 二次大戰에까지

이르렀던 것이다。 日本은 野慾的인 行動으로 韓國을 짓밟고나서 그것마저 滿足하지 못하고 더

넓은 망덩어리에 그들의 무지한 侵略의 魔手를 뻗쳤던 것이다。 이러한 日本의 野慾的 行動은

美國과 英國을 爲始한 列强의 糾彈을 받고 드디어 二次大戰이라는 悲劇을 일으키고 敗戰의

쓴 잔을 마시지 않을 수 없게 된 것은 歷史的 眞理를 말하여 주고 있는 것이다。

五　魔의　三八線과　韓國의　運命

　흔히 三八線은 一九四五年 九月 二日字（韓國民에 對한 布告는 九月 七日）의「맥아더」司令官

의「一般命令 第一號」로써 設定된 것으로 믿고 있으나 이는 當時의 美國務次官인「웨

브」氏의 美下院 外交分科委에서의 證言을 믿는 데서 基因되지만 事實은 當時의「얄타會談」에서 美・蘇의

南北韓 占領이 決定되었고 具體的인 占領 境界線으로 三八線이 劃定된 것은「포츠담會談」인 것

으로 推定되고 있다。그 根據는 「얄타會談」의 內幕을 캐어 봄으로써 알 수 있는데、一九四五年

에 發表된 「얄타會談」에 關한 外交 文書集에서 살펴 보기로 한다。(여기서는 合同通信社 調査部

譯 「얄타」秘密協定을 土臺로 했다)。 美大統領 秘書室 保管文書中 會談에 臨하는 美國으로서

韓國問題에 關한 國務省의 暫定 見解를 討議進行에 이르기까지 案으로 定했던 것을 發表하고

있는데 그것을 略記해 보면 다음과 같다。

〔韓國問題에 關한 聯合國 相互間의 協議議題〕

一、韓國에 對한 軍事占領에 參與할 國家

二、韓國에 過渡的인 國際管理 行政機構 또는 信託統治를 決定할 때 參與하게 될 國家

〔討議〕

韓國의 獨立 達成에 關한 共同行動은 다음과 같은 理由에서 重大하고도 必要하다。

(一) 中國 및 蘇聯은 韓國에 隣接해 있으며 韓國問題에 對해서도 傳統的인 利害關係를 가지

고 있다。

(二) 美・英 및 中國은 「카이로」宣言에서 適當한 過程을 通해서 獨立시킨다고 約束한 바 있다。

(三) 어느 單一國家에 依한 韓國의 軍事占領은 深刻한 政治的 反應을 惹起할지도 모른다。

소련이 單獨的으로 駐韓軍政의 責任을 지게 될 境遇엔 中國이、反對로 中國이 지게 될 境遇엔

소聯이 좋아하지 않을 것이다。따라서 우리(美國)는 다음과 같은 見解를 갖는다。即 韓國에서

軍事作戰이 完了되는 直時로 占領 및 軍政은 中央集權的 行政原則에 따라서 可能한 限 聯合各國

代表가 派遣되어야 할 것이다。 그리고 聯合諸國代表의 數는 美國의 實權에 支障이 없을 程度로

維持되어야 한다。

即 (一)은 省略(筆者)하고、(二) 蘇聯의 對日戰 參加는 韓國에 蘇聯軍 進出을 招來할 것이며

그것은 占領軍 構成을 決定하는 데 重要한 要素가 될 것이다。

(三) 韓國에 對한 蘇聯의 傳統的 關心은 設或 蘇聯이 太平洋戰爭에 參加하지 않더라도 韓國

軍事占領에 參與하고자 할 可能性을 보이고 있다。

다음 信託制度나 過渡政府가 세워질 境遇에도 美國・英國・中國 및 蘇聯은 自然히 同過渡政

府에서 積極的인 役割을 하게 될 것이다。極東에 있어서의 蘇聯의 立場으로 미루어 蘇聯의 太

平洋戰爭 參加與否를 莫論하고 同過渡的 國際管理(信託統治)에 蘇聯代表를 參加시키는 것이 有

利할 것이다。

以上은 當時 「얄타」秘密會談에 臨하는 美國政府의 態度를 簡單히 要約한 것이거니와 여기에

나타난 것에 다시 附言한다면 「루즈벨트」政府는 첫째로 蘇聯이 對日本戰爭에 參加한다면 蘇聯

軍의 韓國進駐는 當然한 것으로 생각하고 있었으며 따라서 戰後 信託統治에도 積極的役割을

期待하고 있었으며、둘째로 設或 쏘련이 對日本戰爭에 參戰하지 않는 境遇에라도 蘇聯은 傳統的

으로 關心을 가지고 있으므로 韓國 軍事占領에 參與하려 할 것임을 認定하고 信託統治에 있어서

는 蘇聯代表를 參加시키는 것이 오히려 有利할 것이라고까지 말하고 있다。 그런데 「루즈벨트」

大統領은 終戰前夜의 戰況을 誤判하고 對日戰爭에 대한 蘇聯과의 共同作戰의 必要性에 몰두해

있었던 것 같다.

이러한 態度로 臨했던 「얄타」秘密會談에서 三八線과 관련된 韓半島占領에 關한 討議와 合意

가 없었다고 하는 것은 三尺童子라도 疑心하지 않을 수 없을 것이다.

다만 同會談에서 明白히 三八線 自體를 劃定했느냐 하는 것은 疑心의 餘地도 없지 않다. 왜

냐하면 當時 聯蘇은 兩面作戰의 어려움과 日·蘇中立條約을 핑계삼아 對日參戰의 決定을 지연시

키고 있었기 때문에 參戰을 決定한 「포츠담」會談에서 三八線을 占領境界線으로 確定했을는지

도 알 수 없다. 即 佛蘭西의 外交史學者 「드롯셸」이 말하고 있는 바와 같이 「얄타」에서는 南韓

을 美國이, 北韓을 蘇聯이 占領한다는 —— 蘇聯이 對日參戰하는 —— 것에만 合意하고 實

際 參戰을 論議를 最終의 頂上會談인 「포츠담」會談에 가서 具體的으로 三八線을 軍事占領境

界線으로 確定했음에 틀림없다고 주장한 點을 주목케 된다.

「三八線」은 政治的으로 考察해 볼 때 우리의 歷史上 論議된 前例가 있다. 即 帝政露西亞와

日本이 露·日戰爭 以前에 三十八度線 또는 三十九度線을 境界해서 相互勢力 範圍를 劃하자는 交

涉이 있었던 것이다. 따라서 이러한 歷史의 經驗이 考慮되었을 것도 分明하다.

以上에서 大略 본 바와 같이 三八線이 單純히 美·蘇兩軍의 駐屯占領을 爲해서가 아니라 當時

의 中國과 滿洲 및 韓國을 包含한 美·蘇의 極東 大作戰地域中에서 거의 唯一한 固定的인 作

戰境界線으로 定해졌다고 할 것 같으면 三八線의 設定은 그 本質에 있어서 「軍事的」이라는 結

論을 내리지 않을 수 없다. 이렇듯 三八線이 軍事的 性格을 가졌다는 것을 고려할 때 美國의 對

韓政策이 美軍政時와 大韓民國政府樹立、六・二五에 이르는 우리 나라 戰後史에 중대한 影響을 끼쳤다고 할 수 있다.

따라서 八・一五解放 후 韓國의 運命을 결정하는 美國의 對韓政策이라고 한 것도 그 核心的 性格에 있어서는 「軍事的」이라는 것이다. 그러면 언제 이러한 軍事的 政策이 解消될 것인가 하는 것은 美・蘇間에 韓半島에 對한 또는 極東情勢 全體에 있어서의 軍事的 利害關係가 合意되지 않는 限 계속되리라고 보지 않을 수 없다. 勿論 二次大戰後의 오늘날까지의 戰後史에서 본다면 韓半島에 對한 考慮는 終戰과 더불어 軍事面과 政治面이 겹쳐진 것이 事實이다. 卽 軍事境界線으로서의 三八線은 帝政露西亞 以來의 南下政策을 추구해온 蘇聯으로 하여금 韓半島에 있어서 적어도 自國의 軍事作戰地域으로서의 地位가 威脅을 받지 않는 政治秩序의 樹立을 통해서 思想的 侵略手法까지 겹친 極東赤化의 발판을 마련하였으나 美國은 對日作戰과 占領 뒤처리에 골몰하여 蘇聯의 假裝된 侵略에 대비할 겨를이 없었다고 할 수 있다. 그 證據로서는 「모스코」三相會議에서 韓國問題를 論議하면서 무엇보다도 利害關係가 密接한 中國을 參加시키지 않았다는 것과 또 同會議에서 設立된 美・蘇만의 共同委員會가 兩軍의 韓國駐屯國司令官으로서 구성되었다고 하는 點은 韓國의 獨立이 가져올 바 美・蘇雙方의 事情에 對한 影響을 充分히 考慮한 끝에 軍事面에 影響이 없도록 問題를 解決한다고 하는 原則的 立場을 固定한 것을 보아도 알 수 있는 것이다. 더구나 그때는 「얄타」秘密協定에서 旅順港이 蘇聯軍港으로 使用하기로 된 以上 中國이나 美國으로서는 큰 위협이 되지 않을 수 없었던 모양이다.

비록 滿洲를 蘇聯勢力圈으로 한다고 하더라도 中國大陸 또는 적어도 中國 沿岸地域은 蘇聯 進出을 막아내어 確保하지 않으면 안 되었다. 따라서 三八線은 中國大陸과 滿洲에서 아직 確固한 勢力關係가 固定되지 않은 때에 있어서 하나의 基準的인 役割이 되었던 것이다. 當時 美國이 國民政府를 援助해서 中國沿岸에서의 中共掃蕩에 重點을 두었던 것을 보더라도 中國 沿岸과 南韓을 確保함으로써 黃海의 制海權을 確保하고 日本 및 太平洋의 安寧을 期하려는 것이었다. 그러나 문제는 美國이 占領日本을 極東에 있어서 民主主義의 防波堤로 생각하고 韓國과 滿洲 등은 第二次的인 고려 대상이 된 것 같다.

蘇聯側으로 보더라도 北韓의 維持는 南滿洲 및 黃海로의 出口의 安全上 絶對로 必要한 前哨 地였던 것이다. 以上에서 본 바와 같은 韓半島는 美・蘇雙方에 對하여 그 考慮의 性格은 軍事的인 것이었고 특히 蘇聯에 대해서만은 極東進出과 政治的 팽창을 위한 好機가 된 軍事的 性格이 아닐 수 없었다.

더구나 美國으로서는 傳統的으로 中國大陸에 對해서 門戶開放 政策으로써 어느 一個國의 排他的인 支配下에 더우기 蘇聯과 같은 共産支配下에 中國大陸이 들어가게 되는 것을 實力으로써 라도 막아야 한다는 것이었다.

美國으로서는 中國大陸이 共産化된다는 것은 美國의 極東政策에서 본다면 二次大戰에 美國이 參戰하지 않으면 안 되었던 것보다 더 重大한 事態라고 하지 않을 수 없다. 이와 같은 關係에서 우리는 美國의 對日政策과 對韓政策을 보지 않으면 안 된다. 그리고 三八線을 위

요한 美·蘇關係가 韓半島를 중심으로 볼 때는 蘇聯에게 월등 유리하게 전개되었고、三八線

以北 北韓地域에 괴뢰 정권을 수립하여 太平洋進出의 발판을 마련하는 것만으로도 足했던 것이

다。 우리는 日本占領에 골몰했던 美國이 韓國의 半쪽을 포기한 결과는 불과 五年후 六·二五

動亂에서 막대한 부담으로 보답되었다는 점을 생각할 때 三八線에 얽힌 韓國民族의 運命은 생

각할수록 더욱 심각한 바가 있으며 共産侵略의 前兆가 이미 解放과 더불어 마련된 데는 民族的

自覺을 촉구하는 바 큰 史實로서 느껴지는 것이다。

六 韓國動亂과 UN參戰 一六個國

國土의 分斷은 얼마 안 가서 同族相殘이라는 民族的 悲劇을 가져왔다。國土의 分斷을 利用하

여 南韓은 勿論 極東全域에 걸친 共産主義 勢力擴張을 企圖하기 위한 하나의 발판으로서 共産

主義者들은 大韓民國을 武力으로써 顚覆하기 위하여 侵攻하였던 것이다。

이미 言及한 바와 같이 三八線이라는 것은 美國으로서는 政治的인 分割線이라고 생각한

것이 아니라 어디까지나 最初에는 軍事的인 分割境界線이라는 性格이 더 强하였다。日本降

服을 規定한 布告文만 보더라도 三八線으로 韓半島의 永遠한 政治的 分割線으로 생각할 수

있기보다도 오히려 軍事的인 作戰區劃線으로 생각했던 傾向이 많았다고 볼 수 있다。 그러기

때문에 애당초 美國이 三八線에서의 韓半島의 永遠한 政治的 分割을 企圖한 것이 아니었으

나 蘇聯軍司令官은 北韓地域에 대한 그의 權限에 대하여서는 同降服區劃線을 軍事的인 境

界線뿐만 아니라 南北韓의 政治的 境界線으로 轉換 解釋하여 韓國의 正常的인 社會的 行政的 關係를 分裂시켰고 나아가서는 政治的으로 韓半島全域에 걸친 共産化를 間斷없이 企圖해 왔던 것이다.

이러한 野心을 품고 있는 蘇聯을 相對로 하여 南北 統一政府樹立에 대하여 交涉을 해보 았댔자 失敗에 돌아가고 말았을 것이라는 것은 너무나 自明한 일이다. 一九四五年十二月에 「모스코」會談에서 美國·英國 및 蘇聯은 統一韓國政府樹立을 위한 協定에 合意하였고 그 後에 中國도 이 協定에 加入하였으며 드디어는 同協定에 依據하여 두個의 美·蘇共同機關을 設置하기로 하였던 것이다. 그리하여 美·蘇兩軍司令部의 代表로서 構成되는 美·蘇共委가 開催되어 南北韓에 關係되는 緊急한 諸問題를 檢討하고 行政的 經濟的 問題에 關한 兩司令部의 恒久的인 調整을 위한 方案을 講究하기로 하였던 것이다. 그러나 元來 蘇聯은 占領 當時부터 美國의 立場과 意圖와는 다른지라 쉽사리 合意될 理 萬無하였다. 美國代表는 兩斷된 國土를 統合하려고 努力하 였으나 蘇聯側은 韓國問題를 行政的으로 完全히 別個의 地域間에 있어서의 單純한 交換과 調整에 關한 것으로 보았던 것이다. 이와 같이 兩側의 見解가 懸隔하게 달랐기 때문에 同會議에서 겨우 合意된 것이 書信交換、放送周波數의 配定 및 軍의 連絡 등과 같은 些少한 問題에 그칠 따름이었다. 그後 民主主義的인 臨時韓國政府樹立을 위한 措置를 取하기 위하여 美·蘇共同委員 會의 第一次 및 第二次會議 역시 韓國의 統一을 가져 오지 못한 채 決裂되고 말았던 것이다. 특히 「모스코」協定의 信託統治條項에 대하여 韓民族의 自主性과 主體性을 無視한다고 하여 況

國民的인 反對抗議——甚至於 共産支配의 北韓同胞까지도 그러하였다——를 展開하였던 것이었다。그 當時를 생각한다면 最初에는 左翼分子들까지도 反對抗議를 하였으나 蘇聯의 國際共産主義者들의 指令을 받고 反對하였던 그들이 하루 아침에 贊成한다는 立場을 取하게 되었던 것이다。

如何튼 蘇聯側은 韓國人의 大多數의 意見을 無視하고 韓國의 臨時政府 樹立節次에 있어 「모스코」協定의 모든 條項을 全的으로 支持한 韓國의 政黨、社會團體에 限하여 그 委員會의 協議對象으로 해야 된다는 立場을 取하였으며 이러한 蘇聯側의 戰略은 「모스코」協定의 信託統治案을 反對한 大多數의 韓國國民과 民族主義勢力을 除外하고 信託統治를 反對하지 않았던 小數의 共産主義者들을 優勢한 立場에 놓게 하려는 것이었다。美國은 비록 「모스코」協定에 相互 同意하였다 하더라도 韓國民은 同協定에 對한 그들의 意見을 表示할 權利를 가지고 있음은 勿論이요、蘇聯側의 立場을 受諾한다는 것은 言論自由와 民主主義的인 節次의 原則에 違反되는 것이라는 見解를 表明하였던 것이다。如何튼 蘇聯은 南韓까지도 赤化가 可能한 統一韓國 以外에는 그들의 眼中에 아무것도 없었던 것이다。이와같이 韓國人의 意思를 無視하고 韓半島를 共産化하려는 蘇聯共産側의 固執 때문에 甚之於는 美・蘇共同委員會의 討議狀況에 關한 共同報告書에 대한 合意마저 이루지 못하고 말았으며 이와 같이 美國은 韓國의 民主主義的 獨立政府樹立을 위한 目標는 共同委員會를 通한 交涉으로써는 達成될 수 없다고 確信하고 蘇聯・英國 및 中

國에 對하여 「모스크」協定을 急速히 實行하기 위한 方法을 講究하기 위하여 同協定關係 四個國

會議를 開催할 것을 提案했으나 蘇聯은 그러한 會議마저 「모스크」協定의 範圍에 屬하지 않는다

는 主張을 내세우면서 美國提案을 拒否하고 말았던 것이다.

美國은 「모스크」協定의 테두리 안에서 蘇聯과 그 以上 直接 交涉하는 것은 結局 無用한 것임

도 알고 더우기 兩大勢力이 合意에 到達하지 못하였기 때문에 韓國民의 獨立에 대한 緊急하고

도 正當한 要求를 그 以上 遲滯시킬 수 없었으므로 一九四七年 九月十七日 總會는 韓國獨立의 節次를

한 모든 問題를 國際聯合 第二次總會에 提起하였으며 十一月十四日 總會는 韓國獨立에 關

規定하는 決議案을 採擇하였으니 그 決議案의 主要內容은 다음과 같다. 即

① 政府樹立 問題의 討議에 參加하도록 選出된 韓國民 代表者들을 招請하여야 한다. 如斯한 參加를 促進하

기 爲하여 또한 韓國民 代表者들이 事實 正當하게 韓國民에 依하여 選出되었으며 韓國에 駐屯하는 外

國軍當局에 依하여 單純히 任命된 者가 아님을 保障하기 爲하여 韓國에 派遣되어 韓國全域에서 施行할

수 있고 監視할 수 있으며 協議할 權限이 賦與된 九個國으로 構成된 國際聯合 臨時韓國委員團을 設置

하여야 한다.

② 韓國民의 自由와 獨立의 早速한 成就에 關하여 同委員團이 協議할 수 있는 代表者들을 選出하고 同

代表者들이 國會를 構成하여 韓國政府를 樹立할 수 있게 하기 爲하여 一九四八年三月三十一日 以前에

韓國에서 選擧를 實施하여야 한다.

③ 選擧後 可能한 限 早速히 國會를 召集하여 政府를 樹立하고 이를 委員團에게 通告하여야 한다.

④ 政府樹立과 함께 政府는 委員團과 協議하여 自體의 國防軍을 組織하고 이에 包含되지 아니한 모든 軍

事的　或은　半軍事的　組織體를　解散하며　南北의　軍司令部　및　民間當局으로부터　政府의　諸機能을　引受하고

實踐할　수　있는　早速한　時日內에、可能하면　九十日　以內에、占領當局의　軍隊를　完全히　撤收시키기　爲

하여　占領國家와　協議한다。

⑤　委員團은　事態進展에　鑑하여　小委員會와　協議할　수　있다。

⑥　關係加盟國은　委員團의　任務遂行에　必要로　한　모든　協調와　便宜를　提供하여야　한다。

이러한　諸勸告를　實行하기　爲하여　모든　努力이　傾注되었으며　大部分의　勸告事項이　實踐에

옮겨진　것이다。

一九四七年十一月一四日　總會의　決議에　依하여　設置된　委員團은　統一政府樹立을　위하여　蘇聯

占領下의　北韓에　들어가려는　努力이　拒否當하고　말았던　것이다。그러나　總會는　蘇聯의　反對에

依하여　全韓政府樹立을　위한　南北韓의　總選擧實施가　不可能하다　하더라도　選擧를　南韓에서만

이라도　實施할　수　있다는　見解를　가졌던　것이다。一九四八年二月二六日에　採擇된　總會의　決議에

의하여　「유엔」臨時韓國委員團은　全韓國을　通한　選擧의　監視에　臨하여야　하며　그것이　不可能할

경우에는　委員團이　接近可能한　韓國의　地域에서　選擧監視에　臨하여야　한다고　하였다。그리하여

不可不　UN監視下에　南韓에서만의　選擧가　實施되어　大韓民國政府가　樹立되고、一九四八年十二

月十二日　第三次　UN總會에서　大韓民國만이　合法的인　政府로서　承認을　받게　되었으니　그當時

의　決議文을　본다면「臨時委員團이　監視와　協議를　할　수　있었던　地域에　대하여　有效한　支配權과

管轄權을　가졌던　合法政府（大韓民國）가　樹立되었으며……또한　同政府는　韓國에서　唯一한　合

法政府임을 宣言하였던 것이다」라고 하였다。 그 後 美國을 비롯하여 四十數個國이 韓國을 合法

政府로서 承認하였던 것이다。

그러나 北韓 괴뢰政權은 一九五〇年 六月 二五日 早朝에 國際共產主義者의 조종에 따라 大韓民

國에 대하여 全面的인 武力侵攻을 敢行하였고 그들은 韓半島全域을 赤化하기 위하여 피비린내

나는 同族相爭의 戰亂으로 이끌어 갔던 것이다。

大韓民國에 대한 이와같은 攻擊을 平和를 破壞하는 侵略行爲로 보고 共產軍의 敵對行爲의 中止

와 三八線까지의 撤收을 要求하는 決議案이 通過되고 同決議案의 執行에 있어서 「유엔」에 대하여

모든 援助를 提供하며 北韓集團에 대하여 援助를 주지 않도록 促求하였다。 더우기 北韓괴뢰 集

團의 侵略이 비밀리에 오래 전부터 면밀히 計劃的이며 組織的인 攻擊이었다는 것을

모든 證據가 立證하고 있음이 드러났던 것이다。 南韓의 赤化를 企圖하여 미리부터 組織的이고

도 計劃的으로 侵攻行爲를 敢行하였던 北韓괴뢰 集團이라 이러한 NU의 決議를 順順히 받아

들일 理가 만무하다는 것은 너무나 分明한 일이다。 그리하여 드디어 美軍과 더불어 UN決議에 依

據하여 北韓의 侵略軍을 물리치기 위하여 UN의 十六個國이 韓國에 參戰하고 共產軍을 打倒

하고 大韓民國에 대한 各種 援助를 더욱 效果的으로 利用하며 大韓民國의 防衞作戰을 統一化하

기 위하여 安全保障理事會는 七月七日에 七對零、棄權三、缺席一로써 軍隊와 其他 援助를 提供

하는 國家들이 美國이 指揮하는 統合司令部에 集結할 것을 要求하는 決議案을 採擇하였던 것이

다。 美國을 비롯하여 關係會員國들은 同決議에 直刻的으로 따랐으며 「맥아더」將軍이 「유엔」軍

司令官으로 任命되고 美國 以外에 一五個國 「유엔」會員國이 統合司令部에 軍隊를 派遣하였을 뿐

만 아니라 五個國이 醫療班을 派遣하였고 其他 多數國들이 各種의 援助를 提供하였던 것이다.

따라서 人類 歷史上 처음으로 UN의 기빨 아래 共同의 作戰

에 參與하였고 비록 中共軍의 大量介入——蘇聯軍의 支援을 받아——으로 因하여 다시 魔의 三八

線이 그대로 남기는 하였으나 不法侵略行爲는 반드시 擊退시켜야 된다는 人類歷史上의 새로운

希望과 象徵을 이룩하였던 것이다. 만일 그 當時 國際 共産主義勢力의 侵略行爲에 대하여 共同

戰線을 펴지 못하였다면 極東의 平和는 勿論이요 共産主義 팽창 勢力이 또 다른 UN平和愛好

國家에게 侵略의 화살을 던졌을 것이라는 것을 우리는 確信한다.

더우기 大韓民國은 六・二五動亂을 通하여 온 民族이 共産黨의 손아귀에 들어갈 것을 막기

위하여 韓國에 物心兩面으로 支援해 주고 參戰해 준 UN會員國들의 功績이야말로 人類歷史

上 기리기리 빛날 것이며 全世界의 自由民에 대한 크나 큰 希望이 될 것이다. 더우기 우리 韓

民族은 우리의 自由와 平和와 獨立을 위하여 北韓共産侵略軍 및 中共侵略軍과 싸워 준 會員國이

야말로 피로 맺어진 우리의 友邦이며 우리의 民族史에서 永遠히 잊을 수 없는 壯擧라는 것을

나는 確言한다.

「피의 陵線」에서 「鐵의 三角地」에서 「臨津江의 戰鬪」에서 흘린 또는 우리 國民들에게 일일

이 알리어져 있지 않는 가지가지의 戰鬪에서 우리들과 어깨를 같이 하며 싸우다가 피흘린 그

들이야말로 우리 國家의 恩人이다. 그들이 韓國에 參戰하였다는 事實은 韓國에서 옛날과 같

이 돈을 벌기 위하여서도 아니었고 땅을 얻기 위하여서 아니며 우리 국민을 支配하기 위한 것은 勿論 아니다. 오로지 그들이 參戰한 것은 平和를 위하여서이며 自由를 위해서였다. 우리 國民은 아무런 代價없는 그들의 英雄的인 行爲야말로 우리의 民族과 國家를 위하여 살이 되고 피가 되었다는 것을 感謝하지 않을 수 없다.

그러나 六·二五動亂을 계기로 해서 UN參戰國들이 韓國의 獨立과 그 國際的 地位를 높여 준 것은 特記할 사실이나 오늘에 이르러 對日關係에서 造成되는 적지 아니한 變化가 생겨 유엔과 美國의 極東政策에 새로운 局面이 展開되고 있다는 感조차 없지 아니하여 우리의 주의를 환기시키고 있다.

七 新 美·日防衛條約과 韓國의 外交的 位置

美國의 極東政策을 韓·美·日 三國의 直線上에서 본다면 一九五一年 九月 八日 「쎈푸란시스코」에서 署名된 第一次 防衛條約을 中心으로 前後한 그 時期를 區分해서 볼 수 있을 것이다. 그러나 이 全期間을 通하여 이 地域은 美國의 單獨行動地域, 即 極東 「몬로·독트린」 地域이라고 하는 一面에서 一貫된 政策이 遂行되어 왔다. 그러나 對日講和 以前에는 極東政策에 있어서의 日本의 役割은 政治的으로는 空白의 狀態에 있었던 것이었으나 韓國戰爭을 契機로 해서 兵站基地로서의 日本의 重要性이 갑자기 높아지게 되자 美國은 終戰後 아직도 日本이 講和 以前의 狀態라 이것을 그대로 軍事基地로 使用하는 경우의 여러가지 問題를 考慮해서 「蘇聯」의 反對를 무릅쓰고 講和條約을 締結하는 것과 同時에 前記한 第一次 防衛條約을 締結하

였다。 이로써 日本은 國際法的 地位를 正常化하고 消極的이지마는 日本으로 하여금 對共軍事

上 美國의 極東政策에 한 자리를 차지하게 하였던 것이다。

따라서 不完全하나마 日本의 國際法上의 地位가 合法化되고 또 나아가서 極東國際政治의

한 要因으로서 登場하게 되었다는 點에서 韓·美·日 三國의 立場에서 본다면 그 意義가 크다。 또

이에 맞추어 韓國戰爭은 이미 日本의 經濟回復에 重大한 寄與를 하였으며 이것을 발판으로 해

서 다음 時期의 飛躍을 爲한 契機를 마련했던 것이다。

歷史的으로 日本의 富强은 반드시 故意的이었건 偶然이건 韓國의 犧牲을 必要로 하였고 終

戰後 日本再興에도 必要로 하였던 것은 우리 民族으로서는 너무도 逆說的이다。 왜냐하면 韓國을

前方으로 하는 兵站基地로서의 日本은 軍事産業 또는 軍事景氣를 中心으로 해서 發展하고 있

었기 때문이다。

그러나 美國의 極東政策은 그 世界政策의 一環이다。 더우기 世界政策上의 美國의 經濟的地

位가 同盟國의 積極的인 參與를 必要로 하게 되자 歐洲에서는 獨逸을 極東에서는 日本을 기왕

의 消極的인 地位에서 벗어나게 하여 積極的으로 自由陣營體制强化를 爲해서 美國의 兩手로서 登

場케 하였던 것이다。 이것이 한걸음 앞서 獨逸의 NATO에의 加入과 日本과의 新 美·日 防衛

條約으로 表示된 것이다。

一九六○年 一月 十九日 署名한 第二次 美·日 安保條約은 비록 形式은 一九五一年의 것의 改

正이지마는 實質에 있어서는 새로운 立場에서 재조정된 同盟條約이라고 할 수 있다。 따라서 우

리는 여기서 暫間 兩者를 比較해 보기로 한다.

第一次의 것은 前文과 全五條로 되어 있고 主要한 內容은 日本이 美國에 基地를 提供하고

美國軍隊의 駐屯을 許容하고 이 駐屯軍에 對해서 相當한 便宜와 特權을 認定하고 있다. 이에 比

해서 第二次條約은 前文과 全 十條로 되어 있으며 主要한 內容은 前과는 달리 一方的으로

美軍駐屯權과 基地 許與에서 그치지 않고 積極的으로 軍事的인 協力을 約束하고 나아가서

典型的인 軍事同盟體制를 갖추었으며 日本의 防衛만이 아니라 極東地域의 防衛와 經濟協力까

지 約束하고 있는 點에서 우리는 至大한 關心을 모으는 바이다. 또 傳統的인 軍事同盟과도 달리

이 條約의 有效期間을 十年으로 한 것은 本同盟의 主된 目的이 軍事的인 데만 있는 것이 아니라

美·日兩國이 共同으로 極東에 새로운 강력한 秩序를 세워 軍事的으로나 經濟的으로 共産勢力의

威脅을 막아 보자는 데 있음을 알 수 있다. 이러한 點에서 이번의 新安保條約은 第一次의 것과

는 次元을 달리하는 構想이라고 할 수 있다.

그중에서 重要한 條項을 들어 說明해 본다면 첫째로 第三條의 「締約國은 個別的으로 그

리고 相互協力해서 繼續的인 그리고 效果的인 自助와 相互援助에 依해서 武力攻擊에 抵抗

하는 各己의 能力을 …… 維持하고 發展시킨다」라는 規定이다. 여기서 「繼續的인 그리고 效

果的인 自助와 相互援助」라는 것은 一九四八年 六月에 美國의 NATO 參加問題를 둘러싼 美國

上院의 審議에서 上院 議員 「반덴버그」(Vandenberg)의 提案이었던 「繼續的인 그리고 效果的

인 自助와 相互援助의 原則」(Pinciple of Continuous and effective Self-help and Mutual

Aid)下에서만 參加할 수 있다고 한 決議案으로서 흔히 「반덴버그」決議이니 「반덴버그 프린시플」이니 하는 것인데 이것은 美國의 平時 同盟體制에 懷疑를 갖는 議員들에 對한 宥和策으로 쓰여졌던 것이 一般的으로 美國의 同盟原理로 쓰이고 있는 것이다.

이 條文으로써 日本은 本格的으로 軍事能力의 維持發展과 兩軍備體制의 强化를 約束한 것이다。軍事力의 維持發展은 必然的으로 軍事産業의 發展 나아가서 日本經濟의 軍事化를 가져오게 되는 것이다. 日本의 最近의 經濟成長만 보더라도 消費水準을 無視한 製造工業의 畸型的인 發展과 消費財生産보다 生産財生産이 約三倍나 되는 指數를 나타내고 있다는 것은 이것을 證示해 주고 있으며 莫大한 새로운 市場이 發見되거나 그렇지 않으면 이러한 製造工業이나 生産財生産은 그 出口를 軍事的인 方向에서 찾지 않을 수 없는 것이다. 이러한 事態는 彈丸하나 자기 손으로 生産하지 못하는 處地에 있는 우리에게 커다란 관심사가 아닐수없으며 軍國主義 日本侵略의 記憶이 새삼스러워지는 것은 어쩔 수 없는 노릇이다.

둘째로 第三條의 끝項에서 「締約國은 國際經濟政策에 있어서의 相衝을 除去하도록 努力하며 또 兩國間의 經濟協力을 促進한다」라는 規定이다.

오늘날 自由世界內에서 가장 重要한 問題의 하나는 商品 또는 資本輸出市場競爭인 것이다。最近에 이것을 象徵하는 것으로서는 英國의 「歐洲共同市場」 加入問題와 얼마前에 있었던 類例없는 美·日箱根會談인 것이다。市場問題는 自由世界의 對共勢力으로서의 行動統一과 團結을 沮害하는 가장 重要한 問題이다。

여기서 美·日兩國의 經濟政策의 調節과 經濟協力이란 무엇을 말하는 것일까? 箱根會談後의 共同聲明에 依하면 日本政府로서는 日本內에서 保守勢力이 向後 적어도 新美·日防衛條約의 有效期間中 또는 그 以上으로 長期 執權하려면 現在 내걸고 있는 國民所得倍增計劃이 實現되어야 하고 그러기 爲해서는 對美輸出의 增加와 그리고 其他 地域에로의 通商擴張을 切實하게 必要로 한다고 要求하였던 것이며 여기에 對한 證據로서 對 共産圈貿易 特히 傳統的으로 日本의 主要 市場이었던 中國大陸과의 通商을 要求하는 日本國內 輿論을 내세웠던 것이다. 따라서 美國 으로서는 日本에 對하여 可能한 限 中國大陸에 代置하는 市場을 開拓해 주지 않을 수 없을 것이다.

여기에 관련해서 얼마 전에 美國 上院議員이며 民主黨 院內總務인 「마시크·맨스필드」의 「極東報告書」를 注意해 볼 必要가 있다. 그는 同報告書에서 日本은 美國의 輸出市場이며 剩餘農産物에 있어서는 第一의 市場임을 말하고 日本은 現在 美國과의 貿易上 커다란 逆調의 狀態에 있는데 이것을 그렇다고 해서 美國으로서는 日本商品에 對한 關稅障壁을 解除할 수 없으니 이것을 隣接諸國과 東南亞諸國으로 市場을 열어주지 않으면 日本은 國內에 있어서 自由秩序 即 現在의 美國 友好關係를 受諾할 수 있는 政治秩序가 維持될 수 없을 것이라고 말하고 있다. 即 美國과의 同盟과 基地 許與를 受諾할 만한 政權을 日本에서 繼續시키기 爲해서는 現在의 繁榮을 維持하는 程度로서는 不足하고 나아가서 日本資本의 隣接諸國에의 流出을 열어 주지 않으면 안 된다고 主張하였다.

그는 덧붙여서 日本經濟가 隣接諸國과 東南亞에 잘 流通하지 못하는 것은 이 地域에서

美國은 勿論 英國과 獨逸과 競爭하지 않으면 안 된다는 點도 있지마는 特히 이들 地域에서의

反日感情과 또 이들 諸國이 모두 獨立해 있기 때문에 예전과는 달리 國民主義的 經濟政策을 세

우고 있기 때문이라는 뜻으로 말하고 있다. 이것은 우리에게 많은 것을 示唆해 주고 있다.

十一月初의 箱根會談 共同聲明에서 日本의 通商擴大 要求에 對해서 美國은 自由陣營內에서

弗貨의 價値確保를 爲해서 또는 自由諸國을 援助하지 않으면 안 되는 地位에 있으므로 日本에

못지 않게 成長과 通商擴大를 必要로 한다고 응수하고 있는 것으로 보아 日本商品에 對한 美國

內에서의 制限解除를 拒否한 것으로 보인다. 箱根會談은 相互 바라던 成果를 充分히 거두지 못

한 것 같으며 將次의 相互協力에 期待하고 있는 것 같다.

美國의 對韓經濟援助態度는 日本을 通한 經援이라는 傾向으로 轉換될 가능성도 없지 않다.

即 美國은 全體 通商上의 收支均衡은 勿論 順調이나 年三、四〇億弗에 達하는 自由陣營에

對한 援助額만큼 赤字를 示現하고 있다. 따라서 생기는 自由陣營의 標準貨幣인 弗貨價値의

低下는 美國이 말하고 있는 바와 같이 美國만의 問題가 아니기 때문에 얼마전 獨逸은 「딜론」

美財務長官의 訪獨膳物로서 「마르크」貨의 對「딸라」換率을 引上시켰던 것이며 後進國 自由諸

國에 對한 援助 十億弗을 約束하기에 이르렀던 것이다. 이러한 것을 極東에서는 日本에 對해서

要求하고 있고 新防衛條約 第二條의 兩國間의 經濟協力이라는 意義도 實로 여기에 있는 것이다.

여기서 우리는 새로운 問題點을 民族的인 立場에서 다시 생각하지 않을 수 없다. 왜냐

하면 우리에게 眞正한 民主主義를 再確立하기 위한 經濟的인 土臺로써 經濟開發計劃의 强力한

推進이 革命後 그 어느 때보다도 切實히 要請된다。 그러나 우리 民族의 가장 크나큰 課題의

하나라고 할 수 있는 經濟開發計劃의 推進에는 尨大한 外資가 必要하다는 것은 三尺童子라

도 모를 리 없다。 美國의 돈이건 西獨、伊太利와 같은 歐洲諸國의 投資이건 甚之於는 日本의

投資이건 간에 經濟開發計劃의 推進을 위하여 必要하다는 것은 두말할 것도 없다。 다만 日本

의 投資와 經濟協調를 通하여 韓國의 經濟再建의 길을 트는데 우리는 어떠한 態度를 가져야

될 것인가 하는 것이 問題다。 위에서 이미 言及한 바와 같이 日本과의 經濟協助라는 것이 자칫

잘못하면 日本의 韓國에 대한 「새로운 型態의 侵略」을 招來할 可能性이 있다는 것을 우리는

看過할 수 없다。

그러기 때문에 日本은 우리 民族에게 受難의 씨를 뿌린 過去의 前轍을 밟지 않도록 韓國의

國家的 自主性을 尊重하면서 國際的 互惠의 原則을 着實히 지켜 나가야 될 것은 勿論이요、

더 나아가서는 韓民族에 대하여 過去의 日本의 侵略行爲를 法的으로 淸算해야 될 것이 先行되

어야 할 것이다。 새 술은 새 푸대에만 넣을 수 있는 것이다。 그러기 때문에 위선 日本이 지난

三十六年 동안 우리 나라에서 무엇을 하였나 하는 것을 國民은 勿論이요 特히 日本의 指導層의

人士들이 反省해야 할 것이다。 만일 지난날의 侵略行爲에 대하여 道義的인 反省뿐만 아니라

더 나아가서는 日本이 過去를 뉘우친다는 法的인 證據가 앞서야 된다는 것은 우리 國民의 一

般的이요 民族的인 感情의 必然的인 歸結일 것이다.

그런 한편 우리 民族은 우리대로 韓國의 經濟再建의 外資로서 들어오게 되는 外國資本이 買辦化되지 않도록 特別한 措置를 取해야 된다는 것은 受難의 歷程을 걸어온 우리 民族의 歷史的인 使命 가운데 하나일 것이다. 우리의 現實에서 본다면 美國의 돈도 좋고 西獨、伊太利돈도 必要하며 日本의 投資도 必要할는지 모른다. 그러나 要는 이러한 돈과 投資도 窮極的으로 民族의 發展을 위하여 必要한 것이다. 우리 나라가 民主主義的 生活條件을 向上시키는데 必要로 하는 것이지 결코 이 돈이 買辦化하여 民族을 파는 돈이 되어서는 아니 된다. 만약 그런 돈과 投資라면 비록 그것이 산더미처럼 우리에게 들어온다 하더라도 우리에게는 必要 없는 돈이요 投資이라는 것을 確言한다.

뿐만 아니라 特히 여기서 내가 强調하고 싶은 것은 外資의 導入이니 經濟協助라는 아름다운 名分下에 그러한 「돈」과 더불어 새로운 外國의 政治勢力의 扶植을 劃策한다면 이는 UN의 憲章에 違背되는 일이요、他國의 獨立과 主權을 冒瀆하는 일일 것이다. 그러기 때문에 勿論 韓國에 대하여 眞心으로 도우려는 나라들은 그렇지 않겠으나 우리 民族은 우리로써 外資의 導入과 經濟協調라는 美名 아래 國內에 새로운 外國의 政治勢力이 들어오는 것을 언제나 民族的인 立場에서 警戒하지 않으면 안 되며 또한 이러한 問題에 대한 特別한 關心과 國家措置를 取하지 않으면 안 될 것이다.

八 韓國統一 ── 極東의 共産侵略과 北韓集團

우리의 눈을 위쪽으로 돌린다면 蘇聯이라는 巨大한 怪物이 虎視眈眈 韓半島의 掌握을 노리고 있다。이미 言及한 바이지만 蘇聯의 南下政策은 어제 오늘의 이야기가 아니다。韓末 때부터 帝政露西亞는 南下進出政策을 强力히 밀고 나왔다。露西亞 單獨의 힘으로써 宿願의 꿈이었던 南下進出 政策이 이루어질 수 없게 되자 佛蘭西와 獨逸의 힘을 빌려서까지라도 南下進出의 宿願을 버리지 않았다。露·佛·獨의 大陸三國同盟으로써 日本이 얻은 遼東半島를 빼앗고 滿洲에다 露西亞의 勢力을 扶植하려는 것도 바로 「붉은 꿈」의 南下進出 政策의 具體的인 表現이라고 할 수 있다。帝政露西亞가 한때 龍岩浦의 極東侵略의 발판으로서 砲臺를 構築하고 龍岩浦의 産業上의 特權을 要請한 것이나、李朝末葉에 韓國에 대한 그들의 勢力範圍를 三八線이니 三九度線이니 하여 分割 劃定하자는 것도 그 實은 極東侵略의 발판으로서 不凍港의 獲得과 아울러 그들의 끈기 있는 南下政策의 表示라 하겠다。

그들은 韓國이 李朝末葉에 西洋文明의 接觸과 아울러 不可不 開國할 當時에도 極東支配를 위한 韓半島의 掌握의 꿈을 버리지 않았으며 機會만 있으면 韓半島를 自己의 勢力圈內에 넣으려는 侵略的인 意圖를 버리지 않았다。그러나 韓半島가 結局에 日本의 侵略的 勢力에 依하여 日本의 植民地로 들어가게되자 그들의 南下進出의 宿願은 歷史의 다음 段階로 미루지 않을 수 없게 되었다。

그러나 極東의 不凍港인 韓半島를 掌握하자는 꿈은 帝政露西亞가 亡하고 蘇聯이 들어

선 以後에도 조금도 變함 없이 그냥 그대로 고스란히 繼承된 것은 온 世界가 다 아는 事
實이다。이미 前節에서 言及하였지만 「얄타會談」當時의 「스타린」의 極東政策의 構想 역
시 帝政露西亞의 傳統的인 南下進出 意圖를 버리지 않았던 것이다。勿論 大陸國인 蘇聯
의 南下進出 政策은 비단 極東에 있어서 뿐만 아니라 北歐에서도 그러하였고 東歐羅巴에 있어서
도 그러하였으며 빨칸半島에서나 中東地域에 있어서도 그와 비슷한 南下進出를 버린 痕跡
은 조금도 없음은 勿論이요、오히려 帝政露西亞時代보다도 더 執拗하고 악착스럽게 侵略的인
勢力擴張 意圖를 끈기 있게 밀고 나가는 「소비에트・로시아」임을 잊어서는 아니 된다。이러한
「蘇聯」이 그들의 對日參戰과 戰後處理를 論하게 된 「얄타」會談이라는 絕好의 機會를 노칠 리
만무하다。그들은 第二次大戰까지 日本이라는 極東의 새로운 勢力이 登場하여 韓半島는 勿論
이요、北滿洲와 北支까지도 掌握하였으므로 帝政露西亞時代부터의 宿願의 南下進出이 가로
막혔으나 第二次大戰 終末에 가서 競爭者인 日本을 물리치고 日本의 勢力이 물러간 後
에 생기게 되는 「새로운 眞空地帶」에 파고 들어 가기 위하여서는 무엇보다도 最少의 犧牲으로
써 最大의 成果를 거둘 수 있는 時期에 對日作戰에 參加하려는 것은 너무나 自明한 일이다。이
와 같이 약삭빠른 「蘇聯」은 日本이 降服宣言을 하자마자 南滿洲一帶를 뒤덮고 北韓에 進駐하
게 되었다。 그럼으로써 그들이 帝政露西亞時代부터 連綿히 품어 왔던 南下進出의 꿈은 거의
現實的으로 實現하게 되었던 것이다。
日本軍의 降服當時 비록 美・蘇兩軍이 日本軍의 降服을 受理하는 地域을 分割하기 위하여 무

急히 韓半島內에 三八線이라는 軍事的인 境界線을 만들었다고 양보해서 생각하더라도 역시 蘇聯은 이 三八線이라는 軍事境界線을 그들이 數十年前부터 품어 왔던 꿈을 實現하는 絶好의 機會로서 組織的으로 利用하였던 것이다。 그러나 美國은 韓半島가 地理的으로 보아 侵略을 받기 쉽고 더우기 分裂되고도 弱化된 韓半島를 中心으로한 列强의 競爭이 戰爭을 惹起하고 世界平和의 維持에 암이 될 것이라는 政治的인 要因의 把握과 政治的인 展望에 대한 細心한 判斷을 할 마음의 여유를 갖지 못했던 것 같다。 만약 美國이 생각한 것이 있다면 이것은 韓半島의 占領이 아니라 日本의 占領과 日本의 戰後處理였을 것이다。 이러한 뜻에서 戰後 進駐軍의 軍事的인 境界線으로서 三八線을 생각하였다고는 할 수 있으나 韓半島에 대한 繼續的인 政治的 支配를 强化하기 위한 綿密한 計劃은 없었다고 본다。

그 實例로서 美國이 韓國本土의 戰鬪에 參加할지도 모르는 事態에 對備하여 一部兵士에 韓國語 訓練을 받게 하였다고 傳해지나 其他戰線이 急하게 되자 그들까지도 통틀어 西歐羅巴로 옮기도록 하였다。 그만큼 美國은 韓國問題에 대하여 골돌히 생각하지도 않았고 準備도 갖추지 않았으며 또한 그만큼 韓半島가 가지는 將次의 政治的인 深刻한 問題를 예측하지 못했던 것 같다。 ——勿論 이것이 美國의 失策이라면 失策이라고도 할 수 있다—— 그러나 앞서도 말한 바와 같이 蘇聯은 그렇지 않았다。 蘇聯은 三八線이라는 軍事境界線을 侵略的인 勢力의 擴張을 위한 「소비에트」的인 政治秩序의 浸透化로서 事前에 綿密히 計劃하였던 것이다。 그러기에 「蘇聯」은 미리 詳細한 計劃을 세워 露語를 잘 아는 韓國胎生의 熟練된

共產主義者를 北韓에 보내 共產主義的인 策略과 强制로써 北韓內에 사는 거의 모든 우리 同胞는 事實上 共產主義 體制의 鑄型으로 만들려고 가진 애를 다 써 왔다。 심지어 「蘇聯」은 北韓에 있는 우리의 産業施設까지 撤去해 가면서 그 代價로써 北韓赤化를 위한 組織的 共產主義 訓練分子를 投入하여 共產黨分子의 權力安定를 위하여 北韓의 同胞를 組織的으로 動員헀으며 그들은 國史를 變造하여 蘇聯共産黨史를 만들어 냈으며 社會、文化 全般에 걸쳐 民族的인 要素를 完全히 排除하고 「蘇聯共産社會」를 合理化하는 政治、文化 訓練所로 만들고 말았던 것이다。

이와 같이 蘇聯은 三八線이라는 軍事分割線으로 비단 軍事面인 觀點에서가 아니라 미리 그들의 世界赤化의 一環으로서의 極東 南下進出政策을 達成하려는 政治的 目的으로 無慈悲하게 活用하였던 것이다。

그러나 蘇聯은 日本의 敗戰과 더불어 韓半島의 北端에서만 그들의 南下進出 政策이란 傳統的인 目的을 達成한 것은 아니다。 日本敗戰에서 오는 「極東의 空白地帶」에 아무런 거리낌없이 붉은 勢力을 進出시킬 수 있었으니 滿洲가 그러하였던 것이다。 그들은 對日戰의 參加라는 아리따운 名分 아래 滿洲를 占領하였고 中共軍을 通하여 얼마 안 가서는 그 廣漠한 中國大陸까지도 共產勢力에 집어 넣고 말았던 것이다。 南支那海峽에서 山東半島 遼東半島 韓半島의 三八線 以北을 完全히 自己네 손아귀에 넣은 蘇聯과 極東共産勢力은 그래도 不足하여 自由롭고도 平和的인 大韓民國을 武力으로서 顚覆하기 위하여 그 피비린내 나는 同族相爭의 「六•二五」事變을 惹起하였던 것이다。 所謂 그들이 平和를 愛好하느니 民族을 사랑하느니 하면서 그 입과

그 손으로 또 다시 蘇聯勢力의 極東의 最南端 進出을 밑받침하기 위하여 다같은 民族 다같은

우리 同胞에 銃부리를 겨누었고 咀呪의 辱說을 펴부었던 것이다.

이와 같은 極東情勢 가운데서 어떻게 하면 大韓民國이 自由롭고 平和로운 民主國家로서 發展

할 수 있으며 내 나라 내 民族과 내 疆土를 어떻게 하면 다시 찾을 수 있겠는가 하는 것이 우리 民

族의 課題 가운데 가장 크고도 重大한 試鍊이며 또한 우리 民族史의 가장 큰 使命이기도 하다.

더우기 우리를 둘러싼 北韓은 勿論이요, 滿洲와 沿海洲 그리고 中國本土 大陸이 共産黨의 支

配下에 들어감으로써 우리는 北方과 兩側面에서 軍事的인 威脅을 받지 않을 수 없다. 北方

과 兩側面에서 오는 軍事的인 威脅을 우리 單獨으로 막아내면서 우리의 自由와 獨立을 維持하

기에는 現實的으로 不可能하다. 北方과 兩側面에서 오는 共産黨의 威脅이 繼續하는 限 우리는

우리의 自由와 獨立을 維持하기 위하여 美國과의 積極的인 紐帶를 맺지 않을 수 없고 또한 이

러한 共産黨의 威脅이 繼續되는 限 美國을 爲始한 自由陣營과 共同의 步調를 取하지 않을 수

없는 地政學的인 與件에 놓여 있음은 勿論이요, 더 나아가서는 더욱더 積極的으로 美國을 爲

始한 自由陣營과의 軍事的、政治的 紐帶를 緊密히 하는 것만이 우리 民族이 사는 길이요 또한

우리의 自由와 獨立을 維持하는 길일 것이다. 뿐만 아니라 이와 같은 紐帶를 强化하는 것만

이 自由와 獨立이라는 原則下에서 韓民族의 自由、民主的인 統一을 達成하는 捷徑일 것이다.

만약 이러한 自由陣營과의 積極的인 紐帶와 協調를 前提하지 않고 統一韓國을 云云하는 것은

民族을 蘇聯共産黨에게 파는 일이요、大韓民國을 北韓共産黨의 幹部에게 팔아 넘기는 結果가 되

고 말 것이다。왜 이 點을 強調하는가 하면 善良한 北韓同胞는 解放後 하루바삐 共産黨 核心分子

의 暴政에서 解放되어 한 民族이 서로 뭉쳐 獨立과 自由를 누릴 수 있는 統一韓國이 達成되기를

간절히 바랐으나 北韓共産黨의 核心分子들은 우리 北韓同胞의 民族的 良心을 痲痺시키기 위하여

國內的으로는 無慈悲한 彈壓政策과 強壓的인 共産主義敎育을 強行하였는가 하면 또 한편 解放後

美·蘇共委時부터 韓國의 獨立과 自由가 保障되는 統一國家의 建設에 갖은 妨害와 陰謀를 다해 왔

다는 것은 良心 있는 韓國人으로서 모르는 사람은 單 한 사람도 없으리라 생각하기 때문이다。

이와 같이 北韓共産分子의 妨害와 陰謀 때문에 韓國統一에 關한 美·蘇會談의 努力도 水泡로 돌

아갔으며 韓國統一復興委員團은 勿論이요、十數次에 걸친 國際聯合의 努力까지도 虛事가 되고

말았던 것이다。北韓共産黨의 繼續的인 妨害 때문에 우리 民族이 한덩어리가 될 수 있는 統一韓

國을 이룩하지 못하였다 하여 우리들은 北韓同胞를 怨望하지 않는다。北韓이 비록 自由와 民主

의 原則下에 韓國統一을 妨害해온 것은 北韓同胞의 意思가 아니라 어디까지나 北韓共産分子의

意思이요、더 나아가서는 國際共産黨의 策略이었다。그러니 비록 우리의 敵은 北韓에 있으나

그 敵은 北韓同胞가 아니요、北韓에 있는 우리의 民族이 아니라、바로 몇 사람 안 되는 少數

의 北韓共産黨이요 國際共産貴族階級이다。

北韓共産黨은 『南韓이 美國과 同盟을 맺고 있을 뿐만 아니라 美軍이 南韓에 駐屯하고 있다』

고 하여 美軍撤收를 主張하는 宣傳攻勢를 繼續해 왔다。그러나 地理的으로 兩側과 北方의 共

産侵略軍의 威脅을 받고 있는 우리가 이들의 軍事的인 威脅 가운데서 그래도 民族的인 獨立과

自由를 維持할 수 있는 民主社會를 固守하는 데는 美國과 같은 自由友邦의 軍事的인 支援 없이는 지탱해 나갈 수 없다。 萬若 北韓의 땅덩어리 안에 음흉한 國際共産分子가 없고 同時에 언제나 自由大韓의 獨立과 自由를 威脅하는 南滿洲와 北支에 있는 中國共産軍의 軍事的인 威脅이 除去되고——그들은 이미 韓國戰線에 參戰하여 우리의 自由와 獨立을 짓밟은 過去가 있으며 지금도 있는 蘇聯極東軍의 軍事的인 威脅이 없다면, 즉 北支와 南滿洲에 있는 中共軍의 軍事基地一帶에 있는 蘇聯極東軍의 軍事基地가 一旦 有事時에 江하나 건너면 韓半島에 投入될 수 있는 態勢를 갖추고 있다——沿海洲地와 沿海洲에 있는 蘇聯極東軍의 軍事基地가 撤廢된다면 韓國의 軍事基地가 事實上 大韓民國의 自由와 獨立을 維持하는데 絶對的인 條件이 아니 될 수도 있다。 그러나 우리의 兩側面과 北쪽의 共産軍의 尨大한 兵力이 있는 以上 大韓民國의 自由와 獨立은 이러한 極東國際共産勢力과 極東의 自由陣營의 勢力의 均衡 위에서만 維持될 수 있을 것이다。 이러한 均衡을 維持하기 위하여서도 우리의 韓半島內에 강력한 美國의 軍事力이 못을 박고 있어야 하며 이러한 雙方의 軍事力의 均衡 가운데서만 우리의 民族的 獨立과 自由를 堅持할 수 있을 것이다。

이러한 極東情勢 가운데서 그래도 將次 우리의 民族的 自主性을 높이고 外交的 地位를 높이는 길은 무엇인가? 오직 이 길은 우리 民族이 富强해야 하고 自由로와야 하고 民主的으로 發展되는 길 以外에는 다른 가까운 길이 있을 수 없다。 이러한 意味에서 우리는 우리의 自由와 獨立을 維持하는 데 必要한 强力한 軍事力 即 경우에 따라서는 南北韓의 統一에 쓰여질 수 있는 强力한 軍事力을 維持 發展시켜야 함은 勿論이요——우리의 歷史上 우리 民族이 이렇게 强力하고도 組織化된 軍事力을 가져 본 적이 없다는 것을 記憶해야만 될 것이다.——社會 經濟的인 面에서 우리의 體制가 北韓共產 暴政體制보다도 優位에 있고 또한 모든 國民이 人間다운 生活을 할 수 있는 眞正한 自由와 民主的 富强과 繁榮이 達成되어야 할 것은 두말할 나위도 없다. 現在 政府는 우리 民族이 걸머진 受難의 挑戰 가운데서 眞正한 自由와 民主的 富强과 繁榮을 達成하기 위하여 우리의 모든 힘을 다하여 長期經濟開發計劃을 推進하고 있거니와 또한편에서는 北韓 땅에서 國際共產黨의 陰謀分子를 물리칠 수 있는 일이라면 지금까지 우리들과 손을 잡지 못한 中立主義諸國과도 紐帶를 模索하고 그들과 合心할 수 있는 機會를 넓히지 않으면 안 될 것이다.

第二共和國의 「카오스」

—新舊派 分黨과 「弱體內閣」의 自決—

Ⅳ 第二共和國의 「카오스」

―新舊派 分黨과 「弱體內閣」의 自決―

一四·一九革命의 流産

―張政權의 興亡―

日本帝國主義 植民地支配 三十六年의 무거운 짐을 겨우 남의 도움을 받아 벗어 버린 新生韓國이 두동강이난 몸의 상처를 입은 채 李承晚 自由黨獨裁 十二年의 失政으로 기진맥진해져서 맞은

四·一九學生革命은 결코 韓國民主主義의 完成이 아니었다. 무거운 惡遺産을 잔뜩 등에 진 韓國民族의 앞길에는 무수한 難關이 가로 놓여 있었으며 四月의 未完成革命을 옆에서 「새치기」한 民主黨政權도 진정한 民族的主體勢力으로서의 力量을 못가졌음을 만천하에 폭로하고야 말았다.

「못살겠다 갈아보자」―― 이 口號는 民主黨이 野黨으로서 自由黨에 대한 선거 전략에서 꾸며진 잔꾀에서 나왔다고 볼 수 있는지 모르나、그 口號가 그토록 「부움」을 일으킨 데는 반드시 國民輿論의 강력한 反應이 밑받침되었다는 點을 잊어서는 안 된다. 自由黨治下의 野黨으로서 民主黨의 힘은 그 母體인 民衆의 절박한 여론과 염원을 대변했던 때문이지 결코 民主黨 몇몇 幹部나 黨員의 힘에 의한 것이었다고는 생각할 수 없는 것이다. 그러므로 議會 民主主義는

政黨을 통한 國民의 支配가 아닌가? 그런데 民主黨執權 數個月에 國民의 不滿은 점점 커져 四·

一九前 自由黨의 욕된 자리에 스스로 대치된 결과가 되고 말았다. 그렇다면 「民主黨이 本質的

으로 自由黨과 무엇이 다르단 말인가」하고 反問하는 사람이 많았다는 사실을 다시금 상기하게

된다. 그 腐敗、不正、無能에 있어서 두 黨이 무엇이 달랐단 말인가?

自由黨과 民主黨은 韓國政治上의 「쌍둥아」처럼 닮았었고 결국 따지고 보면 民主黨은 李承晚

老人이라는 家父長에게서 차별대우 받는 「의붓자식」이라는 처지가 달랐을 뿐 그 性格이나 理念에

있어서는 꼭 같았던 것이다. 마침내 「못살겠다 갈아보자」고 하는 그 어조에 있어서도 자신없는

「갈아나 보자」는 투의 제의는 自由黨에 의해서 「갈아봤자 별수없다」라는 口號로 대구되었는데

불행히도 그것이 어떻게 그렇게 的中하였는지 신기할 정도이다.

學生들의 숭고한 念願과 高貴한 피의 대가로 이룩된 四月革命은 民主黨의 分黨소동과 張政

權의 無能、腐敗로 인해 마침내 「流産革命」으로 끝나고 말았다. 四·一九 때 學生들의 염원은 곧

전국민의 염원이었고 우리 民族史의 쓰라린 절규이기도 했다. 그러나 健全한 民主主義의 再

建、貧困追放、福祉社會建設의 염원은 오랫동안 굶주린 民主黨一派의 「감투分配」「政權爭奪」

「重石事件」 등으로 여지없이 背信당하고 말았다. 四月革命 一週年이 가까와오자 執權者의 마

음 가운데서는 自責에 가까운 「四月危機說」이 자신들을 괴롭히기 시작했다. 이 危機意識은

執權黨에게는 단지 政權을 빼앗기지 않을까하는 추잡한 利己的인 공포감에 그치었고 眞正한

民族的良心에서 울어난 自覺과 反省이 아니었다. 그러므로 民主黨執權은 썩은 自由黨에 接木

된 枝木의 分立이었으므로 그 腐敗는 性質上 아무런 다른 점이 없었다。 썩은 張政權의 支配는 시간이 가면 갈수록 더욱 더 썩어 그 속까지 곪게 마련이었다。 따라서 民主黨은 七·二九 선거 당시 절대적인 國民多數의 支持票를 얻었으나 그러한 큰 국민의 기대는 날이 갈수록 국민을 위해서 「民主黨의 背信」이라는 관념으로 굳어져 갔다。 이제는 소위 政治人、政黨人들이 과연 국민을 위해서 무엇을 할 수 있는가라는 의문과 더불어 政黨政治에 대한 無感覺이 농후해지고 기대를 걸어볼 政黨마저도 없어진 것이다。 이것이 젊은 世代에 의한 旣成世代에의 不信으로 나타났다。 「旣成世代는 썩었다」「旣成世代는 물러가라」——이 절규는 젊은 靑年學生들의 진심에서 우러난 「民族의 소리」요 「時代의 소리」이기도 했다。

累卵의 危機에 처한 祖國의 앞길이 어둡다고 하면서도 그 暗黑의 저편에 희망의 태양이 黎明을 가져온다면 그것은 眞正 이 나라 젊은 世代요、 靑年 學生이 아닐 수 없다。 그러므로 民族의 將來를 근심하는 사람은 이 젊은 世代의 절규에 귀를 기울여야 했고 때로는 조잡하고 과격할 때도 있고 간혹 脫線을 하는 일이 있더라도 그들의 목소리、지축을 듣고 들려오는 새 世代의 소리에 귀를 기울여야 하는 것이다。 그 소리는 「旣成世代에 대한 不信」으로 나타나고 國土統一論등으로도 나타났으나 모든 젊은이들의 要望이 集約되는 곳은 民主黨執權에 대한 不信이요 나아가서 무엇인가 새로운 民主的인 革新勢力이 登場해야겠다는 豫感이었다고 볼 수 있다。

民主黨은 풍성한 國民의 기대에 대해 너무도 가혹하고 추잡한 꼴로 背恩忘德하고 말았다。 民主黨執權時代는 데모、 파업、 新舊派分黨 敎員勞組 소동 등으로 國民들의 인상에 남아 있어 이

것을 가지고 혹자는 「檀君 以來의 最大의 自由」라고 한다. 이는 自由를 混沌과 혼동하는 우둔

이요 無責任과 放縱을 「自由」라고 생각하는 無知가 아니고 무엇이 졌는가?

世界議政史上 두 가지 奇談이 있다면 하나는 後進파키스탄의 議會內에서 副議長이 議員한데

맞아 죽은 暴行事件이요、 또하나는 四·一九후 우리 나라 國會에 暴徒들이 「土足」으로 突入하여

二十一分間 占有했던 「歷史的」(?)인 醜態일 것이다. 舊政治人들의 녹쓴 思考方式에 의하

면 自由란 「갑투를 쓰는 自由」 「密輸의 自由」 「暴行의 自由」 「不正蓄財의 自由」가 아니고 무

엇이었는가!

民主黨勢力은 新舊派를 막론하고 自由黨治下에 이미 썩었고 혹자는 與黨에 한몫 끼우지 못

하는 분풀이로 野黨에 떨어진 舊自由黨系가 상당히 많았다. 썩을 대로 썩은 旣成政黨人들로서

野黨이라고 해서 별로 다를바 없었고 다른 점이 있다면 오랜동안의 배고픈 野黨生活에 굶주려

보다 강력한 「食慾」이 不正行爲에 果敢케 했다는 점일 것이다.

四·二六 李承晩大統領 下野聲明후부터 民主黨은 「虛僞」를 가지고 政治를 시작한 셈이다.

三·一五不正選擧에 분노한 民衆의 抵抗으로 이룩된 政權交替의 기회를 당해 정당하게 政權을

인수할 생각을 하지 않고 自由黨國會 그대로를 가지고 죽은 自由黨議員을 「거수기」로 삼

아 國政을 논의하려 했다는 底意에는 벌써 「民主黨的인 虛僞의 씨」가 뿌려지기 시작한 것이

다. 七·二九선거를 앞둔 民主黨은 自由黨에 못지 않게 선거자금을 「不正蓄財者」들로부터 무려

四十五億圓을 염출하였으니 그러한 黑幕을 놓고 밖으로는 국민 앞에 不正蓄財處理를 한다고

며들어대나 이 어처구니 없는 背理가 어찌 國民에게 納得이 될 것인가? 결국 오랫동안 굶주린 民主黨이 政權을 앞에 놓고 선거자금을 모아 놓기는 하였으나 어느덧 舊惡의 소굴인 不正蓄財者의 「앞잡이」가 되어 버리고 말았다.

그때부터 民主黨은 虛僞와 不正과 「돈」으로 정치를 시작한 것이다. 國務總理 認准을 둘러싸고 買票工作에도 돈을 쓰고 少壯派를 무마시키는 데도 돈을 쓰고 벌떼처럼 일어나는 學生데모를 무마시키는 데도 역시 「돈」으로 우겨댔다. 결국 돈으로 政權을 買收하려던 시작부터가 돈이오 그 돈을 마련하려니 不正을 감행해야 되고 따라서 돈을 제공한 不正蓄財者들에게는 不正을 눈감아 줄 것을 약속하고 이렇게 해서 소위 自由를 크게 허용했다는 民主黨은 돈 때문에 썩어 버린 셈이다.

이에 따라서 民主黨은 다시 不正、情實人事를 시작한 것이다. 野黨 때 덕을 본 地方선거구민이 찾아오면 民主黨幹部들은 돈을 좀 집어 주든지 벼슬자리를 주든지 해야 했다. 政權을 장악한 民主黨 간부들은 혹은 長官室에서 혹은 局長室에서 홍수처럼 밀려드는 選擧區民의 來訪으로 門前盛市를 이루고 크고 작은 利權은 이 上京客들과의 密通으로 좌우되었으니 地方에서의 民主黨員들의 橫暴는 극에 달했던 것이다. 이리하여 民主黨은 그 동안 二千餘件의 不正情實人事를 감행했고 그것도 부족하여 「民主黨員을 各官公署에 特採하라는 半협박조의 示達」까지 내렸으니 李朝 黨爭史의 再版이 아닐 수 없었다. 特히 四・一九 이후 채결국 民主黨은 分黨、政治資金醸出、不正情實人事로 自滅하고 말았다.

택된 議員內閣制의 第二共和國은 張勉內閣 九個月의 無秩序와 混亂、 張氏 個人의 指導力의 不

足、 議會의 부패、 國民의 政治意識의 미숙 등으로 議會民主主義의 失敗를 보여 주고야 말았다.

더우기 張政權執權時 不正蓄財者處理를 둘러싼 特別法을 마련하는 데 있어서 그리고 自由黨幹

部를 反民主的인 違法者로 낙인을 찍어 처벌하는 데 있어서 執權層의 無定見、 無能을 여지없이

폭로하고 말았다。 특히 特別法制定을 둘러싼 우유부단한 論議는 舊惡刷新의 一大改革을 지연

시키고 法治主義原則에 대한 不信과 회의를 國民 속깊이 부식하고 말았다。 革命을 각행함에

있어 旣成法律을 그대로 적용시켜 보겠다는 時代錯誤의 思考方式은 젊은 世代의 反撥을 不免

케 殼으며 後進國保守層의 生理가 여실히 드러나고 만 것이다。

이렇게 돈과 감투 分配에 눈이 어두운 民主黨 張政權은 젊은 世代가 이룩해 놓은 四·一九의

「革命」을 反革命과 混亂으로 이끌어 가고 말았다。

이러한 執權黨의 추태를 본 軍의 젊은 將校들은 더 이상 참을 수가 없었다。 四·一九때 軍은

迅速히 계엄령을 해제하고 民間人에게 政權을 이양했었던 것은 사실이다。 軍은 가능한 한 政

治的 中立을 지키고 진정한 民主主義가 民間人에 의해서 確立될 것을 바랐다。 그러나 四月危

機說 속에서 張政權과 民·參兩院은 政爭의 도가니로 化하고 學生들을 돈으로 무마하여 데모를

막았지만 街頭에서는 데모 沙汰가 연발하여 그 사이에 共産黨이 便乘하여 우리 軍이 고귀한 生

命을 바쳐 지켜온 民國이 무너지지나 않는가 하는 危機感으로 줄곧 아슬아슬함을 禁할 수가

없었다。

「데모로 세운 나라 데모로 무너진다」는 豫感 속에서 우리 軍은 드디어 正義의 칼을 뽑아 분연히 궐기한 것이다. 이 民族을 위해 목숨을 바쳐 싸웠기에 이 民國의 繁榮과 自由를 진정으로 염원하기에 우리 革命軍은 首都서울로 進軍한 것이다.

五月十六日 새벽、 우리 革命軍은 쌓이고 쌓인 舊惡에 대한 一大手術에 착수하고야 말았다. 뜸질이나 藥物치료로 完治하기에는 이미 때가 늦은 우리 祖國을 잠식하는 病菌에 手術칼을 대고야 만 것이다.

二　病胎兒인 第二共和國

短命했던 第二共和國은 소위 民主黨新派의 주도권하에 수립되기는 하였으나 張勉政權은 「弱體內閣」임을 免할 수가 없었고 自由黨的 不正과 腐敗의 「延長」에 불과했다는 것은 그 系譜를 解放十五年史가 응변으로 증명해 준다. 四·一九 후의 政黨社會團體들의 亂立과 혼란은 八·一五 후의 無秩序와 다를바 없었으므로 「歷史는 되풀이 한다」는 느낌을 재촉했다. 그러나 歷史는 반드시 機械的인 反復이 아닌 것은 그 歷史創造의 主人公인 人間의 決意와 行動이 중요한 역할을 하기 때문인 것이다. 그러므로 張政權下의 混亂을 그대로 방치해 두었어 軍事革命으로 防止되었다고 볼 수 있다. 五」라는 民族의 悲劇을 再演할 수도 있겠으나 그것은 「第二의 六·二五」라는 民族의 悲劇을 再演할 수도 있겠으나 그것은 「第二의 六·二五」라는 民族의 系列은 張政權下의 一年은 解放후 無秩序의 反復이었다. 해방후 韓民黨ー民國黨ー民主黨의 系列은 때로는 李博士에 봉사하고 때로는 李博士에 반대하면서 「自由黨」을 낳아 놓았다. 地方土豪와

政治뿐로커와 官權을 등치고 돈번 解放貴族이라는 「낡은 부패 세력」을 기반으로 했던 自由黨

十二年의 惡政은 民主黨을 성립케 했으나 그 性格에 있어서는 自由黨과 다를바 없는 半封建性

과 舊惡을 그대로 지닌 舊政治勢力에 불과했다。 그러므로 第二共和國은 그 成立初부터 病胎兒

의 悲命을 타고 났다고 할 수 있다。

（1） 民主黨의 系譜와 性格
—韓民黨의 雙生兒 自由・民主兩黨—

「콘론」報告가 自由黨治下의 韓國情勢를 分析하고 「韓國은 아마 兩黨制度가 아니라 野黨이 위

협받고 불편을 받고 있어 차라리 ∧一・五政黨制∨를 갖고 있다고 했으니 이는 강

력한 官權下에 野黨인 民主黨이 倭小化하고 畸型的인 發育不良兒의 모습을 말했다고 하겠다。

따라서 제구실 못한 民主黨은 自由黨의 金權支配를 도습하는 나쁜 敎訓을 암암리에 받아 健全

한 近代的인 國民政黨으로 육성되지 못하고 「○・五」의 「反便」政黨이 되고 말았다。

한편 民主黨의 系譜를 韓民黨에까지 거슬러 올라가 살펴보면 李承晩一人獨裁에 못이겨 建國

初에 밀려났고 韓民黨—國民黨의 一分派라 할 新興啊咐輩들의 집단이 뭉쳐 自由黨을 낳아 놓았

다고 할 수 있다。

저 이름높은 「政治波動」（一九五二年五月二十五日）은 李承晩 一人獨裁를 확립하기 위한 「쿠데

타」였다고 할 수 있다。 이때부터 六・二五 후의 본격적인 官權對民權의 對決이 시작되었고 與

黨인 自由黨이 강화되고 이와 아울러 院內自由黨과 民主黨系를 핵심으로한 大野黨 民主黨이

탄생되었던 것이다。 그 후 自由・民主兩黨의 對決은 一九五六年 五・一五선거、 一九五八年의

五・二선거와 一九六〇年의 三・一五선거를 거쳐 自由黨의 不正選擧方法의 萬華鏡을 이루었다。

돌이켜보면 民主黨의 前身이라 할 韓國民主黨은 一九四八年 五月十日 總選擧에서 李博士를

중심으로 한 南韓의 全韓政府로서「大韓民國」을 수립하는 데 주동이 되었다。制憲國會는 李博士

의 強要에 의해 大統領中心制로 修正通過시키고 李博士가 初代大統領으로 당선되었다。그러나

李博士는 韓民黨을 一邊倒로 內閣에 기용치 않고 李範奭氏(族靑)를 國務總理로 任命하고 各派

의 綜合內閣을 구성하였다。이것이 韓民黨과 李博士와의 袂別을 이루어 一九四九年 二月 韓民

黨은 他派를 규합하여「民主國民黨」으로 改編하였다。이렇게 改編된 이유로는 民國黨의 前身

인 韓民黨이 解放後 軍政期間에 民怨을 산 바 크므로 그것을 풀려고 해서이기도 했다。

美軍政時代는 大韓民國의 胎兒期로서 그때 主導權을 잡았던 韓民黨一派의 역할은 後世에 영

향미치는 바 컸다고 하겠다。 韓國民主黨이야말로 해방후 한국의 一大保守勢力으로서 海外의

保守勢力인 臨政系와 더불어 실로 韓國社會의 指導勢力이었다고 하겠다。 이러한 의미에서 韓

民黨系의 位置는 美軍政時 상당히 높은 것이었고 특히 共産勢力의 浸透를 막는 데 있어서는 절

대적인 공헌을 남겼다고 해도 과언이 아니다。

그러나 韓民黨은 그 構成分子나 性格으로 보아 新生國家의 새로운 構圖를 못 가진 한갓 保守

性에 머물렀고 健全한 民主主義의 기초를 확립하는 데 등한하여 도리어 土着的인 地主土豪들

의 代辯黨이라는 前近代的인 性格을 탈피치 못하고 후대 與黨的 舊惡의 알을 까놓았다고 하겠

（ 200 ）

다。韓民黨은 그 社會的基盤에 있어서 畿湖地方의 土着財閥과 大地主、大企業家로 구성되어

半封建的인 守舊性을 지니고 있었으며、一部 指導者들은 日帝의 官吏出身이거나 日帝 植民地敎

育을 받은 知識人들로서、대개가 法律家、銀行人、商人들이요 民主革命과 近代化를 위한 改革

에는 눈 어두운 사람만이었다。 그러므로 韓民黨系 人士들은 日帝式의 官僚主義와 金權思想과

「六法全書」的 敎條主義를 가진 낡은 指導層이었고 따라서 그들은 經濟自立이나 農村再建에는 전

혀 관심을 두지 않았던 것이다。따라서 韓民黨系列의 保守勢力은 자기의 民族的課題를 망각하

코 그 徒黨的性格에서 탈피치 못했으며 近代的 民主主義 政黨의 기초도 닦지 못한 것이다。

이러한 韓民黨의 地主 貴族的 守舊的인 生理는 그후 民國黨을 거쳐 民主黨에까지 계속되었

다。自由黨이 표면에 강령으로는 「農民과 勞動者의 政黨」으로 내걸었을때 그대로 받아들인

다면 民主黨보다는 革新的인 政黨이라는 감각까지 풍긴데 反해서 民主黨은 逆說的으로 보다 保

守的인 정당으로서 색갈이 낡은 것이었다。

그런데 韓民黨의 舊惡을 계승한 것은 民主黨만이 아니었다。自由黨이 與黨으로 등장하자「後

進的인 官權政治의 惡循環」은 되풀이 되어 韓民黨的인 前近代的인 腐敗와 保守性이 自由黨에도

계승되었다。 그것은 大韓民國 政府樹立후 李政權이 歸屬事業體를 둘러싼 利權爭奪戰에서 不正

蓄財者를 만들어 이른바 「解放貴族」을 형성하는 형식으로 계승되었다。 결국 이 不勞所得物인

歸屬業體를 둘러싸고 官權과 似而非 實業家들이 합작하여 韓國的인 「腐敗」의 溫床을 만든 것이

다。美軍政時 韓民黨은 歸屬業體를 관리하되 復興시키지 못하고 農村經濟에 기생하는 地主的

인 土豪의 위치을 면치 못하여 土地資本을 産業資本으로 轉化시키는 近代化 과제를 망각한 결과는 地主勢力層의 쇠퇴는 물론、韓國經濟의 繁榮과 資本主義의 出發을 지연시키고 만 것이다.

李政權下의 農地改革은 그 民族的 近代化의 과제를 수행하는데 실패하고 民族資本인 農土에 代身할 地價證券의 使用을 제한케 하고 歸屬業體의 拂下를 官權으로 농락한 결과 農土를 細分化하여 農民을 零細化시키는 파탄의 길을 마련한 것이다.

문제는 民主黨도 自由黨과 같이 韓國의 近代化와 健全한 民主主義의 再建을 위한 實質的인 構圖도 力量도 갖지 못하였다는 점이다. 民主黨의 野黨鬪爭은 政權爭奪을 위한 「감투 싸움」의 性格을 벗어나지 못하였고 韓民黨的인 風土를 改革한 새로운 政黨으로 거듭나지 못했던 것이다. 과연 民主黨은 韓國의 現實에 발붙인 自黨의 뚜렷한 政治哲學을 가지지 못했으며 民主的인 諸般改革을 위한 硏究와 計劃과 腹案을 갖지 못했다. 그들은 감투 이외에는 아무 것도 眼中에 없었다는 것을 張政權等이 잘 증명해 주는 것이다.

民主黨은 徒黨的인 性格을 면치 못했다. 私利私慾으로 모인 徒黨은 利權을 앞에 놓고 分裂케 마련이요 원대한 포부도 숭고한 理想도 없으니 자연히 目前의 이익을 위해 아귀다툼을 할 수밖에 없는 것이다. 마침내 七・二九선거후 民主黨 內部에서는 금이 가기 시작했고 民族의 大我도 돌볼 겨를 없이 新舊派의 紛爭은 泥田鬪狗格으로 추잡한 모습으로 전개되었다.

民主黨의 徒黨性은 政治쁘로커、日帝舊官吏、自由黨 落伍者、깡패、失職者 등의 모임으로 뚜렷한 定見을 세우지 못하고 낡은 旣成腐敗層의 集團 그것이었다. 그리고 民主黨內에는 趙炳

玉博士와 張勉氏의 두 개의 「리더·쉽」이 생겨 新舊兩派의 금이 가기 시작했는데 舊派는 주로

韓民黨系의 半封建的地主=土豪=兩班勢力이요、新派는 新興商工業者와 越南系와 嶺南의 庶民

層의 對立으로 나타났다。결국 民主黨內에 다시 李朝時代의 「班常의 區別」이 생긴 격이요 庶

民的이라고 하는 新派勢力도 그 자체내에 老少의 分裂이 생긴 것이다。이 分裂은 張內閣의 長

官人事面에 그대로 반영되어 四分五裂된 民主黨內의 勢力 調停은 손댈 수 없이 되고 만 것이다。

民主黨의 成立과 崩壞는 실로 자체내의 前近代的인 徒黨的性格과 無定見、無能、腐敗에서

연유하였음을 다시 한번 강조하면서 議會民主政治의 失敗를 再反省하게 하는 바 실로 절실하다

고 하겠다。

(2) 分黨 亂鬪劇과 감투싸움

四·一九와 四·二六의 李政權붕괴기에 學生과 靑年들은 피를 흘리고 있었으나 大野黨인 民

主黨은 무엇을 하고 있었으며 그림자도 나타내지 못한 것은 무엇 때문인가? 四·一九의 피의

火曜日에 景武臺 앞에서 大學生들이 총탄에 쓸어질 때 李博士의 下野를 권고할 만한 용기하나

없던 民主黨幹部가 어떻게 새로운 民主的 指導勢力으로서 第二共和國의 기초를 닦을 수 있었

겠 는가!

四月二十五日 下午 大學敎授團데모가 나와 백발이 성성한 老교수들이 가두를 행진하는 것을

보고도 民主黨 出身議員들은 끝내 나서지 못했다。

이토록 겁먹고 비굴하던 民主黨幹部들은 過渡政府를 거쳐 七·二九선거를 앞둔 民主黨公薦

에 있어서는 新舊派로 갈라져 피투성이의 싸움을 전개한 것이다。三·一五선거를 앞두고 벌써

對與鬪爭으로 分裂했던 民主黨은 七·二九 선거 때에 와서는 新舊兩派가 각기 自派立候補가 黨公

薦에 떨어져도 그대로 無所屬으로 밀고 나갔다。

결국 大統領、國務總理、國會議長 등의 갑투分配를 둘러싸고 新舊兩派는 완전히 분열되었다。

그리고 兩派는 각기 總理認准 때 無所屬의 買票工作을 위한 政治資金을 모아들이는 데 혈안이

되었고 마침내는 서로가 不正資金流入說을 들고 나와 폭로했다。

七·二九선거후 八月달에 들어서자 新舊派는 大統領、國務總理의 인준을 앞두고 新派측에서

二十餘億圓을 金融機關에서 不正貸付받아 議員 一人當 千萬圓式 주었다는 風聞을 국회에서 조

사하자고 떠드는 의원이 있는가 하면 舊派는 舊自由黨 殘留派와 끈을 대고 자금을 긁어모은다

는 소문도 있어 국민들은 몹시 피로웠다。民主黨은 新舊派로 갈라져 政治理念의 투쟁이나 政

策問題로 統合하는 것이 아니라 어느편이 不正蓄財者、企業體들로부터 돈을 많이 모아들이느

냐의 「돈 모으는 試合」을 한 것이다。實業家들은 좌우에서 뜯기고 빼앗겨 정신을 차릴 수 없었

고 따라서 生産機關은 침체하거나 문을 닫는 결과가 되고 말았다。

이렇게 不正을 저지른 民主黨이 革命第一課인 不正蓄財處理를 할 수 있을 리 없었다。한 손으

로 돈달라고 손 내밀고 또 한 손으로는 不正蓄財를 처리한다는 말부터가 허울좋은 거짓 演劇에

불과했다。결국 民主黨은 不正蓄財問題 하나 처리 못하고 먹었던 돈에 목결려 自殺한 것이다。

원래 新舊派의 分黨論議는 理念의 相違나 政治現實에 대한 觀點의 相違에서 온 것이 아니라

돈과 감투싸움에서 온 것은 말할 나위도 없다. 趙·張의 두갈래 라인이 어느 정도 뚜렷한 다른 색깔을 가지게 된 것도 사실이나 新舊의두 派가 깨끗이 갈라지지도 못하고 그렇다고 합치지도 못한 채 그저 우물쭈물 分黨論에 뚜렷한 名分이 서지 않았던 것이다. 李朝黨爭史上 宋時烈을 죽이게한 싸움만 하더라도 하찮은 服喪問題였으며 民主黨의 分黨역시 별로 名分도 근거도 없었다. 갈라지는 이유가 있다면 「감투分配」의 不平이었고 그후 新舊派의 싸움은 서로 與黨이 되겠다는 싸움이었다. 오랫동안 野黨生活에 굶주렸으니 어느 派도 더 이상 굶주릴 수 없다는 것이었다. 그러므로 어느 派이건 民主黨員들은 政權을 돈떨어지고 감투떨어지는 「생금판」으로 생각한 것이다.

第二共和國이 수립되고 年末이 가까와 올 때까지도 派黨싸움은 그칠 줄을 몰랐고 分黨노름에 國政上 절실한 문제인 失業者救濟、新年度豫算案審議、越冬對策 등에는 전혀 관심도 두지 않았다.

分黨論議가 이토록 결말을 못 내고 混亂속으로만 끌려들어간 것은 黨指導者의 貧困에서 온 것이라고 할 수도 있다. 申翼熙先生과 趙炳玉博士를 잃은 民主黨은 우유부단하기 짝이 없는 張博의 新政權을 낳았으나 벌써 主體性을 가진 中樞指導力은 상실되고 모래알처럼 흩어진 판이다.

마침내 新舊派는 新派側이 民主黨을、그리고 舊派가 新民黨을 만들었다.

이러한 分黨노름에 民主黨은 결국 分裂、弱化되고 국민의 신망을 잃고 말았다. 이 分黨醜態로 말미암아 民主黨은、① 둘로 갈라져 서로 他派의 弱點、不正을 폭로함으로써 국민의 신임을 완전히 喪失케 되었고、② 둘로 쪼개져서 議會內의 安定勢力을 구축하지 못한 新派、民主黨 政權은 항상 돈과 감투로 反對派를 무마시키느라고 國政全般과 國民을 돌볼 겨를이 없었으며 ③ 分黨노름에 막대한 政治資金을 탕진했으므로 不正蓄財者들의 「꼭둑각시」놀음을 하지 않을 수 없는 한편 銀行不正貸出、情實人事 등에 과도한 不正을 감행하지 않을 수 없는 궁지에 빠졌 으며、④ 그러는 동안에 與黨인 民主黨에 대한 不滿은 革新系政黨의 擡頭와 亂動의 터전을 주 었던 것이다。이 分黨노름은 「弱體內閣」張政權의 痼疾이기도 했다。

（3）　「弱體內閣」과 감투 分配

十月에 들어서자 第二共和國樹立을 경축하는 行事가 벌어졌다。그러나 第二共和國은 그 誕 生初부터 축복받을 만한 健康兒도 福童이도 아니었고 오히려 「弱體內閣」張政權의 成立에서 비 롯한 것이다。

議員內閣制下의 第二共和國은 國務總理 認准을 둘러싼 심각한 대립으로 고민했으며 新舊兩派 는 돈으로 표를 사노라고 허우적거렸다。八月十九日 국무총리 인준선거에서 張博이 金度演氏 보다 二표를 더 얻어 百十七票로 당선되기는 하였으나 內閣責任制의 앞날은 실로 不安과 動搖 를 면할 길이 없었다。

張博이 內閣을 조직하는데 있어서 舊派는 長官 五席을 달라는 要求를 들고 나왔으나 끝내 院 內의 舊派대로 別途의 교섭단체를 가지겠다는 分黨論에는 변함이 없으므로 兩派間에는 타협이 성립되지 않았다。

마침내 張博은 新派一色의 內閣을 조직했다. 그러나 張內閣은 新派만의 一派 內閣을 끌고 가
지 못하고 九月七日 舊派四名의 入閣기회가 마련되고 組閣完了후 十五日간에 閣僚의 거의 과
반수를 교체하는 不安定、 더우기 一國의 治安을 맡은 內務長官의 更迭은 빈번하여 정신을 차
릴 수 없을 정도였다. 張政權은 長官자리를 按配함으로써 政局 安定을 기하려던 安易한 꿈은
여지없이 깨어지고 議會內에서는 兩派間의 입씨름과 난투극이 그치지 않았다. 張內閣은 「감투
分配所」「감투交替機關」이라는 인상을 주고 閣僚의 更迭이 빈번하여 그 弱體性과 아울러 無能
性은 責任政治의 길을 열어 주지 못하고 말았다.

胎兒때부터 썩어 탄생되자 골골 앓기만 한 張內閣이 제몸하나 제대로 가누지 못하는 신세에
무슨 責任政治를 할 수 있었겠는가. 더우기 利權에 혈안이 된 議員들은 國會에서 난동을 벌리
고 民・參兩院制로 감투 수호만 늘여 놓은 판국에 議員들은 出席치 않고 利權運動에
분주히 돌아다니고 歲費늘이고 찦車 自家用車를 얻는 데만 관심을 두었던 것이다. 無知하고 非良
心的인 國會議員의 橫暴는 이루 헤아릴 수 없고 議會는 「政治깡패의 集合所」라는 느낌을 준 것
이다. 國會는 每日 成員未達로 流會를 선포하고 會議가 성립될 만큼 議員이 많이 출석한 날에
는 반드시 싸움판을 벌리기가 십상이었다.

이처럼 「無能、 弱體內閣」과 「깡패國會」의 亂動 二重奏 속에 農村에서는 絶糧農家가 늘어가
고 失業者들은 데모에 나서 교통을 막고 物價는 올라 庶民生活은 하루하루 위험의 도가 더해
가는 판국이었다.

특히 密輸業者는 판을 치고 外援産業은 오히려 倒産狀態에 빠져들었다. ICA資金으로 건

설된 中小企業體中 八〇%가 문을 닫아 버렸다. 資金難、原料難은 물론 구매력이 쇠퇴되고 하

여 國內産業에 一大危機가 오고 만 것이다.

一九六一年二月頃부터는 世稱 「重石事件」이 터져 朝野를 흔들어 놓았다. 즉 「東京食品과 大韓

重石이 맺은 重石四萬噸 賣買契約의 裏面에는 三百萬弗의 코미숀을 民主黨幹部가 먹었다」는 說

로 해서 民主黨 新派內 老少壯派間의 紛爭이 치열화하고 말았다. 그 후에 黑幕이 폭로된 일이지

만 당시의 大韓重石社長은 이 計劃을 수행키 위해 國會調査員들에게 二十萬환 내지 三十萬환씩

을 주어 무마시키고 政治的壓力을 가했던 것이다. 이밖에도 各部의 不正은 막대한 金錢去來로

시종하였으며 그 額數만도 무려 四十五億圓에 달했던 것이다.

張政權의 情實人事는 그 件數만도 二千三百餘에 달하고 半强制的인 不正人事로 일관했다.

李朝와 自由黨이 情實人事로 亡했다면 張政權도 결코 그 例外가 아닌 것이다. 地緣、血緣、人緣

에 의해 不正特採를 감행하고 民主黨員으로 과거의 선거운동원이면 議員들이 大擧 不正特採시

켰고 永登浦의 某民主黨議員은 한 企業體에 二百名을 强制採用케 한 例까지 있다. 不正特進、

不法昇級者가 부지기수였고 「빽」이 통하는 點에서는 自由黨때를 뺨칠 정도였다. 더우기 民主

黨議員 全員에게 一人當 一、二名씩 公務員추천권을 주었고 소위 열성당원증까지 발행하여 不

法登用의 壓力으로 삼았다.

이밖에도 官權濫用의 例는 허다하여 利權이 있으면 곧 官權으로 壓力을 가해서 탈취했다.

前서울市長은 市營屠殺場 運營權으로 一千萬환을 받으려고 했고 어느 長·次官은 煙草小賣商 許可까지 내게 하였던 것이다.

발하자면 民主黨은 政權의 잉여 가치를 무질서하게 향유하려고 했다. 張政權 九個月은 문자

그대로 「먹자판」이었다.

(4) 極度에 達한 社會的 混亂

張政權의 弱體, 無能, 腐敗, 不正은 連日 데모가 全國 都市에서 일어나는 一大社會的 混亂을 야기했다. 날이 밝으면 데모였고 그 데모는 격화되어 亂動, 暴行으로 化하고 밤에는 횃불데모

그리고 大邱에서는 「산사람을 장사지내는 시늉을 하는」데모까지 있었던 것이다.

政治的 腐敗와 經濟的 貧困은 마침내 一部學生 靑年들의 강력한 不滿을 자아내고 民主黨의 無能한 行狀을 틈타 革新政黨들이 亂立하여 일대 수라장을 이루었다. 失職者들은 날로 늘어가고 農村에서는 끼니가 떨어져 울부짖고 物價가 올라 세궁민들은 아우성대고 하는 통에 民主黨의 失政은 一部 革新勢力의 선동아래 국민 사이에 불온한 공기마저 감돌게 만들었다.

學園에서는 學生들이 책을 버리고 中立論등 政治討論을 전개하고 各學校는 스트라이크, 校長教員排斥, 財團규탄으로 「開學休校狀態」를 이루었다. 一部 學生들 가운데서는 民主黨의 失政을 보고 失望한 나머지 막연한 國土統一에 기대를 걸어보려는 회의적인 分子들이 하나 둘 나타나기 시작했고, 혹시 韓國을 中立化시키면 살길이 열리지 않을까 하는 어린 學生들다운 「위험한 樂觀主義」가 학원을 휩쓸었다. 이틈을 타서 北韓괴뢰집단은 학생들의 統一論을 선동하여 한때

학원의 공기는 탁하기 이를 데 없었던 것이다.

그러나 學生들의 念願은 결코 共産化統一이나 容共的이었다고 의심하고 싶지는 않다. 다만 그네들은 앞날의 이 民族의 主人公이기에 民族的 良心과 순수한 感情이 저질은 무서운 結果에 눈어두웠을 것은 아니며 이런 분위기가 마침내 南北大學生의 板門店會談說에까지 脫線했을 때에는 危險性이 없었던 것은 아니며 이런 분위기가 마침내 목숨을 바쳐 民國을 수호한 軍人으로서는 손에 땀을 쥐고 아슬아슬한 危機感을 금할 수가 없었다는 것을 솔직히 告白하는 바이다. 아직도 우리 軍人들은 이나라 젊은 世代와 共同戰線을 펴고 祖國을 재건하는 데 있어서 學生靑年들과 손을 잡고 民主主義再建의 礎石이 되어야 한다는 信念에는 변함이 없다. 그러나 民主黨治下의 악몽 같은 社會的混亂은 참으로이 民國을 삼켜버렸을지도 알 수 없는 「카오스」였다고 하겠다.

革新政黨의 亂立도 역시 그러하다. 韓國의 革新政黨은 休戰線을 두고 北쪽에 共産侵略集團과 맞서고 있는 우리 나라로서는 그 存立上 여러가지 難點이 있다는 사실을 망각할 수는 없는 것이다. 自由陣營內에도 共産獨裁와의 투쟁에 과감한 社會主義政黨들…英國勞動黨, 西獨의 社民黨, 日本의 民社黨등…이 엄존한다는 사실을 모르는 바 아니다. 四・一九 이후 革新系를 自稱하는 政治集團들이 너무도 난맥상을 이루어 어느 것이 民主主義社會勢力인지 어느 것이 容共分子인지 통 분간할 수가 없었다.

六・二五 動亂의 共産侵略에 의한 民族的悲劇을 맛본 大韓民國에서 革新政黨은 國是를 준수

하고 反共의 線을 뚜렷이 그어 놓아야 했을 것인데 국민의 눈에는 모두 容共分子로 밖에 보이지 않았다。특히 革新政黨들의 政治鬪爭方式이 데모、南北交流集會、新聞 등을 통해 容共的인 색채를 띠운 것이 사실이요 民主主義의 原理와 民族的 自覺을 못 가진 徒黨에 불과했다는 것은 사실이다。

소위 革新政黨에 모인 자들을 보면 과거 共產分子의 嫌疑를 받아온 자、思想的인 不穩分子、무지각하게 附和雷同한 자、룸펜、政治부로커、性格破綻者、共產主義에 무지한 어린 學生들이었고 건전한 良識과 國民精神을 가진 良心分子는 얼마 되지 않았다。

원래 革新政黨은 國內政治의 改革을 추진하고 對外政策은 保守黨에 맡기는 것이 英國議會 民主政治에서 보는 바와 같은 保守、革新兩黨政治의 常識이다。그런데 革新勢力은 七・二九 선거 때 무슨 中立論을 내걸어 國民을 현혹시키려고 한 不純한 선동이 도리어 國民의 의혹을 사고 말았다。革新政黨의 건전한 발전은 요원하다고 할 것이오、더욱이 韓國과 같은 共產對決의 場에서는 그러하다。

사실 革新勢力中에는 容共分子가 적지 않았다。그들의 亂動을 그대로 방임해 두었다면 순진한 學生과 不純分子들을 선동하여 이 民國을 共產黨한테 팔아 먹었을는지도 알 수 없는 험악한 분위기였다는 것을 생각하면 지금도 가슴이 뜨끔해진다。

共產黨과의 妥協이란 敗北의 시초이다。張政權의 社會的混亂을 가지고 南北統一을 내건다는 것은 自滅行爲요、學生들의 中立化統一論같은 것은 無血共產쿠데타의 실마리를 주는 것밖에 안

된다는 것을 알아야 한다. 우리는 지금 우리가 享有하고 있는 民主主義와 自由라는 고귀한 가

치를 끝까지 守護해야 한다.

우리는 南北統一을 反對하지 않는다. 오히려 國土統一은 우리 民族의 至上課題요、民族史의

엄숙한 命令이기도 하다. 그러나 統一이 共産奴隷化를 의미한다면 그것을 죽음으로써 抗拒해

야 할 것이다. 蘇聯의 괴뢰인 金日成集團이 무너지고 北韓의 自由人民들의 民主力量이 성장되

고 우리도 自立經濟를 성취하여 國力을 키웠을 때 「民主化統一의 새 날」이 밝아 올 것이다. 그

날까지는 어쩌면 徒黨의 甘言利說에도 속지 말아야 할 것이다.

(5) 指導力의 貧困

弱體內閣 張政權의 失政은 한마디로 말해서 指導力의 貧困이었다고 볼 수 있다. 軍事革命이

성공하자 항간에서는 張內閣의 붕괴를 보고 韓國民主主義의 失敗라고 斷定하였다. 그러나 이

失敗가 指導力의 貧困에서 온 것임을 통감하는 사람은 적었다.

대개 後進地域에서 民主主義가 성공하려면 「直輸入」에 그치지 않고 그 地域의 良心的이오

革新的인 엘리트(選良)들에 의한 指導力이 필요한 것이다. 西歐의 古典的 民主主義가 韓國과

같은 東洋的 專制主義의 歷史的 傳統을 지닌 社會에 그대로 적용되기를 바라는 것은 하나의 妄想

에 불과한 것이다. 民主主義的 自由를 마치 「指導者의 不要」로 오인하는 것은 도는 펑이에 軸이

없다고 생각하는 것과 같은 것이다. 그러므로 韓國社會의 近代化와 社會革命의 完遂를 위해서

는 전전한 「指導者道」를 習得하는 人間革命이 선행해야 함을 거듭 강조해 두는 바이다.

앞에서 言及한 바와 같이 分黨소동과 重石事件 등으로 國民의 신망을 잃은 張政權은 指導力을 구축치 못한 채 「無爲、無能의 九個月」을 허송세월하고야 말았다. 첫째로 指導力은 指導者의 확고한 信念에서 우러나는 것이다. 그런데 張政權은 第二共和國의 指導理念을 구축치 못했으며 四·一九革命의 國民的興望을 施政面에 옮기려는 意志도 實力도 없었다. 특히 張勉氏는 世評에 「우유부단한 人物」로 되어 줏대가 없다는 소문이 퍼지고 사실상 새로운 國政담당자로서의 자기 소신을 국민 앞에 솔직하고 힘있게 表明한 일도 없었다.

外國記者의 評에 張政權은 學生들에 의해 國政을 운영한다고 말할 정도로 學生데모가 어떤 요구를 내걸고 나와 대들면 곧 들어주고 해서 一貫된 政策을 볼 수가 없었다. 이는 民主黨指導者들의 無知와 無定見에서 온 것임은 다시 말할 나위도 없다.

둘째로 民主黨 指導者들은 「입으로 政治」하는 습성이 고질화되어 말은 삔지르르하게 내벌리나 實踐이 없었던 것이다. 軍事革命政府가 三個月內에 수행한 十分之一도 아니 張政權이 한일이라고는 없는 것이다. 電力三社統合문제만 보더라도 그 例를 볼 수 있다. 民衆은 지도자가 업적을 보여주지 않으면 따르지 않는다.

세째로 民主黨은 國民政黨으로서 指導者와 民衆과의 건전한 關係를 형성치 못하고 단지 立候補와 投票者間의 一種의 去來關係를 형성했을 따름이다. 그러므로 民主黨의 지도자들은 選擧區民으로부터 「표를 求乞하는 사람」이요、選擧區民은 「표를 施惠한 사람」으로서 그 代價로 金錢이나 利權을 요구하는 關係에 있었으니 건전한 指導力이 형성될 리 만무했던 것이다. 그러

므로 張政權의 幹部들은 항상 地方선거구에서 올라온 獵官輩、利權輩들한테 포위되어 몸을 뺄

수가 없었다.

네째로 張博과 民主黨幹部들에게는 決斷力도 勇氣도 없었다. 그러므로 그들은 分黨문제나

學生데모에 斷을 내리지 못하고 當面問題에 대해서 對策을 세우지 못했다. 政策도 없었고 그

것을 强行할 勇氣도 없었으니 指導力이 어떻게 형성되어 졌는가!

指導者는 위기에 임해서 先頭에 서야 하며 위험을 무릅쓰고 危機를 克服하여 難關을 突破하

였을 때 비로소 그 威光이 얻어지는 것이다. 民主黨一派는 그것을 전혀 갖지 못했고 張博은 馬

山에 내려갔다가 데모에 쫓겨 되돌아오고 말았으니 어찌 一國의 最高指導者라 할 수 있겠는가?

결국 張政權과 民主黨一派는 과거 反日抗爭의 鬪志도 못가졌고 참신한 政治感覺 역시 缺했

으므로 새로운 民主主義的 指導勢力으로서 자기위치를 구축치 못했던 것이다. 民主黨은 四·一

九이후 마땅히 新生活運動등을 一大汎國民運動으로 전개하고 自由黨治下부터 뿌리 깊은 腐敗와

舊惡을 一掃하는 데 더 큰 힘을 경주해야 했을 것이다. 사실 民主黨은 執權前夜에 國民으로부

터 이탈하여 孤立되고 말았다.

民主黨一派의 幹部들 자신이 썩은 舊支配層이오、安逸主義와 無事主義에 젖어든 前時代的 遺

物들이었다.

그들은 「작은 政治」인 票求乞 政治에만 눈이 어두워 「큰 政治」인 國民敎導와 社會再建의 汎

國民運動의 필요성을 느끼기 못할만치 우둔했다.

民主黨一派는 一九六〇年代 後進社會의 革命旋風에 無感覺했고 아시아、아프리카大陸을 휩

쓰는 「民族의 再發見」에 無知했던 것이다。오늘날 우리 시대는 後進國革命의 시대요 「後進國

을 둘러싼 經濟開發競爭의 시대」이다。이 歷史的인 民族的課題를 앞에 놓고 國民을 일깨우기

는커녕 自黨內紛爭만 일삼고 있었던 잠꼬대 政治는 終末을 告하고 만 것이다。그들은 後進國의

人間革命과 社會改革을 위해 全國民을 敎導하고 國民的 指導力을 육성하는 데 등한했던 것이다。

三 張政權의 崩壞

한 마디로 말해서 短命했던 第二共和國時代에는 自由黨의 罪惡이 그대로 남아 社會的인 混亂은

極度에 달하였고 거기에 思想的 자세마저 흔들려 容共의 色彩까지 띠게 되었다。第一共和國의

구부러진 權力意志와 無事主義、安逸主義的인 國民精神은 전혀 革新되지 못하고 無責任한 放

縱과 黃金萬能思想이 나라를 좀먹어 갔다。

第二共和國은 弱體內閣과 더불어 허약 체질이었으므로 前政權의 慢性病菌뿐만 아니라 새 病

菌이 침입했다。그 하나는 容共亡國病이요 反國家的 機會主義이다。둘째로는 과잉한 政治的

自由는 오가잡탕의 政黨亂立을 가져왔고 新聞들은 言論自由를 역이용해서 言論의 橫暴、無責

任한 放言으로 그 弊해는 실로 컸다。세째로 無批判的인 外來文化에 대한 感受性이다。張政權

下의 「日本旋風」은 이 나라 民族的 理性을 마비시키고 서울、釜山등 중요 都市에서는 茶房마

다 倭音盤이 진동하고 中・高等學生을 위한 日本語講習所가 百여개나 생기고 日本의 桃色雜誌、

小說 등이 쏟아져 나왔다。 張政權은「知日內閣」혹은 「親日內閣」이라는 비난을 받게 되고 日本
의 展示效果가 강한 商品들이 密輸루트를 거쳐 우리 나라 市場에 들어차게 되었다。 張政權下
의「日本風」은 실로 反民族的 風潮로서 뜻있는 사람들의 빈축을 샀던 것이다。

이렇듯 온갖 病菌에 시달리며 부패해 가던 第二共和國은 아주 썩어 自滅 직전에 스스로 手
術을 自請할 처지에 이른 것이다。 이것이 一九六一年 새해에 들어서서부터 감돌기 시작한 四
月危機說이다。 이 執權黨의 危機意識은 失政이 막다른 골목에 이르렀다는 自己恐怖에서 온 것
이었다。 張政權의 유일한 施政이었던 國土開發隊는 실속없는 宣傳劇에 그치고 稅率引上에 따
르는 物價앙등은 점차 民主黨에 대한 國民의 不信을 強化시켰을 따름이다。

「四月危機說」은 결국 이렇게 썩다가는 또 무슨 일이 날 것이라는 豫感이었다。 民主黨은 執權
黨으로서 國政을 운영할 自信도 信任도 모두 상실하고 말았다。 이 危機를 구출하고 民族大路
에 光明을 회복키 위해서 不得已 우리 軍이 궐기하지 않으면 안 되었다。 一九六〇年 四月學生
革命이후 뜻있는 젊은 將校들은 有能한 政府가 서고 韓國民主主義가 진정으로 재건되기를 바
랐다。 그러나 張政權은 혼미해가는 政局과 脫線해가는 國民輿論을 바로잡지 못하고 허둥지둥
하기만 했다。

우리는 自由黨的 腐敗의 民主黨的인 延長을 그대로 방임해 둘 수는 없었다。 民主主義의 겉
치레가 잠깐 中止되는 것은 民主主義의 틀이 쪼개져 나가는 것보다 나을 것이다。「나는 파괴
하러 온 것이 아니라 세우려고 왔다」고 예수가 바리새 교인들에게 한 말을 생각해 본다。

（216）

軍事革命은 결코 民主主義의 파괴가 아니다。 오히려 韓國民主主義의 救命作業이오 病든 民主政治에 대한 臨床手術이다。 手術받는 祖國에 대한 뜨거운 사랑을 품고 손을 깨끗이 消毒한 다음 썩은 것을 도려내는 仁術의 마음씨로 軍事革命을 일으킨 것이다。 醫師는 患者가 회복기에 들어서기만 하면 집으로 돌려보내 스스로가 靜養하도록 自助自存토록 하는 것이다。 그러므로 우리 革命軍은 民政復歸를 굳게 약속했다。

韓國民主主義를 救하려는 十字軍의 忠義로 義旗를 든 우리 革命軍의 마음 속에는 民族的 自覺과 祖國愛가 불타오르고 있었다。 軍人은 祖國의 방패요 國民의 아들이기 때문에 前線을 지키던 눈을 首都로 돌렸을 때 우리의 마음은 몹시 쓰라렸다。 슬픔과 굴욕만이 있던 우리의 過去史를 반성하며 四月革命 후에도 大悟치 못하고 亂鬪劇을 벌리는 旣成政客들에 대한 憎惡로 「큰 울음」을 터뜨리고야 말았다。

슬픔과 그늘이 없는 祖國의 앞날을 위해 우리 모두 自責의 뜨거운 눈물과 悔悟의 눈물로 욕된 過去를 씻어 버리자。

後進民主主義와 韓國革命의 性格과 課題

V　後進民主主義와　韓國革命의　性格과　課題

一　現代　後進民主國家의　危機

지난날의 우리들은 말로만 民主政治를 한다고 떠들어 댔다. 그러나 실속은 眞正한 民主政治나 代議政治를 하였던 것이 아니라 다른 사람이 하는 것을 빌려온 것으로서 民主政治를 그 外樣만 模倣했었는 데 不過했다.

勿論 解放後 十數年동안 制度的인 面에 있어서 韓國의 民主化를 達成하기 爲한 努力을 繼續해 왔다는 것은 事實이나 實은 그 結實을 거두지 못하였고 또한 그 實效를 거두지 못하였던 根本的인 要因을 따지고 보면 다른 나라가 數十年 또는 數百年이나 걸려서 그 열매를 맺을 수 있었던 民主主義가 우리 나라에서 그 豊饒한 結實을 맺을 수 있는 主體的인 條件을 우리 스스로가 지니지 못하였던 것에 起因한 것이라 볼 수 있다.

民主主義가 成功할 수 있는 여러 가지 主體的인 條件이 成熟되지 못하였다는 것은 西歐的인 民主主義 즉 西歐的인 代議政治의 制度的인 外樣만을 模倣하였다고 해서 상투를 꽂고 있던 우리네들의 모습이 一朝一夕에 달라질 리 萬無하다. 歷史的인 背景이나 文化的인 傳統이나 經濟

的인 諸與件이 西歐的인 것과는 本質的으로 다른 韓國과 같은 新興國家에서 代議制度가 지니

는 그 本來의 效果가 그대로 나타나리라고 期待한다는 것은 하나의 지나친 速斷일는지 모른

다. 西歐的인 社會와는 달리 우리 社會에는 아직도 農村의 尨大한 文盲과 經濟的인 極度의

貧困과 傳統的인 文化樣式과 都市에서는 大量의 失業과 아울러 社會的인 不滿과 不安 등이 澎

湃되고 있으며, 全般的으로 볼 때 國家의 産業化의 程度가 아직도 大端히 낮다.

議會政治의 本山이라고 할 수 있는 英國의 境遇만 보더라도 그 代議政治는 産業革命과 더불

어 發展해 왔고 어느 意味에 있어서는 産業革命——「왓트」의 蒸氣機關——의 結果라고도 할

수 있는데 比하여 後進民主國의 代議政治는 그 國家가 完全한 産業化를 거치지 않고 단지 制

度的인 面에 있어서 西歐의 民主主義의 外樣만 模倣해 왔기 때문에 嚴格한 意味에 있어서 近

代, 民族國家에 要請되는 近代的인 政黨制가 確立되기도 전에 이미 政黨의 腐敗와 그 逆機能이

前面에 드러났던 것이다.

그러니 民主政治니 代議政治니 하는 그 本來의 뜻은 忘却되고 오히려 民主主義를 한다는 이

름 밑에 政治의 組織的인 腐敗가 橫行하고 議會政治라는 各分野 아래 政治人의 組織的인 不正

이 盛行되고 選擧라는 美名 아래 金品의 去來에 의한 選擧權의 賣買行爲가 나타났고 代議政治

라는 허울 좋은 그늘에서 情實人事와 利權運動이 판을 쳤다.

이와 같이 우리들이 기왕에 비록 西歐的인 代議政治라는 制度의 「옷」을 빌려 입었지만 實은

그것이 우리의 몸속에 배인 옷이 아니기 때문에 그 制度의 그늘 밑에서 가지가지의 副作用인

腐敗와 不正만 드러났고 이러한 制度 밑에서 政治의 組織的인 腐敗와 不正이 모든 國民의 生活

樣式에 浸透하여 감에 따라 대체적으로 平素에는 淸廉潔白한 사람도 감투를 쓰기만 하면 우선

좋은 자리에 있는 동안에 한몫 보겠다는 것이 한 通習이 되고 말았으니 이와 같은 곳에서 어떻

게 國民의 勤勉과 誠實을 일으킬 수 있는 社會紀綱이 確立될 수 있고 國民의 마음을 뭉을 수 있

는 正義感이 그 빛을 바랄 수 있겠는가? 이러한 政治의 組織的인 腐敗를 막을 수 있는 嶄新

하고도 強力한 社會勢力이 健在하고 있었다면 모르되, 現實的으로 市民的인 社會勢力이 健在하

지 못하는 곳에서는 비단 우리 나라뿐만 아니라 新進民主國家에서는 이러한 腐敗와 아울러 腐

敗에서 오는 共產黨의 間接侵略의 勢力을 막을 수 있는 唯一한 社會勢力은 말할 것도 없이 軍人

이며 軍의 將校團이라고 알려져 있다. (「콘론」報告書 參照)

우리 나라와 같이 後進民主國家에서는 西歐의 文物의 急激한 模倣이 結果的으로 우리 나

라 既存의 傳統的 社會構造를 急速度로 崩壞시켰는데 反하여 그렇다고하여 持續性 있는 現代

民主國家의 創建과 아울러 國民的인 要求를 充足시킬 수 있는 再建은 쉽사리 이루어지고 있지

않으며 이와 같이 社會的 崩壞와 再建이 步調를 맞추지 못한 結果로 亞細亞人의 生活의 모든

面에 가지가지의 危險과 不安을 內包하고 있다. 그러나 民主主義와 代議政治라는 制度的인

外樣만을 模倣하였다 하여 韓國과 같이 農村의 尨大한 文盲、極度의 貧困、無數한 失業者、經

濟的인 破綻、社會的인 不滿과 不安 등이 澎湃하고 있는 곳에서 쉽사리 共產主義에 對한 免疫

劑인 政治的 成熟과 經濟的인 再建이 達成되리라고 바랄 수는 없다。 國家를 自立시켜 나가는 메

必要한 政府와 國民이 各己의 雙務的인 義務를 못한데다가 政府가 國民으로 하여금 그들의 義務를 다하도록 적극적으로 「리이드」하기는 고사하고 도리어 그들로 하여금 國家意識을 喪失케 하였고 國民된 義務를 忘却케 했기 때문에 우리의 社會的危機는 보다 惡質的으로 助成되고 말았다.

이와 같은 政治的、經濟的、社會的、思想的인 諸危機를 克服할 수 있는 길을 擇하지 않고서는 自治能力이 없는 民族으로 轉落되거나 共產黨에게 먹히기 만련이다.

二 危機의 本質

비단 우리 나라뿐만 아니라 우리 나라와 비슷한 亞細亞 여러 나라는 歷史的 社會的인 背景에서 起因된 亞細亞 社會 固有의 危機에 直面하고 있다. 亞細亞의 거의 모든 나라는 文盲에 가까운 大衆의 本能的인 欲求의 壓力을 받으면서 急速度의 經濟的 進步를 이룩할 수 있는 길을 提示해야만 한다. 經濟的 社會의 貧困에서 오는 國民大衆의 正當한 不滿을 하루바삐 政府의 財政力으로써 充足시키지 않으면 안 되며 또 이를 爲한 即刻的인 行動을 取하는 데 지체할 수 없는 社會的 現實에 直面하고 있다.

그런가 하면 비단 우리 나라뿐만 아니라 거의 모든 亞細亞의 新生民主國家는 世界列强의 世界的 紛爭에 몰려 있던가 아니면 美・蘇冷戰의 重壓아래서 시달리지 않을 수 없는 運命에 놓여 있다。뿐만 아니라 政府의 手段 即 財政力과 國民大衆의 要求와의 사이는 거의 克服할 수 없는 거리가 가로막고 있다。

元來 後進社會의 民主主義陣營에 있어서 西歐化나 近代化는 事實上 急速度로 國民大衆의 政治意識의 高度化를 가져왔으니 그 나라의 國力으로써 감당할 수 없는 國民의 欲求水準을 一時에 높였다는 것도 否認할 수 없는 事實이다。西歐化、近代化의 結果가 國民에게 미치는 影響은 우리들이 「담배하면 무슨 담배가 좋다」는 것쯤은 알게 하였으며、「옷하면 무슨 옷이 高級인가」를 알도록 된 것만을 생각해 보더라도 能히 짐작이 간다。그러나 이와 같이 가는 國民大衆의 高度의 期待 水準을 經濟的인 貧困에서 제자리 걸음만 걷고 있는 後進民主國의 國家의 財政力으로써는 도저히 充足시킬 수 없는 程度의 것이다。그러기 때문에 政府나 國家의 힘으로써 充足되지 않는 國民의 欲求水準은 드디어 社會經濟的인 不滿을 낳고 이로 因하여 社會的인 壓力이 漸次로 增大되어 가지 않을 수 없다。

그러한 社會的인 現實가운데 이러한 問題를 解決하는 데는 國民大衆의 同意에 依하여 行할 것인가 그렇잖으면 强制에 依하여 行할 것인가 하는 것을 判斷할 것이 切迫한 問題로서 登場되지 않을 수 없다。이 문제에 對한 選擇이야말로 가장 深刻한 것이며 아마 오늘날의 亞細亞의 後進民主國家의 內政의 重要課題일뿐만 아니라 가까운 將來의 亞細亞의 政治的 發展을 크게 左右하게 될 것이다。

今後의 亞細亞의 政治的 發展은、經濟外的 條件이 붙지 않는 外國援助를 받아서 自由民主

主義의 길을 걸을 것인가 그렇잖으면 國民大衆을 嚴重한 規律下에 놓는 全體主義의 길을 걸을

것인가에 對한 論爭과 選擇이 있기 때문에 自由民主主義는 처음부터 大端히 不利한 條件가운

데 出發한다는 것을 率直히 認定하지 않을 수 없다. 우리는 어디까지나 우리가 志向하는 自由

民主主義體制의 確立을 爲하여 現存 亞細亞社會에 內在하고 있는 固有의 反民主的인 要素를 認

定하는데도 누구보다도 率直해야 된다는 것을 나는 믿는다.

지난날 亞細亞에 있어서 民衆의 同意에 依하여 政府가 成立된 바는 거의 없고 또한 政府의

政策이나 方針도 역시 寬容했다는 아무런 證據가 없다. 이러한 意味에서 亞細亞의 社會學的

遺産은 寡頭政治였다. 勿論 歐羅巴 여러 나라들도 거의 同一한 狀態에서 出發했음에도 不拘하

고 選擧에 依한 代議制가 이룩될 수 있는 좋은 社會的 風土가 마련되고 있었으니 그 背景이 되

었던 經濟的 條件은 아직도 亞細亞에는 存在하지 않았으며 또한 存在하였더라도 거의 不

充分한 것이었다.

亞細亞에 있어서는 國民大衆의 生活條件을 改善하려는 試圖와 努力이 效果를 거두기 爲해서는

말할 것도 없이 대개 非民主的인 非常手段을 쓰지 않으면 아니되기 때문에 政府가 西歐에서 말

하는 民衆의 政府가 되기에는 거의 不可能에 가깝다. 또 한편 現在 亞細亞의 國民大衆은 政府가

全體主義의 이름 아래서 强壓的인 義務를 賦與하는 것을 두려워하는 以上으로 飢餓와 貧困을

더욱더 두려워하고 있다는 것은 또한 否認할 수 없는 事實이다. 그러기 때문에 모든 政府는 飢

餓와 貧困을 避하기 爲하여 또 다른 새로운 危險을 범하기 쉬운 位置에 놓이고 있다는 것도

또한 否認할 수 없는 事實이다.

뿐만 아니라 民主主義의 形態를 維持하고 있는 亞細亞의 여러 나라들이 共産主義 政體의 壓力에 對하여 確固한 方針과 確信을 가지고 있다고 斷言할 수 없다. 事實上 歐美에서 成長한 民主主義는 많은 試行錯誤 가운데 이룩된 進步의 結果이며, 迂餘曲折을 겪어야만 될 諸要因을 內包하고 있다. 西歐의 이러한 自由民主主義는 比較的 經濟繁榮을 享有하고 있는 나라에서는 그 實效를 거둘 수 있는 것이지만 悲慘할 程度로 切迫하고도 어려운 많은 問題를 짊어지고 있고 또한 그것을 即刻的으로 處理하지 않으면 안 될 亞細亞에 있어서는 自由民主主義의 길은 事實上 형극의 길이 아닐 수 없다.

더우기 西歐型의 民主主義를 主唱하는 亞細亞人은 大槪 自由主義的 政治制度에 있어서 自由主義 經濟의 原則과 自由企業의 方法 등의 두 가지 關心을 가지고 있으나 그러나 亞細亞의 民衆은 自由經濟가 自己네들의 經濟開發을 沮害한다고 생각한 以後부터는 自由經濟의 機構뿐만 아니라 좋던 싫던 最初는 반드시 採用해야 된다고 생각했던 自由主義的 政治制度까지도 疑心하게 되는 傾向이 있다는 것도 否認할 수 없다.

政治的 平等을 經濟的 領域에까지도 擴大시킨 傾向 역시 歐美에 있어서는 極히 最近의 일이기는 하나 이러한 傾向이 最近에 와서 비로소 問題가 된 것은 歐美에 있어서는 自由民主主義的 原則에 있어서도 經濟的인 繁榮이 이룩될 수 있다는 데 그 決定的인 原因이 있다.

그러나 亞細亞에 있어서는 반드시 그렇지는 않은 것 같으며 또 亞細亞人은 그렇게 생각하고 있지도 않다。即 亞細亞人은 무엇보다도 먼저 經濟的 平等을 樹立하고 그 위에서 더 한층 平等한 政治機構의 發展을 바라는 것이다。政治的 民主主義의 前提가 되는 經濟的 條件이나 基盤을 이룩할 수 없는 데서는 民衆의 眞正한 支持 위에선 民主主義가 成長될 수 없다。亞細亞社會에 있어서 이러한 經濟的인 措置가 取해지지 않았기 때문에 自由民主制度는 역력한 不平等이 나타나는 社會機構에서 거의 그 意義를 喪失하고 말았다。이러한 國民에게 經濟的인 平等을 約束한 公約이 實踐되지 않았다는 事實은 現在 亞細亞에 있어서 民主主義制度의 威信을 서서히 떨어뜨리는 데 큰 要因이 되어 왔다。우리가 十數年 동안 보고 느낀 바와 같이 選擧權도 飢餓에 直面하고 있는 人間에 對해서는 아무런 意味를 가지고 있지 않았다。

이러는 동안에 計劃經濟의 移行을 力說하는 思想이 亞細亞에 侵入해 왔다。民主主義라는 빛좋은 개살구는 飢餓와 絶望에 시달린 國民大衆에게는 너무나 無意味한 것이다。그러기 때문에 이러한 經濟的인 貧困과 飢餓를 克服하기 爲한 方策으로서 組織的인 計劃經濟의 看板을 내세운 것이 바로 共産主義的인 左翼獨裁權이었다。그러나 左翼獨裁政權의 長期計劃에 필요로하는 投資를 確保하려는 目的으로 强行한 經濟는 國民大衆에게 너무나 큰 犧牲을 要求했던 것이다。그렇지않더라도 貧弱한 國民所得일 터인데 더우기 그 大部分을 長期計劃에 投入하게 되었으며 따라서 即刻的으로 生活水準을 改善할 것을 要望하고 있는 國民大衆으로부터 激烈한 反對와 壓力을 받지 않을 수 없다。이러한 惡循環 가운데서는 不可不 共産主義組織者들은 思想의 統制、言論의 徹底한 抑壓、秘密警察이라는 手段에 依存하지 않을 수 없으며 또한 國民的 反撥과 不滿에 부딪치게 되는 政府는 權力에 依하여 蓄積한 資本의 大部分을 武器의 購入 製造에 바치지 않으면 안 된다.

바로 여기에 共產主義者의 官僚主義的 彈壓이 그 極度에 達하지 않을 수 없는 所以然이었다.

그러기 때문에 後進 民主地域에서 國民大衆의 生活向上을 圖謀하기 위한 經濟開發計劃은 어

디까지 實質的인 國民個個人의 所得이 增大될 수 있는 方向으로 實施되지 않으면 안 된다. 왜

냐 하면 國民大衆의 生活向上을 目標로 한 長期的인 經濟計劃이 자칫 잘못하면 計劃 그 自體의

目的과 理想을 忘却하고 長期的인 經濟計劃에 所要되는 投資面에만 지나치게 置重하는 나머지

結果的으로 國民大衆을 새로운 貧困으로 몰아넣는 強壓的인 組織과 計劃이 되기 쉽다는 것을

看過해서는 아니 된다. 따라서 우리와 같은 後進民主國家에서 經濟의 開發과 國民生活의 向上을 目

어디까지나 民主主義를 再確立하기 위한 前提條件으로서 經濟의 開發과 國民生活의 向上을 目

標로 하고 있다는 것을 우리는 잊어서는 아니 된다. 그러므로 後進 民主國家에서 民主主義를

再確立하는 길은 長期的인 經濟開發計劃과 國民所得의 向上이라는 二律背反的인 原則을 忠實

히 調和시켜 終局的으로는 國民福祉, 特히 國民 個個人의 福祉向上에 도움을 주는 데 있어야

된다고 斷言하고 싶다.

따라서 西歐에서 물려받은 自由民主主義의 理念과 體制（비록 外樣的인 것이라 하더라도）

下에 終局的으로 國民個個人의 所得을 높일 수 있는 經濟開發計劃을 어느 정도 成功的으로 達

成할 수 있는가가 비단 韓國 뿐만 아니라 亞細亞에 있어서 眞正한 民主主義의 成敗와 將來를

決定하게 될 唯一한 關鍵이 될 것이다.

三 革命期에 있어서의 民主主義

─行政的民主主義─

우리 나라뿐만 아니라 亞細亞의 一般的인 社會經濟的 情勢가 몇 개의 나라를 除外하고는 西歐에서 直輸入해온 民主主義가 그 實效를 거두기 힘들다는 것은 이미 언급한 바 있다.

더우기 革命이 不可避하였던 우리 나라에 있어서는 眞正한 民主主義를 再建 確立하기 위한 過渡期的인 段階의 民主主義는 어떠한 것이 되어야 할 것인가 하는 것을 생각하지 않을 수 없었다.

왜냐 하면 비록 우리들이 西歐的인 民主的 節次에만 期待할 수 없는 民族的인 危機와 國家的인 存亡의 岐路에서, 暴力이라는 非常手段을 通하여 腐敗와 舊惡을 一掃하는 데 목숨을 바칠 覺悟를 했다 하더라도 우리들의 革命行爲의 目的이 民主主義的인 制度와 理念을 永遠히 否認하는 것이 그 目的이 아니라 어디까지나 참되고 眞正한 民主主義와 民主社會를 다시 세워나가는 데 그 目的과 理念이 있기 때문에 우리들은 革命段階에 있어서의 우리들의 行爲와 路線의 性格을 闡明하지 않을 수 없다.

그러나 要는 우리革命이 民主主義의 價値를 말살하고 否認하려는 것이 아니고 未久에는 다시 참된 民主主義를 다듬고 세워 나가야 되는 것이라면 革命段階의 우리들의 行爲와 路線과 그의 性格도 事實上「民主主義的인」것이 되지 않으면 안 된다고 생각한다. 왜냐 하면 오늘이 없었이 내일이 올 수 있는 歷史의 法則은 있을 수 없기 때문이며, 現在 없는 未來가 存在할 수 없

기 때문이다. 이러한 뜻에서 革命 第二段階、第三段階에 들어갔다고 볼 수 있는 時期에 있어

서는 可能한 限 장차를 위하여서도 民主主義的인 要素를 國民에게 扶植하고 發展시켜 나가지

않으면 안 된다고 생각한다.

그러기에 나는 革命期間에 우리가 指向하는 民主主義는 西歐的인 民主主義가 아닌 즉 우리

의 社會的 政治的 現實에 알맞는 民主主義를 해나가야만 된다고 생각한다. 바로 이러한 民主

主義가 다름 아닌、行政的民主主義(Administrative democracy)라고 할 수 있다.

왜 내가 지금 우리들이 하고 있는 것이 行政的 民主主義가 되어야 하는 것을 說明하자면

우리들이 旣往의 腐敗를 一掃하고 國民들의 自治能力을 強化하여 社會正義를 具現하는 것이

當面의 目標이라면 그 方法으로서 民主主義를 政治的으로 당장 達成할 것이 아니라 어디까지나

過渡期的인 段階에 있어서는 行政的으로 具現해야 될 것이요、그 方法으로서 民主主義를「위에

서」내리닥치는 民主主義가 아니라 어디까지나「아래서」올라오는 民主主義、아래서 깨달은 民

主主義、國民 스스로가 自己의 過去의 惰性을 바로잡고 새로이 出發하며 發展하는 民主主義가

되어야 하기 때문이다.

政黨政治의 非正常的인 壓力 때문에 政治의 組織的인 腐敗와 不正이 우리 社會의 모든 組織의

細胞에까지 스며들어 있는 現實 속에서 政治的 民主主義의 理念을 살린다는 名目에서 당장 選

擧를 한다고 하여 기왕에 묵었던 나쁜 毒素가 一朝一夕에 사라진다고는 할 수 없다. 그러나 우

리들은 約束대로 民政移讓期에 가서는 選擧를 해야 될 것이고 새로운 國會를 構成해야 될 것이

기 때문에 하루바삐 國民 스스로가 舊惡에서 脫皮하고 無知에서 解放되고 스스로의 運命을 正當히 決定할 수 있는 政治能力이 向上되어야 할 것이며 그러기 위하여서는 무엇보다 먼저 國民 스스로가 「아래서부터」 自治能力을 培養하지 않으면 안 된다. 그러나 앞에서도 言及한 바와 같이 우리들이 民主主義를 再確立해야 하기 때문에 民主主義的인 價値觀과 訓練을 發展시켜야 된다는 理念的인 要請에서 볼 때 비록 우리들이 革命段階에 있어서 完全한 政治的인 自由民主主義를 享有할 수 없다 하더라도 最少限 行政的 「레벨」에 있어서는 民主主義的인 原則이 固守되고 民主主義的인 原則에 依하여 國民의 意見과 權利가 尊重되어야 한다.

그러기 때문에 過渡期的인 革命段階에 있어서 우리들이 當面目標로 하고 있는 行政的 民主主義는 政府가 하는 일에 대하여 國民의 正當한 批判과 建議를 封鎖하는 것이 아니라 오히려 이것을 歡迎하며 國民의 輿論 앞에 政府의 業績을 審判하고 國民의 正當한 意見 아래서 政府의 잘못(만일 있다면)이 是正되어 나가는 方向으로 되어야 할 줄 안다.

行政府의 잘못이 있다면 이것을 是正하고 이를 告發하는 것은 革命指導勢力의 責任에만 달리어 있는 것이 아니라 國民스스로 是正하고 告發하는 權限이 賦與되고 있고 또한 이러한 能力을 길러야 한다. 行政府의 모든 職權行使에 있어서 비록 革命期라 할지라도 民主主義的인 節次와 民主主義的인 原則下에서 이루어져야 할 것이다. 아무리 革命期라 할지라도 行政權의 行使가 非民主主義的이라면 이는 結局에 가서는 革命의 理念自體를 冒瀆하는 것이요、革命의 精神自體를 否定하는 結果가 되기 쉽다는 것을 나는 確信한다. 아무리 革命期라 할지라도 모든 國

民은 그의 義務와 權利에 있어서는 다 平等하며 平等하게 法에 依한 裁判을 받을 수 있는 權利가 保障되지 않으면 안 되며 만약 이러한 國民의 不當한 權利侵害가 있다고 한다면 이는 事實上 革命課業遂行이라는 名目 아래 意識的이든 無意識的이든 一種의 越權行爲를 낳는 셈이다.

四 行政改革과 國民의 自治精神

우리 나라의 革命의 目的이 自由、平等、正義에 立脚한 올바른 民主主義的 政治體制와 아울러 經濟、社會、文化體制를 建設 確立함으로써 革命期間中 比較的 短時日內에 모든 分野에 걸친 後進性을 脫皮하여 모든 國民이 다 같이 잘살 수 있는 均衡된 福利와 福祉를 增進시키는 데 있다는 것은 自明한 일이다. 그러기 위하여서는 政治、經濟、社會、文化 등 各 分野에 있어서 李・張政權의 組織的인 不正과 腐敗에 대하여 窮極的으로 責任을 져야 할 지난날의 腐敗한 政治精銳分子와 아울러 그들이 利用하였던 機構에 대하여 果敢한 手術을 加하여야 되는 것은 勿論이요、그 反面에 直正한 民主主義를 指向하는 國民的인 雰圍氣와 汎國民的인 政治環境을 助成함으로써 民政에 復歸된 以後에도 다시는 實踐에 있어서 不正과 不義가 또 다시 橫行할 수 없는 터전을 革命期인 이 機會에 마련하지 않으면 안 될 것이다.

勿論 最近에 와서도 公務員非違調査委員會를 만들었지만 不正과 腐敗의 惰性을 버리지 않고 옛날로 뒤돌아 가는 사람이 있다면 祖國과 民族의 將來를 위하여 國民의 이름으로 徹底히 그 罪科에 대하여서는 追窮하지 않으면 안 된다. 舊政權의 不正과 腐敗에 대하여서도 비록 그에

關係되는 人間 個個人은 가없지만 民族正氣를 바로잡기 위하여서는 不得不 그 責任을 追窮하지 않으면 안 된다. 不正 腐敗에 대한 手術은 一罰百戒主義와 重點主義를 原則으로 하여 可能한 限 革命期間中에 있어서도 短時日內에 이를 完了토록 할 것이다. 단 이러한 措置가 民心의 動搖나 國民生活의 萎縮을 招來하는 데 그 目的이 있는 것이 아니라 明朗하고도 健全한 民主的인 協同社會를 이룩할 수 있는 기틀을 만드는 데 그 根本目的이 있기 때문에 不正과 腐敗에 直接的인 關聯이 없는 善良한 一般國民大衆은 特別한 威壓感이나 恐怖感에 사로잡힘이 없이 安心하고 自己生活에 從事할 수 있게 하여 社會生活의 正常化를 期해야 할 것이다.

비록 지난날의 不正腐敗의 處罰規定에 該當되는 人士에 對해서도 革命課業의 進陟에 따라 그 所行의 輕重을 보아 가면서 그래도 이나라 百姓의 한 사람으로서 革命課業에 積極 參與할 수 있는 機會를 마련해야 할 것이다.

앞에서도 누누이 指摘한 바와 같이 이번 革命이 眞正한 民主主義를 이땅 위에 이룩하는 데 있기 때문에 一般 國民大衆에게 實生活을 通하여 民主政治에 對한 國民된 義務와 社會的인 責任意識을 高揚할 수 있는 社會敎育——國民運動도 그 一翼을 擔當하겠지만——을 徹底히 할 것이며 또한편 民主政治의 原理 및 遵法精神을 高揚해야 될 것이다. 地域社會 開發活動이나 汎國民運動이나 公報活動 등의 組織體를 通하여 數千年 동안 이어 받은 安逸主義、無事主義、適當主義、事大主義、依他心 등 가지가지의 民族的 弊習을 是正해 나가고 眞正한 民主主義的인 諸權利와 義務를 올바르게 國民 스스로가 行使할 수 있도록 民主主義的 生活方式、立憲政治의 原理、遵法

精神에 關한 政治敎育을 映畵、座談會、講演 등을 利用하여 全國的으로 實施해야 할 것이다.

이와 같이 國民 스스로가 眞正한 民主主義를 再確立하기 爲한 政治敎育을 通하여 旣往과는

달리 自治能力과 自助能力이 向上되어야 하는 것은 勿論이거니와 웃자리에 앉은 사람은 自己의

자리에 따라서 國民에 對한 責任 또는 社會에 對한 責任이 더욱더 무겁다는 것을 自覺해야 될

것이다. 왜냐 하면 우리 國民들 가운데는 特히 웃자리에 있는 사람까지도 남을 시킬 때는 法이

요 自己가 하는 일은 法도 아무 일이라도 할 수 있다는 無責任한 생각을 갖고 있는 사람

들이 많다. 自己의 쥐꼬리만한 權限을 가지고 威勢나 威風을 칠 때는 당당하고 무슨口實이라도

口實만 있으면 自己의 權利를 主張할 때는 대단하지만 權利에 수반하여 自己의 社會的인 責任

과 義務를 다하는 데는 지나치게 인색한 程度로 더러운 사람들이 많다.

權利와 義務、主張과 責任에 對한 雙務的인 觀念이 發達되지 못했기 때문에 現實的으로 民

主主義 原則은 放縱의 原則이요 民主主義的인 自由는 混亂과 無秩序의 自由가 되고 말았던 것이

다. 데모하고 때려부수는 自由는 있어도 法을 지키고 길거리에 흘린 종이 조각을 줍는 公衆道

德은 제대로 發展되지 않았다는 것을 보아도 能히 알 수 있다. 그러기에 民政이 移讓될 때까지

革命期間은 精神的인 面에서 볼 때는 참된 民主主義를 누릴 수 있는 國民의 精神的 기틀을

만들기 爲한 國民精神 再敎育期間이요 國民自治와 自助能力을 向上發展시키는 國民啓導의 期

間이요 自己의 權利뿐만 아니라 남의 權利까지도 尊重하고 남과 社會를 爲하여 마음과 精神

을 바치는 國民奉仕精神 昂揚期間이라고도 할 수 있다.

以上 말한 몇 가지 點은 主로 革命期間에 國民의 立場에서 國民 스스로가 고쳐 나가야 될 일

이거니와 또 한편 政府는 政府대로 果敢한 行政改革을 斷行하고 이를 繼續的으로 推進해 나가

야 될 것이다. 이러한 行政改革에 있어서 基本精神은 旣往의 우리 社會를 支配해 왔던 傳統的인

官尊民卑思想에 依한 前近代的인 官僚主義나 腐敗 不正한 高級官吏들이 所謂 국물을 찾기 爲하

여 無條件 事務를 自己가 틀어 잡는다는 掌握觀念에 사로잡히어 왔던 高度의 中央集權主義를

可能한 限 止揚하고 地方自治의 方向으로 行政體制를 民主化해야 될 것은 勿論이요 特히 行政의

權威가 階序制의 頂點인 主로 높은 사람에게만 集中하는 現象을 止揚하고 各級官廳의 行政官

吏들이 發揮할 수 있도록 創意的인 指導力을 振作 發展시킴으로써 될 수 있는 대로 行政管理의 效

率化를 期할 수 있도록 힘써야 할 것이다. 勿論 多少의 國民的인 陣痛이 있다 하더라도 이 革命

期에 徹底한 行政改革을 이룩하지 못한다면 民政에 復歸한 後에 果然 行政의 能率과 民主化를

發展시키는 데 힘든다고 생각된다. 그러기 때문에 當事者 個個人을 본다면 좀 苛酷하고

가엾은 일이기는 하나 여하튼 한 사람을 犧牲하고 百名을 살릴 수 있다면, 百名을 犧牲하고 萬

名, 十萬名을 살릴 수 있다면 아니 몇名 利害關係者에게는 좀 안된 일이기는 하지만 한 個人의

利益을 犧牲하고라도 三千萬의 利益을 살릴 수 있다면 不可不 우리들은 後者의 길을 擇하지 않

으면 안 된다.

이와 같이 꼭 해야 될 行政改革과 行政의 民主化의 一環으로서 官僚主義를 止揚하기 爲한

行政組織을 研究發展시키고 그 管理를 合理化시켜야 될 것이다. 그리고 그 管理를 合理化시킬

뿐만 아니라 同時에 行政組織內에 效率的인 民主的 統制를 不斷히 加함으로써 旣往에는 흔히

있었던 公職의 私物化를 防止해야 할 것이다. 行政改革과 行政의 民主化는 管理의 合理化뿐만

아니라 同時에 效率的인 民主統制를 期해야 된다는 것은 우리의 革命이 民主主義를 再確立하

는 데 있기 때문이다. 비록 革命期라 할지언정 行政的인 民主主義는 着實히 遵守되어야 할진대

管理의 合理化에 못지 않게 行政 自體가 國民을 爲하고 行政의 當事者 가운데서도 아래에 있는

사람들의 立場을 생각해 주고 또는 行政組織內에 關係되는 모든 사람이 人格과 能力을 認定

받을 수 있고 不當한 高級官吏의 越權行爲를 部下 官吏나 또는 一般國民이 견제 할 수 있는

行政의 民主的 統制를 重要視하지 않을 수 없다. 旣往에는 이러한 管理의 合理化와 특히 民主

的 統制가 없었기 때문에 公職이 私物化되었고 私物化 되는 데서 오는 組織的인 腐敗가 우리를

병들게 하였던 것이다.

또한 國民 스스로가 自治能力을 發展시킬 뿐만 아니라 行政에서도 國民의 自治能力을 涵養

할 수 있도록 地方 自治制의 發達을 指向해야 할 것이다. 이러한 뜻에서 五·一六 革命以後 地

方行政改革을 斷行할 때 中央의 여러 가지 權限을 可能한 限 地方官廳에 大幅的으로 넘기는

方向으로 이루어졌다고 생각하고 있는데 앞으로도 地方自治制가 發展되는 가운데 國民의 自治

能力과 自助能力을 向上시킬 수 있는 方向으로 나가야 될 것이다.

뿐만 아니라 이미 착착 進行中에 있으나 하루 速히 近代的인 人事制度를 確立하고 人事管理

를 合理化함으로써 우리 나라 政治의 組織的 腐敗를 낳았던 獵官의 弊習과 情實任用主義의 弊

風을 一掃함은 勿論이요 國民의 利益을 爲하여 創意的 能動的으로 自己 일을 해 나갈 수 있는 健全하고 淸新한 官吏氣風을 造成해야 할 것이다. 아무리 우리 나라가 모든 分野에서 잘 되어 나가고 있다 하더라도 이에 기틀을 잡아줄 官吏의 吏道가 바로 서지 않고서는 萬事가 헛탕이라는 것을 우리는 알아야 된다. 事實 政治의 組織的인 腐敗(議會의 政黨政治에 있어서)도 實相은 官吏를 通하여 일어나기 때문에 社會의 淸新한 紀綱을 確立하는 데는 腐敗를 미워하고 올바른 일을 하는 사람을 賞줄 줄 아는 吏道가 先行되어야 할 줄 안다. 勿論 이러한 吏道의 確立에는 過去 官吏들의 쥐꼬리만한 俸給을 생각해 본다면 역시 여러 가지 難點이 있다는 것을 느낄 수 있는데 이러한 不合理한 點에 對해서는 革命期에 如何한 方法을 써서라도 是正해 나가는 길을 擇해야 할 것이다. 富者가 되는 官吏를 만들 必要는 없지만 제대로 먹고 살 수 있는 官吏는 나라의 將來와 社會紀綱의 刷新을 爲해서 必要하다고 생각된다.

社會再建(國家)의　理念과　哲學

Ⅵ　社會再建（國家）의　理念과　哲學

一　平和와　自由──人類의　希望

우리는 지금 人類의 歷史上 여태껏 겪어 보지 못했던 危機와 矛盾에 直面하고 있다. 原子力을 만드는 人間이 지금에야 人間이 만든 그 原子앞에서 恐怖에 떨어야 하고 最高度로 生産力을 發展시켜 巨大한 富를 싸올린 人間이 지금이야말로 모든 人間이 피와 땀을 흘리면서 싸올린 共同의 業績의 公正한 分配를 萬人에게 줄 수 없는 矛盾가운데 우리는 살고 있다. 人間이 이 地球의 구석구석까지 支配하여 大陸間의 距離를 最大限으로 좁혔음에도 不拘하고 손끝까지 武裝한 힘의 陣營이 그 어느 때보다도 여러 國民을 더욱 더 격리시키고 全體主義體制가 諸國民의 自由를 威脅하고 있는 現代的矛盾과 危機가운데 우리는 살고 있다.

그러나 반드시 現代는 이와 같은 暗黑과 絶望만이 支配하는 時代는 아니다. 눈을 저 먼 未來를 向해 응시한다면 우리에게는 아직도 꿈을 지닐 수 있다. 우리에게 가로놓여 있는 것은 絶望과 暗黑과 悲哀만이 있는 것이 아니다. 希望과 平和와 理想을 지닐 수 있다. 萬若 人間이 오늘과 같은 原子時代에 있어서 나날이 增大되고 있는 自然克服力을 平和的 目的으로 使用할 수만 있다면 現在 우리 人類生活은 보다 더 安樂하게 할 수 있고 不安으로부터 解放되어 萬人을 爲

한 福祉를 創造할 수 있는 希望을 가질 수 있다. 그리고 또한 모든 人間이 侵略的戰爭을 憎惡하고 人間의 尊嚴性을 믿으면서 國際的 法秩序를 强化하여 여러 國民들이 相互間에 가졌던 相互不信을 拂拭한다면 世界平和를 確保할 수 있다는 希望을 품을 수 있다. 또한 人間이 歷史上 비로소 安定된 民主國家에 있어서는 萬人의 人格의 發展을 可能케 하고 困窮과 恐怖의 世界를 넘어 多樣하고도 裕福한 文化生活을 享有할 수 있다는 希望을 우리는 버릴 수 없다.

이러한 現代的危機와 矛盾을 克服하는 것은 우리들 人間의 使命이며 任務이다. 밝고 아름답고 幸福스러운 未來를 만들 수 있는 것인가, 또는 人間을 自己破滅과 暗黑의 구렁텅이로 빠지게 할 것인가 그 責任은 오로지 우리들이 짊어지고 있다.

腐敗없고 公正하고 能力에 따라 自己를 表現할 수 있고 自己表現의 機會가 均等히 保障된 새로운 秩序에 依해서만이 人間은 自由의 길을 開拓할 수 있다. 이 새롭고도 아름다운 秩序를 追求하기 爲하여 努力하는 것이 世界史에 있어서 우리의 民族的使命이요 國際社會에 있어서 우리가 志向하는 國家再建의 指標가 되어야 할 것이다.

二 社會再建에 있어서 우리들의 基本的 價值觀

우리의 國民大衆은 언제나 執權者에게서는 버림을 받았으며 自己의 일터에서는 不當한 收奪을 當해 왔으며 家庭에서는 經濟的인 窮乏과 飢餓의 채찍질에서 시달려 왔고 밖으로는 侵略的인 異民族의 壓迫과 설음에서 살아 왔었다. 따라서 이번 革命後 우리들이 志向하는 社會는 모든 國民이 國家에 對하여 責任을 지고 自由로운 가운데 生活을 享有하며 또한 自己에게 놓여 있는 社會生活을 他人과 더불어 다같이 政治的、經濟的、文化的으로 協同하여 營爲할 수 있는 社會를 만드는데 있다。따라서 正義와 自由는 모든 國民을 規制하는 基本的인 條件이 되어야 할 것이다。왜냐 하면 人間의 참다운 價値는 스스로 責任을 지는 것에 있음과 同時에 이와 똑같이 同胞가 그의 人格을 發展케 하고 同等한 立場에서 社會의 發展에 寄與하는 權利를 認定하는데 存在하기 때문이다。自由、正義 및 連帶와 協同、即 共通의 民族的 結合으로부터 이루어지는 相互의 義務 負擔이야 말로 國家再建의 基本的 理念이 되어야 할 것이다。

나는 이번 革命을 通하여 우리들이 窮極的으로 이룩해야 할 것은 人間이 제 구실을 할 수 있는 社會를 實現해야 한다고 생각하며 또한 人間다운 生活을 할 수 있는 社會에 있어서 實現되지 않으면 아니될 다음과 같은 基本的인 要求와 命題가 存在한다는 것을 생각한다。

모든 國民은 單一하고도 强力한 執行機關을 가진 國際的인 法秩序에 따르지 않으면 안된다。모든 나라의 國民은 世界의 福祉에 寄與할 수 있는 機會를 平等히 갖지 않으면 안된다。先進國만이 이러한 機會에 獨占的인 惠澤을 입을 것이 아니라 第二次大戰後 獨立을 爭取한 新生獨立國이라도 人類福祉에 寄與할 수 있는 機會에 똑같이 그리고 公平히 參與할 수 있는 社會가 實現되어야 할 것이다。그러기 때문에 後進地域의 新生國家나 또는 그들의 諸國民은 他國民의 連帶를 要求할 수 있는 權利를 갖고 있다고 確信한다。

따라서 窮極的으로는 民主主義는 모든 國家體制와 生活樣式의 全部가 되지 않으면 안된다。

왜냐 하면 民主主義는 人間의 價値의 尊重과 人間의 自己責任에 立脚하고 있기 때문이다. 그러기 때문에 모든 獨裁、 모든 全體主義的 權力主義의 支配는 人間의 自由와 良心의 自由를 爲하여 斷乎히 拒否되지 않으면 안된다. 왜냐 하면 歷史上에 있었던 獨裁制、 全體主義的 權力主義的 支配는 人間의 尊嚴을 輕視하고 自由를 박탈하고 權利를 破壞하며 무수한 무고한 人間을 精神的인 도살장으로 몰아 넣었던 것이다. 그러나 여기서 特히 强調하고 싶은 것은 共產主義者가 平等과 自由의 階級없는 社會를 부르짖고 平和와 自由의 正義의 先驅者처럼 떠들어 대지만 그들은 自由와 正義를 實現하려는 것이 아니라 自由와 正義를 내세우면서 社會의 分裂을 助長하여 共產黨의 새로운 獨裁를 確立하려는 것이다.

勿論 民主主義國家에 있어서도 國民은 國家의 命令에 服從하지 않으면 안된다. 그러나 民主主義國家에 있어서 모든 權力은 公的인 統制에 服從하지 않을 수 없다. 全體의 利益이 特殊한 利益에 優先하지 않으면 안 된다. 自己의 私利가 全體의 利益이나 國家의 利益보다 앞선다면 그 나라는 亡할 것이요、 그 國民은 滅할 것이다. 돼지처럼 自己의 利益만을 爲하고 公共의 福祉와 남의 幸福을 草芥처럼 짓밟은 民族이나 社會가 歷史上에 있어서 繁榮을 누린 實例를 나는 記憶하고 있지 않다.

따라서 營利와 權力慾과 不正과 腐敗의 根性에 依하여 規定되고 있는 經濟나 社會가 興하고 發展한다는 것은 歷史의 逆理라고 나는 確信한다. 아니 政治的인 腐敗와 不正과 個人的인 營利와 權力慾에 依하여 規制되는 經濟體制나 社會에 있어서는 民主主義、 社會的 安定 및 自由로

운 人格은 허물어지고 그 빛을 잃고 말 것이라는 것은 뚜렷한 事實이다. 그러기에 우리들은 國家

再建의 機會를 通하여 새로운 經濟 및 社會秩序를 創造할 것을 努力하지 않으면 안 된다.

우리들은 敎育을 받는 데 있어서도 모든 特權이 排除되는 社會를 만들어야 한다. 돈 있는 사람만

이 學校에 가고 權力있는 사람만이 大學을 갈 수 있는 非民主的인 特權層에의 敎育的 惠澤은 단호

히 排擊해야 될 것이다. 비록 돈이 없고, 빽이 없고, 家門이 나쁘더라도, 산골짝의 외로운 寡婦의

子弟일 망정 才能있고 成績만 좋다면 누구라도 入學할 수 있고 進學할 수 있는 社會를 이룩해야 할

것이다. 民主主義와 自由는 많은 사람들이 社會的인 意識을 發展케 하고 共通責任을 짊어질 責任

을 갖출 것을 必要로 하며, 이와 같은 意識이 喚起되며 助長되지 않으면 안 된다고 나는 確信한다.

그러나 自由와 正義는 一定한 制度만에 依하여 保障되지 않는다. 모든 生活領域이 더욱더

技術的으로 組織的으로 發展되고 있으나 오히려 이에 依하여 自由를 威脅하는 새로운 隸屬이

끊임없이 나타나고 있다. 따라서 多面的인 經濟的、社會的、文化的 生活만이 모든 人間의 精

神生活의 마비를 막으며 各人의 創造力을 刺戟하는 것이 될 것이다.

三 國家秩序

우리는 魔의 三八線때문에 民族의 허리가 잘리었고 우리의 눈에 낯익은 우리의 山河가 저 붉

은 魔手의 쇠사슬에 뭉키어 있다. 갈라진 山河와 民族이 永遠히 갈라질 수는 없다. 따라서 우

리는 自由가 確保된 統一韓國의 實現을 爲하여 繼續的으로 努力하지 않으면 안 될 것이다. 이 國

際共産主義者의 侵略的陰謀로 因하여 우리의 父母兄弟를 우리 땅에 두고서도 만나 보지 못하는 우리들의 悲劇은 우리의 悲劇만이 아니요 世界史의 悲劇이다。 韓國의 分裂은 平和를 威脅하는 것이며 自由를 爲하여 前進하는 歷史의 모독이다。 이 分裂과 兩斷의 克服이야말로 우리 民族에 對하여 가장 큰 使命이다。 그러나 이 分裂과 兩斷의 克服은 自由가 確保되는 統一原則下에서 이루어져야 된다。 그리기에 우리는 무엇보다 먼저 自由理念下에 우리 自體의 繁榮과 富强이 先行되지 않으면 안된다。 即 이 分裂과 兩斷의 克服을 爲해서는 二、五〇〇萬의 우리들의 軍事的、政治的、經濟的、社會的인 諸實力이 培養되지 않으면 안된다。 이 兩斷의 克服은 實力에 依한 繼續的인 前進에 依해서만이 可能할 것이다。

따라서 人間의 價値와 良心이 어떠한 權力者나 아무리 偉大한 사람일지라도 이를 否定할 수 없는 自由社會를 만드는 데 무엇보다 힘써야 할 것이다。 人間의 生命과 價値와 良心을 否定하는 政治가 成功한 歷史가 없으며 이러한 意味에서 個人의 生命과 價値가 集團과 階級의 威力밑에서 헌신짝 처럼 짓밟고 있는 共産主義가 成功한다는 것은 人類의 歷史上 있을 수 없는 일일 것이다。 이러한 人間의 生命과 價値와 良心을 짓밟는 敵은 비단 밖에 있는 共産主義者들만이 아니라 그 以外 또는 우리 自身內에 언제든지 있을 수 있고 또 現實的으로 있다는 것을 우리는 警戒하지 않으면 안된다。 따라서 모든 國民은 自己의 同胞의 信念을 尊重하지 않으면 아니되며 國家는 個人의 信仰과 良心의 自由를 保證하기 爲하여 그의 最大의 힘을 기울여야 되고 또한 그를 保證할 責任을 지고 있다고 믿는다。 即 國家는 모든 人間이 自由로이 自己

스스로의 責任을 지고 自己를 發展케 하는 것을 돕지 않으면 아니되며 國家의 基本的인 諸

法은 國家에 對하여 個人의 自由를 確保할 뿐만 아니라 民族的 共同體의 形成의 法으로서 國

家를 基礎지을 수 있는 것이 되지 않으면 안된다.

國家는 個個人이 스스로 責任을 지고 自律的으로 生活을 營爲해 나갈 수 있는 것을 可能케 하

고 自由로운 社會의 發展을 促進케 하기 爲하여 國民의 生活을 保證하지 않으면 안된다. 國民

이 스스로 責任을 지고 自律的으로 社會의 發展과 國家再建에 參與할 수 없는 社會에 있어서

는 國家에 對한 個人의 自由가 確保되지 않음은 勿論이요、自由로운 國民의 生活이 國家에 依

하여 保證을 받지 못했다는 것을 意味한다. 따라서 國家가 國民의 生活을 保證해야 된다는 것

은 法的인 保證으로부터 政治的 및 經濟的인 保障 등이 다 包含되어야 하는데 그 가운데서도

우리 나라처럼 後進 民主主義國家에 있어서는 經濟的인 生活의 保障이 焦眉之事이다. 일터가

없어 왼종일 公園의 뺀치에서 消日하는 自由는 우리들 國民大衆에게는 必要가 없다. 職場이

없어 가는 곳이라야 당구장과 茶房에서만 마음의 慰安을 찾을 수 있는 生活狀態를 容認하는 것

이 國民의 生活을 保障하는 것이 아니다.

그러나 國民生活의 經濟的인 保障도 前述한 바와 같이 自由로운 社會의 發展을 促進하기

爲한 것이기 때문에 우리는 民主的인 原則과 理念을 어디까지나 發展시키지 않으면 안된다.

따라서 우리가 앞으로 指向할 自由롭고도 協同的인 社會는 個人의 私生活의 尊重이 그 基礎가

되어야 할 것이다. 言論、信仰、學問、藝術、團結의 自由等 個人의 基本的 人權의 侵害를 그냥

내버려 둘 수가 없으며、 따라서 國家는 이러한 人權의 侵犯으로부터 個人을 守護하지 않으면

안된다。 뿐만 아니라 또한 個人은 이러한 自由를 自己 혼자의 獨占物로서 錯覺하여 亂用하지

말고 萬人의 人格의 成長을 爲하여 活用하지 않으면 안된다。 왜 이 點에 對해서 特히 强調하는

가 하면 우리 國民가운데 旣往에는 自己의 쥐꼬리만한 權利를 主張할 줄만 알았지 남을 爲하

여 이웃을 爲하여 가난하고 헐벗은 우리 同胞를 爲하여 自己의 任務를 遂行하고 奉仕할 줄 아

는 마음을 갖지 않는 사람이 그 中에는 있었기 때문이다。 自己權利만 主張하고 남의 權利에 對

해서는 눈을 감는 사람이 있다면 그곳에서는 우리가 指向하는 自由롭고도 協同的인 社會를 이

룩할 수 없을 것이다。

나는 權力機構로서의 國家自體는 何等의 道德的인 價値를 지니고 있지 않는다고 본다。國家가

道德的인 價値를 지닐 수 있으려면 그 條件으로서 國民의 自由로운 人格的 成長을 이룩할 수 있

는 國民社會의 發展을 爲한 條件을 提供할 수 있을 때만이 國家는 그 存在가 正當化될 수 있다。

그러기에 國家는 單純히 秩序維持를 하는 것에 그칠것이 아니라 積極的으로 이러한 條件의 維

持發展을 爲하여 努力해야 할 것이다。 그러나 지난 날의 우리의 國家는 國民의 福祉를 增進시키

는 積極的인 國家、 即 國民을 爲하여 일을 하고 빵을 주고 목마를 때 물을 주는 國家가 아니라

國民이 經濟的인 貧窮으로 飢餓線上에 헤매거나 民主主義의 이름아래 腐敗가 盛行되거나 自

由라는 그들밑에서 共産黨의 內部的인 顚覆行爲가 進行되거나 말거나 그냥 放置해 두는 國家였

다。 그러나 앞으로의 우리 國家는 國民의 經濟生活을 保障하고 自由를 享有할 수 있도록 積

極的인 機能을 遂行하는 國家가 되어야 될 것이다.

勿論 지금은 革命의 進行段階이다. 過渡的인 强力한 統治機構를 불가불 維持하지 않을 수 없지만 將次 國家再建課業의 發展的인 成果에 따라 立法、 行政、 司法은 各己 分立해야 할 것이고 分立된 立法、 行政、 司法은 全國民의 福祉에 對하여 各各 責任을 져야 할 것이다. 國家機能에 있어서만 民主的인 原則下에서 그 組織과 機構를 漸次로 發展시켜 나갈 것이 아니라 道、 郡、 또는 市、 邑、 面의 公的權力의 組織에 있어서도 自由의 原則을 强化하고 共同決定과 共同責任을 通하여 民主主義的 諸制度가 지니는 여러 가지 機會를 國民에게 고루고루 줄 수 있는 組織과 機構로 發展시켜 나가야 할 것이다. 이러한 뜻에서 나는 市、 邑、 面에 있어서는 自由의 原則을 尊重해야 되고 그것을 擴充하여 財政的으로 保證해야 할 것이 大端히 重大한 課題라고 確信하는 바이다.

여러 團體나 여러 階層의 사람들이 共通의 目的으로 結合한 團體는 現代社會에 있어서 不可缺한 制度인 것이다. 그러나 이러한 團體의 活動은 民主主義的인 秩序를 지키지 않으면 안된다. 그의 勢力이 크면 클수록 그의 責任도 重大하며 자칫 잘못하면 힘을 惡用할 危險이 많다. 議會나 政府나 혹은 裁判所는 各種의 利害 또는 그 代辯者로부터 지나치게 치우친 영향하에 빠져서는 아니 될 것이다.

民主的이고도 自由로운 協同社會에 있어서는 新聞、 라디오、 테레비 및 映畵는 公共的 役割을 遂行하는 것이라야만 한다. 이러한 媒介體가 自由 그리고 獨自的으로 어떠한 곳에서든지

私心이 없이 뉴우스를 모아 整理하고 報道하고 또한 自己의 責任下에서 見解를 세워나가고 그 것을 貢獻할 수 있어야 할 것이다. 그러나 나는 지난 날과 같이 政治的으로 利用當하고 虛僞事實 을 날조하고 弱한 國民을 등쳐먹는 似而非 言論機關이나 言論人의 自由로운 活動이 容認되어야 된다는 것은 決코 아니다. 이것은 어디까지나 라디오、테레비、新聞과 같은 媒介體는 公共的이고 도 올바른 性格을 保持하여야 하며 이를 爲한 責任感을 느껴야 된다는 것을 뜻한다。 即 이러한 媒 介體는 自由롭고도 民主的으로 運營되어야 하며 또한 어떠한 一派 一黨에 치우친 影響下에 그 運用이 左右되거나 그가 지니는 社會的 責任을 忘却해서는 안 된다는 것이다。

또한 裁判官은 國民의 이름밑에서만 法을 다룰 수 있게 하기 위하여 外的으로나、內的으로 도 獨立되지 않으면 아니 된다。 지난날은 돈있는 사람、 權力있는 사람이 法을 自意대로 左之右 之하는 處事가 許多하였고 無力한 一般大衆은 法의 正當한 保護를 받지 못하는 경우가 많았는 데 앞으로는 經濟上 優劣이나 權力의 高下가 裁判의 訴訟方法이나 判決을 左右해서는 안된다。 諸法規는 때에 따라서 社會的인 發展과 步調를 같이 하면서 法의 理念을 實現해야 하며 同時에 法意識과 矛盾되지 않도록 裁判官은 勿論 모든 國民은 努力하지 않으면 안된다。

四 最大의 自由와 最少의 計劃

革命後 우리가 志向할 經濟、社會、政治의 目的은 한마디로 말해서 國民大衆의 福祉의 不斷 한 增進、隷屬과 착취가 없는 自由로운 生活과 아울러 增大되는 所得에 對하여 國民大衆의 公

平한 參與를 이룩하는 데 있다고 본다。勿論 우리들이 理想으로 생각하는 國民大衆의 福祉의 增

임없는 增進이나 착취와 隸屬없는 自由로운 生活이 하루 아침에 이루어질 수 있는 그리 簡單한

문제는 아니다。그러나 우리들은 적어도 社會經濟秩序의 根本的인 目標는 비록 당장 實現되지

는 못할지언정 우리가 이를 爲하여 前進해야 될 目標인 것이다。

이러한 目標가 達成되기에 앞서서 解放以後 十數年동안 제자리 걸음을 걸어온 韓國의

貧弱한 經濟力이 보다 向上되고 위축된 生産力이 飛躍的으로 成長하지 않으면 안된다。이러

한 飛躍的인 經濟成長을 이룩하기 爲하여서 코앞에 있는 個人的인 利潤에만 얽매이지 말고 이

를 是正하여 적어도 共産威脅에 直面하고 있는 韓國의 유구한 將來를 爲하여 公共의 利益을 優

先케 하는 社會 經濟 秩序를 確立해야 될 것이다。이와 같은 公益優先의 經濟를 이룩하기 爲

해서는 우리가 가지고 있는 모든 資源의 合理的 配分을 可能케 할 수 있는 經濟의 計劃化、

또는 長期開發計劃이 緊急히 要請된다。이러한 意味에서 革命後 最初로 始作할 第一次 五個年

計劃을 革命政府의 모든 힘을 다하여 成就하려는 것도 長期開發計劃없이 韓國의 生産力의 增

强이나 雇用量의 增大를 가져올 수 없다는 데 있다。

그러나 經濟의 計劃化나 또는 長期開發計劃이 個人의 經濟的 活動의 創意性과 社會的 自發性

을 減少시키는 結果가 招來되지 않도록 特別한 措置와 特別한 努力을 傾注해야 할 것이다。이

러기 爲해서 어디까지나 經濟의 計劃化나 또는 長期開發計劃化는 그 目的이 國土의 綜合的 開

發을 함으로써 그 利用度를 높이는 데 있기 때문에 經濟의 合理性의 增進이라는 觀點에서 産

業配置의 地域的 再編成과 投資의 計劃化를 推進하고 必要한 때는 行政的 統制를 行할 경우도

있을는지는 모르되、그러나 어디까지나 우리는 價格機構와 競爭이 가지는 長點을 充分히 活用

하여 獨占的 慣行의 弊害를 排除하지 않으면 안된다。

따라서 우리는 計劃化를 爲한 計劃化는 됬어도 안되고 있어서도 안된다。 그러나 長期經濟開

發計劃을 强力히 實行하는 데 必要한 範圍內에서 그리고 또한 巨大한 經濟力을 國民的 統制下

에 두기 爲하여 必要한 限度內에서 産業의 公益化가 公共의 利益을 爲한 獨占의 弊害를 爲한 公正한 方法으로서 必

要할는지 모른다。 그러나 不當한 個人的인 私利를 爲한 獨占의 弊害를 除去하기 爲하여 公益

化되는 産業에 있어서도 可能한 限 競爭的 要素를 導入해야 할 것이다。

또한 우리 社會가 克服해야 할 가장 큰 經濟的 試練은 말할 것도 없이 莫大한 失業問題이다。

失業은 주지한 바와 같이 單純히 經濟的인 資源의 浪費일 뿐만 아니라 失業者의 道德的 資源의 額

廢를 가져오는 것이기 때문에 어떠한 方法을 通해서라도 完全 雇用을 爲하여 한 걸음 한 걸음

前進하지 않으면 안된다。 厖大한 失業이 그냥 放置된 채 國民의 精神的인 自覺을 促求하는

國民再建運動이 그 實效를 거둘 수는 없다。 그러기 때문에 職場없는 사람에게 일터를 주는 것은

單純히 國家의 國民大衆에 對한 經濟的인 惠澤만 주는 것이 아니라 國民大衆에게 道德的인 紀

綱을 불어 넣어주는 副次的인 手段이 되는 것이다。 이런 點에서 雇用의 擴大의 實現은 國家再

建途上에 있어서 焦眉之事이다。 따라서 우리 나라와 같이 領土가 좁고 資源이 豊富치 못한 나

라에서는 貿易을 擴大하고 近代工業을 일으키는 것이 完全雇用을 實現하는 데 있어서 緊急한 일

이 아닐 수 없다. 即 産業立地를 計劃하고 農村地帶의 近代工業을 誘致하고 農村의 過剩人口를 吸收함과 同時에 漸次로 勞動時間을 短縮하여 完全雇用을 實現하는 方向으로 나아가야 될 것이다.

美國의 援助德分에 우리 나라 사람들 가운데는 不當하게 謀利를 한 사람들이 많고 過去의 政治人들이나 實業家 가운데 不當하게 脫稅를 하거나 國家財産을 橫取한 事例도 個中에는 있었다. 이러한 點에서 反民族的인 政商輩나 一部 不正蓄財者들이 所有하고 있는 巨大한 財産은 正當한 勤勞의 成果로서 이루어진 것이라고 볼 수 없는 것이 대단히 많다. 따라서 將次에 있어서 徹底한 稅制改革을 함으로써 이들의 不勞所得을 國家가 徵收하고 그 收入은 社會保障 또는 教育 其他 公共의 消費에 支出하고 더욱이 必要한 경우에는 그것의 公益化에 依한 公益財産을 獲得함으로써 所得과 收入의 不平等을 是正하여 國民經濟力의 平等化를 可能한 限 밀고 나가야 될 것이다. 이렇게 함으로써 國民各者를 中産階級化하고 國民大衆에게 政策的 受益化를 期함으로써 우리가 志向할 民主的 協同社會의 根本的인 理想을 이룩해야 할 것이다.

뿐만 아니라 公私를 不問하고 大企業에 있어서 競爭者의 尨大한 힘의 擴大에 對應하기 爲하여 될 수 있는 限 雇用勞動者나 一般勤勞大衆이 經營에 對하여 發言權을 增大할 수 있도록 漸進的인 措置를 講究할 것이 必要하다. 勤勞者가 單純히 機械의 部分品에 그치지 않게 하기 爲하여서는 勤勞者의 創意를 可能한 限 集團的 또는 個別的으로 産業經營에 反映시킬 수 있는 特別한 方法이 마련되지 않으면 안되며 國家가 이러한 特別한 方法을 마련함으로써 勤勞者의 權益을 옹호

합과 同時에 勤勞大衆의 自發的인 強力한 支持를 確保해야 할 것이다.

또 한편 巨大한 企業間의 競爭이 거의 없는 産業에 있어서는 大槪 자칫 잘못하면 一般 國民大衆의 利益을 不當하게 侵害하는 結果를 招來하기 쉽기 때문에 이러한 産業에 있어서는 國民大衆 特히 消費者 大衆의 利害가 無視되지 않도록 國家는 特別한 配慮와 措置를 아끼지 않아야 될 것이고 그러기 爲하여서 될 수 있는 限 國家行政機關 또는 그의 指導下에서 任意的인 消費者團體의 産業競爭에의 監視와 發言을 漸進的으로 强化시키는 方向으로 나아가야 할 것이다.

또 한가지 여기서 强調하고 싶은 것은 資本主義나 共産主義를 不問하고 産業의 經營上의 規模가 巨大하기만 하면 無條件 좋다고 말하는 盲目的인 생각이 많다는 것이다. 勿論 特히 大經營이 有利한 條件과 部分을 많이 지니고 있다는 것도 否認할 수 없다는 것이다. 그러나 特히 中小企業이 그 獨自的인 特徵을 發揮할 수 있는 部門이 너무나 많다는 점도 잊어서는 안된다. 따라서 우리들은 中小商工業을 위축상태에 그대로 放置해 둘 것이 아니라 國家의 積極的인 資金調達이나 技術改良의 指導를 通하여 이들을 援助하고 이들의 協同經營化를 促進함으로써 生産性을 높이고 이들 中小企業의 從業員들에게 大企業에 뒤떨어지지 않는 所得을 保障하도록 努力해야 할 것이다.

그리고 제대로 面貌가 갖추어진 近代國家는 어느 나라고 間에 다 租稅 및 財政에 關한 決定 通貨 및 信用의 狀態에 關한 決定、關稅政策、貿易政策、社會政策、農業政策、住宅政策 및 價格政策 등을 通하여 自國의 經濟 發展에 끊임없이 影響을 미칠 수 있는 것이다. 이와 같이 하여 어

느냐라든지　間에　大槪는　社會的　生產物의　三分의　一　以上이　公共機關의　손을　거치게　된다。　따

라서　問題는　經濟上의　處理와　計劃이　合目的的인가　아닌가　아니고　누구가　익　處理를　하며　그

것이　누구를　爲하여　行해지는가가　問題인　것이다。　國家란　經濟過程에　對한　이　責任을　回避할　수

는　없는　것이다。　國家는　앞을　내다보는　景氣政策을　行할　責任이　있으나　그렇다고　國家가　經

濟　그　自體에　대한　萬能의　威力을　發揮할　것이　아니라　어디까지나　本質的으로는　經濟에　間接的

影響을　주는　手段에만　局限해야　될　것이다。

　그러기　때문에　國民의　自由로운　消費選擇이나　自由로운　職業選擇을　막아서는　안　될　것이며　이

는　비단　民主主義社會의　基本價值觀과　다를　뿐만　아니라　한　社會(特히　우리　社會　같은　後進民主

國家)의　經濟的인　成長과　發展을　爲해서도　좋지못한　또한　있어서는　안될　일이다。　따라서　自由

로운　消費選擇과　自由로운　職業選擇　및　自由로운　企業家의　創意야말로　한　나라의　經濟的　發展

에　있어서　決定的인　要因이　될　것이며　이러한　原則下에　自由經濟는　自由로운　經濟政策의　主要한

要素가　될　것이다。　賃金決定時의　勞動者의　組合과　使用者의　組合間에　이루어지는　自律的　決定은

自由로운　秩序의　本質的인　構成要素이다。　全面的인　强制經濟는　自由를　破壞하는　것이다。　때문에

우리가　志向하는　社會는　競爭이　항상　有效하게　支配하고　있는　것과　같은　自由市場을　肯定한다。

그러나　市場이　個人　또는　集團의　支配下에　떨어질　때는　經濟上의　自由를　갖기　爲한　여러　가지

措置가　必要하게　된다。「可能한　限　廣範한　競爭과　必要한　最少의　計劃」──이것이　原則이다。

五 所得의 均等과 經濟의 公益化

現代經濟의 그 本質的인 하나의 커다란 特徵은 끊임없이 增大해가는 集中化 過程인 것이다。

大企業은— 勿論 現段階의 우리 나라에 있어서는 必要하고도 不可缺의 要素이기는 하나— 經濟의 發展과 生活水準의 上昇을 決定的으로 規定할 뿐만 아니라、 經濟와 社會의 構造 그 自體까지도 變化케 하는 것이다。 經濟上의 大組織에 있어서 巨大한 富와 數많은 勤勞者를 支配하는 사람은 單純히 經濟行爲만 하는 것으로 볼 수 없고 또한 單純히 經濟行爲만 하는 데 그치지 않는다。 그들은 또한 人間에 對해서 까지도 老大한 權力과 影響力을 미칠 수 있는 것이다。 이와 같은 경우에 있어서 勞動者나 勤勞者의 隷屬은 經濟的 物質的 範圍를 훨씬 넘어 人間의 精神과 人格과 自尊心 까지도 흔들리게 하고 만다。 이러한 뜻에서 본다면 表面上 國家의 經濟力을 發展시킨다는 名分아래 個人的인 私利에 血眼이 된 大企業이 무시무시한 힘을 發揮하는 데는 自由로운 競爭이 存在할 수 없다。 따라서 똑 같은 힘을 發揮할 수 없는 사람은 똑같은 發展의 可能性이 막혀버림으로 해서 많든 적든 間에 自由를 빼앗기고 있는 셈이 된다。 消費者로서의 人間은 經濟上 가장 약한 地位에 있다。

어느 나라든지 어느 社會든지 間에 大企業의 指導者는 「카르텔」이나 「트러스트」를 通하여 보다 强力한 힘을 社會의 經濟的 및 政治的인 各領域에 미칠 수 있기 때문에 그들은 또한 國家

의 運營이나 政治에 對한 影響力까지도 獲得할 수 있는 것이다. 그 實例로서 旣往의 우리社會

에 있어서 經濟界의 人士가 國家行政이나 國家政策에 決定的인 壓力을 加하여 自己네들에 有

利한 法律을 만들었고 必要하다면 法을 어겨가면서도 橫財를 할 수 있는 힘을 가졌었다. 事實

이것은 自由로운 經濟活動을 沮害하는 길일 뿐만 아니라 또한 同時에 民主主義 原則에 어긋나는

처사가 아닐 수 없다. 萬若 그들이 經濟的 힘을 通하여 國家政策을 左右한다면 이는 그들이 民主

主義의 原則과 國民大衆의 意思와는 反對로 國家權力을 橫取하는 結果를 招來하고 만다. 바로

이러한 境遇를 두고 우리들은 經濟的인 힘이 政治的인 힘으로 轉換되었다고 斷定할 수 있을 것

이다. 그러나 이러한 事態가 展開된다는 것은 人間의 價値、自由、正義 및 社會的 安全에 對한

挑戰이며 人間社會의 原理라고 생각되는 萬人의 平等에 對한 危脅이 될 것이다.

그러기 때문에 大經濟力의 特히 私的인 大經濟力의 國家에 依한 調整과 指導 監督은 自由로

운 經濟政策의 中心課題가 되지 않을 수 없다. 國家나 社會는 强力한 利益集團이나 個人的 私慾

의 犧牲物이 될 수 없으며 또 되어서도 안 된다. 勿論 이러한 얘기를 한다 하여 내가 生産手段의

私有를 否認하는 것은 결코 아니다. 오히려 自由로운 社會는 國民全體의 利益이나 國家發展上

必要한 境遇를 除外하고는 生産手段의 私有는 無條件 認定되어야 한다. 即 生産手段의 私有는

公正한 社會秩序의 建設을 막지 않는 限 社會的으로 保護될 權利를 가지고 있으며 또한 自由社

會라는 理念的인 要請에 따라 이러한 權利의 伸張을 講究하지 않으면 안 된다.

우리들은 中小企業을 積極的으로 振興育成시키지 않으면 안 된다. 뿐만 아니라 國家는 이들

中小企業의 競爭을 通하여 그 참다운 價値를 드러낼 수 있도록 그 前提條件을 이룩하는 데 最大의 努力을 기울이지 않으면 안된다. 即 中小企業의 振興과 그의 育成이 없이 經濟의 自由로운 競爭이 存立할 수 없고 이러한 自由로운 競爭이 없는 곳에서 國民個人의 眞正한 機會均等과 自由로운 活動이 保障될 리 만무하다.

그러나 公共企業에 依한 競爭은 私企業의 市場支配를 防止할 수 있는 決定的인 手段이다. 이와 같은 企業을 通하여 全體의 利益과 國民大衆의 福祉가 尊重되지 않으면 안된다. 또한 私的인 利潤의 獲得을 主眼으로 하는 것이 아니라 需要에 따라 運營되는 自由로운 共同經濟體의 企業은 價格調節的 役割을 行하게 되어 特히 消費者 大衆에게 利로운 것이다. 따라서 이러한 企業은 民主社會에서는 價値있는 機能을 遂行할 수 있기 때문에 積極的으로 그 振興에 힘써야 할 것이다.

우리들은 經濟의 權力構造와 企業의 經營狀態에 關한 知識을 國民大衆에게 주기 爲하여 廣範圍한 公報活動을 積極的으로 推進하지 않으면 안된다. 왜냐하면 이러한 活動에 依하여 우리들은 權力의 惡用에 反對하는 輿論을 喚起시킬 수 있고, 그러한 輿論을 國民大衆의 利益을 爲하여 動員할 수 있기 때문이다. 또한 우리들은 效果的인 公益的 管理에 依하여 經濟力의 惡用을 沮止시키지 않으면 안된다. 이러한 惡用을 沮止시키기 爲한 가장 重要한 手段은 말할 것도 없이 投資管理 및 市場支配力의 管理인 것이다.

그러기 때문에 우리가 여기서 잊어서는 안 될 것은 公益化란、如何한 近代國家도 斷念할 수 없는 公的 管理의 正統的인 한 形式인 것이다. 그것은 大經濟組織의 過大한 힘으로부터 國民大衆의 自由를 守護하는 데도 必要하다. 大企業에 있어서는 支配力은 主로 經營者의 手中에 있으며 經營者는 누구의 것이라고도 말할 수 없는 無形의 諸權力에 奉仕하고 있는 셈이다. 그러기 때문에 오늘날에 있어서 生產手段의 私有는 廣範圍에 걸쳐 그 支配力을 잃고 있다. 따라서 現代의 中心問題는 「經濟力」의 문제라고 해도 지나친 말이 아니다. 따라서 다른 手段을 通하여서는 經濟的 힘關係의 健全한 秩序를 保證할 수 없는 限에 있어서만 公益化는 妥當하고도 不可缺한 條件이 되는 것이다.

그러나 비록 經濟力이 國家의 손에 依하여 集中된다 하더라도 集中 그 自體가 여러 가지 非民主的인 非能率的인 危險을 초래할는지도 모른다. 그러기 때문에 公益的 財產은 언제나 自治 및 權力分散의 原則에 따라서 組織되지 않으면 안된다. 公的인 經營組織에 있어서는 勤勞者나 勤務者의 利益은 公共의 利益 및 消費者의 利益과 똑같이 이러한 公的인 經營組織에 代表되지 않으면 안된다. 即 中央集權的인 官僚制度에 依해서가 아니라 모든 關係者 즉 國民大衆이 自己의 責任을 自覺하여 協力하는 것이야말로 共同體에 가장 잘 奉仕하는 길이며 또한 民主主義原則과 精神에 符合되는 일이라고 생각된다.

여기서 또한 特記할 것은 高麗와 李朝時代는 말할 것도 없고 解放後 自由黨 政府와 民主黨 時代를 通하여서도 社會的인 所得과 財產이 國民大衆에게 公平하게 分配되어 왔다고는 믿어지지 않는다. 勿論 그 理由에 對해서 말하는 사람에 따라서 가지 各色으로 理由를 들 것이나 이것

은 어디까지나 本質的으로는 少數者의 所得과 財産의 形成에만 利롭게 하고 國民大衆이나 勤

勞大衆의 財産形成을 沮害한 經濟政策의 所産이며、이와 더불어 六·二五 共産侵略에 依한

戰爭의 被害와 財政的인 惡條件에 依한 大量의 財政破綻의 結果라고 생각한다。따라서 우리

들은 모든 人間이 自由로운 決意에 依하여、增大해 가는 所得으로 自己의 財産을 만들 수 있

는 生活의 條件을 創造할 수 있도록 모든 努力을 기울이지 않으면 안된다。이러한 生活條件

의 創造에는 公平한 分配를 隨伴하는 社會的 生産物의 不斷한 增大를 前提로 하지 않으면 안

된다。

바꾸어 말한다면 이러한 目的을 達하기 爲하여서는 國民大衆의 大經濟體의 經營資産에의 適

切한 所有、參與分이 不斷히 增大되면서 財産으로서 널리 一般大衆에게 分散되든지 또는 共通

의 目的을 爲해 奉仕할 수 있기 爲한 適切한 措置가 取해지지 않으면 안된다。

오늘날 우리들의 時代의 가장 두드러진 特徵의 하나는 많은 數의 사람 特히 韓國의 境遇에

있어서는 많은 農村 사람들이 아직도 움집과 같은 오막살이 밑에서 飢餓와 貧困의 채찍질에

시달려가며 살아가고 있지만 또 한편에 있어서는 特權階層 特히 政治的인 權力의 特惠의 脚光

을 받아온 特權層은 無制限하게 安樂한 私生活을 즐길 수 있다는 것은 우리 國民의 羞恥이며

우리의 國家的 發展을 가로막는 癌的인 障碍가 되고 있다는 것을 우리들은 痛切히 느끼지 않으

면 안된다。따라서 우리들은 協同的이고 自由로운 社會를 하루 빨리 이룩하기 爲하여

이와 같은 歪曲된 現實을 바로 잡기 爲하여 우리들의 共通의 課業으로서、누적된 貧困、疾病、

無知를 하루 빨리 追放하고 自由롭고 繁榮된 福祉國家建設에 우리의 모든 힘을 총집결시켜야

할 것이다. 우리는 지금 軍事競爭은 물론「經濟競爭의 時代」에 들어섰다. 勞動者의 樂園을 입

으로만 떠들어 대는 無自由의 强制勞動收容所化한 蘇聯、中共과 같은 共産黨에 이기는 길은 우

리가「더살기 좋은 사회」「굶주리고 배고프지 않은 사회」를 하루 속히 건설하는 길일 것이다.

六 零細農業의 脫皮와 農村復興의 길

經濟的인 自由를 위한 政策의 原則은 數千年 묵은 韓國의 零細農業과 農村에도 빈틈없이 適

用되어야 할 것이다. 그러나 韓國이 宿命的으로 지녀왔던 零細農業의 構造와 農業生産에 現實

的으로 避할 수 없는 人爲的인 要因과 自然的인 要因이 너무나 크기 때문에 韓國의 零細農業과

生産費 以下의 農業生産條件을 改善하는 데는 國家的인 非凡한 勇斷과 特別한 措置가 要求되지

않을 수 없다.

勿論 解放以後 土地改革에 依하여 모든 農民은 農土를 가질 수 있는 權利를 賦與받고 또한

편 農土를 가질 수 있어야 했었다. 그러나 農地改革以後 農村에는 새로운 型의 小作制度가 생

기고 새로운 型의 地主가 나타났으며 게다가 穀價의 波動이 激甚함에 農民의 피땀 흘려 얻은

穀物도 때에 따라서는 제대로 그 값어치를 받지 못했다. 우리들은 農業이 보다 健全하게 發展

될 수 있는 國家의 經濟政策的 配慮를 함과 아울러 韓國의 農業이 經濟全體의 發展에 充分히

寄與하고 누구든지間에 勤勉한 農民이라면 都市人에 못지않는 生活水準을 確保할 수 있도록

農作法의 改良과 國家的인 支援에 依한 農家副業을 積極 獎勵해야 할 것이다. 즉 農業의 現代化와 能率을 높이는 것은 革命政府의 焦眉之事이다.

그러나 우리의 農村實情은 數百年來에 꼭같은 農業經營으로 子子孫孫으로 그대로 踏襲해온 耕作方法을 그대로 採擇해 왔기 때문에 農村復興의 길은 收益性 있는 農業經營方式을 發展시키지 않으면 안된다. 이러한 收益性 있는 農業經營의 하나가 이미 言及한 바와 같이 有畜農業과 農産物加工의 開拓以外에 別道理가 없다. 이러한 分野를 開拓하는 데 반드시 先行되어야 할 것은 우리들 農民스스로가 依他心과 宿命的隋性에서 하루 빨리 벗어나 自治意欲과 開拓精神의 十分 發揮하는 것이다. 政府는 政府대로 農業人口에 特別한 惠澤을 주고 그들의 總生產性의 向上과 大衆購買力을 增大할 수 있도록 農業所得의 確保에 必要한 市場政策과 價格政策을 써야 될 것이다. 勿論 이러한 境遇에 있어서도 消費者 大衆의 利益과 國民經濟上의 利益을 充分히 參酌하여 우리가 當面한 農村問題의 諸路를 하나하나 解決해 나가야 할 것이다. 卽 具體的으로 말한다면 都市民의 消費生活에 決定的인 影響을 주지 않는 限 農村收入의 維持와 向上을 爲한 大膽한 政策을 政府는 밀고 나가야 될 것이요、우리의 友邦으로부터 善意의 理解를 얻을 수 있는 限、農村의 生產價格에 壓力을 줄 수 있는 剩餘農産物의 導入은 漸進的으로 減少하는 方向으로 政府는 努力해야 될 것이다.

또한 農民의 經濟的인 生活向上과 그들의 所得增加를 積極的으로 增大케하기 爲하여 政府와 國民은 農業協同組合運動을 强力히 展開해 나가야 할 것이다.

우리들은 經濟復興을 爲하여 農業의 發展이 必要하고 國民經濟의 全體的인 面에서 적어도 農業의 自給體制의 確立이 緊要하며 나아가서는 貧弱한 우리나라의 現國際收支를 改善하기 爲하여서도 될 수 있는 限 農産物의 海外輸出을 獎勵하여야 할 것이다. 또 한편 우리들이 切實한 것으로 생각하고 있는 國民經濟의 發達도 따지고 보면 國民生活의 向上에 있어서 國民의 六割以上을 차지하고 있는 農村의 生活問題와 그들의 經濟的인 後進性의 脫皮를 緊急한 문제로 생각하지 않을 수 없다. 비단 國民의 六割이 農民이라는 것뿐만 아니라 더우기 農村과 農民은 우리 나라 産業發達을 促進시키는 廣範한 市場이라는 點에서도 農家所得의 向上은 지극히 重要視되지 않을 수 없다. 이러한 여러 문제들을 圓滿히 解決함으로써 農民이 잘 살고 나아가서는 國民經濟가 發達할 수 있는 길을 積極的으로 打開해야 되는데 그 重要한 內容을 든다면 大略 다음과 같다.

첫째 法으로써 農民의 高利債를 整理하여 農漁村經濟의 安全과 成長을 促進하고 農民의 生活水準을 높이기 爲하여 農業生産力을 增進시켜야 할 것이다. 革命以前에 우리 나라 農家高利債는 約 八○○億이라고 말해 왔는데 이러한 高利債가 있고서는 農民의 生活을 向上은 커녕 漸次 困窮하는 癌이 되었으며 農業에 對한 生産意慾을 低下시켰고 나아가서는 農業生産에 많은 障碍를 가져왔었다. 우리들은 이 高利債를 整理하고 高利債의 壓力에서 오는 農民의 苦痛을 解消시키며 農民의 生活을 보다 낫게 하고 그들에게 일해 보겠다는 生産意慾을 진작시켜야 될 것이다. 勿論 革命後 第一次的으로 高利債는 整理했으나 앞으로도 政府는 農民이 질머

질 수 있는 이와 같은 惡質的인 負擔이 다시는 再發되지 않도록 不斷의 努力을 기울여야 될 것이다. 萬若 이러한 不美로운 사태의 徵兆가 나타난다면 即刻的인 政策措處가 취해져야 할 것이며 또 事前에 이러한 사태가 나타나지 않도록 充分한 營農資金의 放出이 適期에 이루어져야 할 것이다.

뿐만 아니라 農家의 所得을 增進시키기 爲하여 有畜農家를 積極的으로 組成시키는 한편 優良한 乳牛를 비롯한 種畜을 外國에서 導入하는 한편 海外市場을 開拓하여 畜産物의 輸出로써 畜産業을 發展시켜야 된다. 지금까지의 農家所得의 內容을 보면 農民들은 九○% 以上을 農業所得에 依存하고 있으며 또 農業所得의 大部分이 米作을 中心으로 하는 耕種農業에 依하여 이루어져 왔다. 農家所得을 높이기 爲하여서는 하루 빨리 米作을 中心으로 하는 單作經營을 止揚하여 立地條件에 適應한 畜産、養蠶、特用作物等과 같은 收益性이 높은 複合經營을 發展시키지 않으면 안된다. 勿論 이에 따르는 市場의 開拓문제와 아울러 流通過程에 있어서 農産物의 價格을 適正水準에서 維持할 수 있도록 農産物價格維持法을 制定하여 農民의 出血을 防止해야 될 것이다. 農村復興을 達成하는데는 비단 이와 같은 農産物 價格維持法에만 依存할 것이 아니라 앞서 말한 바와 같이 農民의 營農에 支障을 주지 않고 農村高利債的인 諸要素를 事前에 防止할 수 있는 營農資金을 適期에 大幅的으로 放出해야 할 것이다. 또한 農業協同組合은 旣往과 같이 執權層의 權力維持를 爲한 政治道具로 有名無實하게 放置할 것이 아니라 名實相符 農村의 손이 되고 발이 되어 農村의 金融과 販賣事業을 展開함으로써 不

必要한 中間利得을 排除하여 農民利益을 擁護하는 機關이 되어야 할 것이다.

뿐만 아니라 이러한 農村復興을 爲한 諸要素와 아울러서 旣往의 農村啓蒙을 再檢討해야 할 것

이다. 農民의 貴重한 時間의 浪費만을 招來했을 뿐 實質的으로 그 成果를 거두지 못했던 過去의

無計劃한 各種의 農村啓蒙事業을 單一化하여 計劃的이고도 實質的인 事業으로 再編成하여 農

村生活을 改善시키고 營農의 技術을 改良하여 農業政策은 實로 農業生産을 增進시키는 데 이바

지해야 할 것이다.

지금 우리는 自立經濟體制를 確立하고 富强한 經濟 터전을 닦기 爲하여 國民의 모든 努力의

集中을 要請하는 바이다. 따라서 國家의 綜合的인 經濟復興政策 가운데 하나로서 우리 나라 農業

政策은 經濟開發 五個年 計劃을 推進시키는 데 重要한 役割을 해야 할 것이다. 이런 意味에서

革命以後 우리의 모든 努力을 集中시켜 農業 生産을 增强시키고 農村復興을 達成하려는 우리

의 努力이 失敗되느냐 成功하느냐가 그 計劃全般의 成敗를 左右할만한 重大한 比重을 차지하

고 있다.

또한 經濟開發計劃에 있어 聯關産業으로서 農業의 重要性을 勘案하여 農村의 電氣化와 工業

化를 推進함으로써 農村의 遊休勞動力을 利用하고 山林의 造成과 治水事業으로 用材와 電源을

開發하는 등의 綜合的인 開發은 農業生産을 向上시키고 農家所得을 上昇시키며 이는 工業生産

物의 有效需要를 誘發시켜 結果的으로는 우리나라 經濟를 크게 成長시키어 自立經濟의 確立

은 그 열매를 맺게 될 것이다.

七 協同的인 福祉社會의 秩序

近代産業社會는 모든 人間에게 安定된 生活을 確保할 前提를 마련하였던 것이다。모든 市民은 年老해 졌을 때에나 廢疾의 경우에는 國家로부터 最低의 生活保障과 保護를 받을 權利를 가지고 있다。특히 英國과 같은 福祉國家에서는 「나면서부터 무덤까지」의 社會保障이 되어 있는 것이다。大槪 後進 民主諸國에 있어서 이러한 國民의 權利가 法律的으로 社會的으로 確保될 수 있는 經濟的인 力量이 充分히 成長하지를 못한 탓으로 이러한 國民의 諸權利가 實效를 거두지 못헀다。그러나 將次 우리가 志向하는 社會에 있어서는 生活의 保障을 받을 수 있는 國民의 權利와 年老하고도 廢疾한 國民을 保護할 수 있는 國家의 義務가 双務的으로 着實히 遂行되어야 할 것이다。우리 나라도 國家的인 總體的인 經濟成長이 이룩된다면――勿論 革命政府가 이를 爲하여 最大의 努力을 傾注하고 있지만――現代福祉國家의 機能을 充分히 遂行하기 爲하여 國民의 公的 年金制 또는 公的 保險金請求權을 新設하여 그 法이 社會的으로 그 實效를 거둘 수 있도록 해야 할 것이다。

「나면서부터 무덤에 이르기까지」의 國民各者의 最低限의 生活을 社會的으로 保障한다는 것은 民主的인 協同社會의 義務인 것이다。따라서、우리는 可能한 限 短時日內에 戰傷、失業、疾病 災害 등의 各種 社會保險을 마련하고 養老 年金制度를 設置하고 最低의 賃金制度를 實施할 수 있도록 우리들은 努力해야 될 것이다。이와 같은 諸社會保障制度가 實施됨으로써 우리의 땅

위에 사는 모든 사람에게 人間다운 生活을 確保할 수 있게 될 것이다. 이렇게 함으로써 國際共

産主義의 무서운 傳染病을 完全히 排擊할 수 있고 共産黨과의 政治的인 對決에 있어서 大韓民

國의 二千五百萬의 國民의 力量을 제값어치로 發揮할 수 있는 條件을 이룩할 수 있을 것이다.

또한 國民의 健康을 보살핀다는 것은 國家의 重要한 義務가운데 하나이다. 醫療施設의 設

備를 爲하여서 國家는 그 各各의 威脅에 對하여 充分한 配慮를 한다는 것이 必要한 일이다.

그러나 내가 생각하기에는 解放以後 十數年동안 우리의 醫療機關이 國民的인 健康을 이룩하고

繼續的으로 發展시키는데 自己의 義務를 充分히 다하였다고는 볼 수는 없으며 더욱이 國民保健

을 이룩하기 爲하여 責任을 지고 있었던 지난날의 政府 역시 自己의 義務를 다하였다고는 볼

수 없다. 그러기 때문에 革命以後 將次 우리 社會는 그 어느 나라의 國民의 健康하고도 明

朗하고 強力한 社會를 이룩하기 爲하여 그 하나의 條件으로서 國民의 健康의 維持을 우

리 社會의 窮極의 目標로 두어야 한다. 都市, 農村, 漁村을 不問하고 일터와 居住地의 公衆衛

生施設을 擴充한다는 것은 國民의 精神的、肉體的、健全化를 達成하기 爲한 巨步가 된다는 것

을 잊어서는 안된다.

우리들은 漸進的으로 그리고 될 수만 있으면 모든 일터의 作業場의 衛生 安全施設을 全國的

으로 改善함과 同時에 公共住宅의 擴充에 依하여 판잣집을 없애고 煤煙을 防止하고 上下水道

를 完備하는 등의 居住地域의 改善에 關하여 地方自治體의 自發的인 事業을 積極的으로 도와

주어야 되며 이를 더욱 촉진해 나가지 않으면 안된다. 우리는 國家의 施策을 通하여 國民의

애로와 어려움을 들어주는 政治가 되어야만 할 것이며 庶民大衆에게 經濟的인 惠澤을 줄 수

있는 政治가 이루어져야 한다고 確信한다.

우리들이 將次 健全하고도 協同的인 福祉民主社會를 이룩하기 爲하여서는 社會的으로는 國民의 健全한 家庭生活이 倂行되어야 한다. 健全한 家庭生活은 政治的 經濟的인 活動에 앞서 民主主義的 社會의 가장 基本的인 土臺가 되는 것이다. 國家는 앞서 指摘한 바와 같이 國力이 許容하는 限 社會保障制度를 徹底히 실시할 것은 勿論이고 또한 이러한 社會保障制度를 徹底히 實施함으로써 夫婦親子의 愛情을 中心으로 한 幸福한 家庭生活이 各者에게 保障되도록 努力해야 할 것이다. 各個人의 幸福스러운 家庭生活을 떠나서 健全한 民主社會가 꽃을 피울 수가 없으며 父母親子間의 愛情과 人格을 中心으로 한 幸福한 家庭生活이 各個人에게 保障되지 않고서는 協同的인 民主福祉國家를 이룩할 수 없다. 殘惡하고도 非人道的인 國際共産主義者는 自由民主主義的인 政治的諸要件을 拒否함과 同時에 먼저 國民個個人의 神聖한 家庭內에 있어서 個人生活의 自由를 抑壓하고 家庭內에 있어서 私生活의 거룩함을 모독하였던 것이다. 健全하고도 協同的인 民主社會에 있어서는 國民 個個人의 幸福한 家庭生活을 各人에게 國家機能을 通하여서까지도 保障하지 않으면 안 될 時局에 처했다고 할 수 있다. 그러나 國家의 힘으로 幸福한 家庭生活을 保障해야 한다고 해서 家庭生活의 內部에 國家의 힘이 뻗치고 國家가 干涉해야 된다는 것을 決斷코 意味하지 않는다.

우리 나라의 民主化의 大衆的인 基礎를 넓히는 데 있어서 뺄 수 없는 決定的인 要素는 勞動組合 및 其他 勤勞者의 團體의 健全한 發達이라 하겠다. 勿論 解放以後 十數年동안 우리에게는 이름만은 勞動組合 其他 勤勞者의 團體가 뚜렷이 存在하기는 하였다. 그러나 그러한 勞動 및 勤勞團體는 정말 勞動者나 勤勞者의 利益을 爲한 것이라기 보다도 오히려 그때 그때의 執權層의 政治的인 布石을 爲한 壓力團體로서의 道具로 轉落되고 말았거나 그렇잖으면 勞動者 및 勤勞者를 착취하는 勞動貴族으로 떨어지고 말았던 것이다. 우리들은 앞으로는 어떠한 方法으로 하든지 旣往의 좋지 못한 前轍을 勞動組合 또는 勤勞者의 團體의 指導者가 스스로 밟지 않도록 새로운 方策을 세워야 할 것이다. 왜 내가 이러한 문제를 유달리 強調하는가 하면 勞動者 其他 勤勞者의 團體의 健全한 發展은 民主的인 社會의 支柱이기 때문이다. 앞으로 우리 나라는 이러한 團體의 內部運營에 干涉하지 말고 그의 自主的 運營과 活動에 障害가 되는 것을 除去하여 그의 發達과 成長을 힘껏 돕지 않으면 안된다. 特히 이러한 勤勞者 團體의 自主的 運營과 活動없이 勤勞者團體의 運動과 發展이 達成되지 않기 때문에 共産主義 破壞分子가 內部的인 교란과 음모에 勞動組合을 積極 利用하고 있다는 確證이 들어나지 않는 限 勞動組合 運動의 內部에 國家가 干涉할 수는 없다. 오히려 우리 나라 같은 데서는 이러한 運動이 제 모습을 가지고 자라날 수 있도록 國家는 積極 도와야 된다는 것뿐이다.

特히 中小企業勞動者의 權益옹호를 爲한 組織化도 積極 돕지 않으면 안된다. 國家의 積極的인 支援과 아울러서 團體構成員 自身도 積極的으로 團體運營에 關心을 가지고 그의 團體가 몇 개의 指導者의 恣意에 依한 脫線行爲를 견제하고 特히 그 團體가 지나치게 特殊利益을 性急하게 主張하는 나머지 健全하고도 協同的인 民主社會의 全體에 不當한 또는 甚한 打擊을 주지 않도록 特別히 留意하지 않으면 안된다.

우리는 또한 靑年이 가지는 理想에의 意慾、 淸潔한 倫理感을 높이 評價하지 않을 수 없다.

그러나 오늘날의 社會에 있어서는 이러한 젊은 사람이 가지는 期待를 背信하는 경우가 너무도 많다. 그러기에 우리들은 아무리 우리 나라가 經濟的으로 어렵고 社會的으로 混亂되고 있다 하더라도 젊은 世代에게 未來의 希望과 期約을 가질 수 있는 諸施策을 施行하지 않으면 안된 다. 더욱이 老年과 壯年이 現實속에서 산다면 靑年들은 未來의 꿈속에서 산다고도 할 수 있 다. 旣往의 政權時代에 우리의 젊은 世代에게 未來의 꿈을 줄 수 있는 施策을 쓰지 않았기 때문에 오히려 一部 性急한 우리의 젊은이들이 苛酷한 法의 심판을 받게 되었을는지 모른다. 따라서 우리들의 젊은이들의 꿈과 未來와 希望을 가질 수 있도록 모든 社會計劃에 參與토록 스스로의 힘으로써 이러한 計劃의 弊害를 克服할 수 있도록 指導해야 할 것이다.

그런가하면 젊은이는 젊은이대로 自己의 生活을 스스로 習得하고 將來에 있어서 社會에 對한 責任을 自覺할 수 있는 能力을 길러야만 된다. 그러기 때문에 國家와 社會는 한 家庭이 그 家族에게 敎育을 받을 수 있는 能力을 強化시키고 그것이 充分치 못할 경우에는 그 家族을 돕고 그리고 또한 必要한 경우에는 그 것을 代行한다는 課題를 걸머지고 있는 것이다. 또한 靑年들이 그의 情熱을 바칠 수 있는 職業的能力을 育成하기 爲하여 一般的으로 敎育扶助나 訓練扶助가 必要할 것이다.

또한 年少者勞動의 保護는 社會關係의 發展과 敎育上의 諸經驗에 相應해서 行해지지 않으

면 안된다. 젊은이들의 人格의 發展을 爲한 敎育과 援助의 必要를 充足시키기 爲하여 가장 進

步的인 靑年法을 制定해야 될 것이다. 靑年의 敎育, 指導, 保護에 關한 모든 生活能力에 있어서

이들 靑年의 福祉가 그 어떠한 것보다도 優先할 수 있다는 것을 생각하지 않으면 안된다. 우리

들의 젊은이는 좋던 나쁘던 間에 窮極的으로는 이 나라의 받아들이요 이 나라를 이어갈 기둥

인 것이다.

靑年에 對하여 國家의 特別한 關心과 더불어 우리 나라에 있어서는 女權에 對해서도 特別한

考慮를 하지 않으면 안된다. 왜냐하면 男女의 同權은 法律的으로도 社會的으로나 經濟的으로

반드시 實現되어야 된다는 것은 人間權利의 基本要請인 것이지만 그러나 우리 나라에 있어서는

數千年의 傳統的인 因襲때문에 이러한 權利가 모독되고 無視되는 경우가 너무나 많았다. 그러

나 民主主義가 發展하고 그것이 올바르게 國民의 日常生活의 土臺 위에서 成長하려면 女權의 伸

長이 없고서는 現實的으로 不可能하다. 이러한 意味에서 敎育이나 敎養의 形成, 職業選擇, 職

業活動 및 報酬에 對한 可能性은 男子와 같이 女子에게도 주어지지 않으면 안된다. 勿論 同權

이라고 해도 그것은 女子의 心理的 生理的, 特性에 對한 配慮를 無視하는 것이 되어서는 안된

다. 그러기 때문에 主婦의 家事는 職業勞動으로서 認定하지 않으면 안된다. 主婦 및 母親은

特別한 援助를 必要로 한다. 未就學兒童 및 就學兒童을 가지는 母親이 經濟的 理由에서 職

業을 가지게 되지 않도록 우리의 모든 努力을 集中해야 될 것이며 또한 이러한 社會가 하루빨

리 이루어지기를 빌어 마지 않는다.

八 民主的 理念과 文化와 教育의 새로운 秩序

個人의 創造的 能力은 豊富하고도 多樣한 文化生活가운데서만 自由로이 發展할 수 있다는 것은 東西古今을 通한 眞理이다. 앞으로 우리가 指向하는 協同的民主社會는 個人의 創造力이 充分히 發揮될 수 있도록、國民의 豊饒하고도 多樣한 文化生活을 營爲하도록 努力해야 할 것이다. 이러한 多樣하고 豊饒한 文化生活 가운데서만 또한 그것에 依하여서만 個人이 지니는 創造力 그 自體가 完全한 것이 될 것이며 또한 國民의 社會的 生活도 精神的으로 充足될 수 있을 것이다.

우리 나라의 文化政策은 모든 文化的 能力을 鼓舞하고 促進하는 것이 되지 않으면 안된다. 그러나 旣往의 우리의 歷史를 본다면 李氏朝鮮時代는 封建的體制이기 때문에、日帝時代는 日本의 植民地的인 支配體制때문에、또는 解放後에는 導入된 形式的이고도 似而非 民主主義가 낳은 政治的 腐敗때문에、事實上 모든 國民은 모든 우리 나라의 文化的 能力을 鼓舞하고 促進할 수 있는 形便이 되지를 못했다. 우리의 많은 有形無形의 文化財는 지금 博物館이나 地下室에 묻혀져 있는 것이 現實이며 有能하고도 活力있는 文藝人들이 發表와 創作의 機會를 잃고 시골에 파묻혀 눈물을 흘리면서 새로운 때를 기다리고 있다. 뿐만 아니라 文化도 一部 職業的인 人士만이 享有할 수 있으나 一般國民大衆 特히 農漁民이나 勤勞者는 이러한 文化로부터 隔離되어 왔다. 그런가 하면 一部 또는 많은 都市民들은 奢侈와 放縱과 流行을 文化인줄로 錯覺하고

있다。 덮어놓고 外國産의 「렛델」이 붙기만 하면 좋은 걸로 알고、 洋風을 풍기기만 하면 文化人

인 줄 알고 울긋불긋한 「네온싸인」이 반짝이면 國民의 矜持가 올라가는 줄 알고 있는 似而非

文化觀念이 우리 國民의 마음을 사로잡고 있었다。

　國民大衆을 文化에 接近시키는 同時에 文化를 生活化하여 우리의 固有한 民族文化를 創建해

나가지 않으면 안된다。 그러기 때문에 우리 나라가 現實的인 要請에 따라 우리가 지닌

文化를 他國과 交流시켜야 될 境遇라 하더라도 文化의 國際的 交流는 어디까지나 우리 文化의

主體性과 價値性을 찾았을 때 비로소 可能하기 때문에 于先 우리들은 무엇보다도 먼저 民族 固

有文化를 發掘保護하고 나아가서는 이를 海外에 紹介하는 한편 海外文化의 自立的인 攝取를

期하여 相互理解의 增進을 爲한 國際文化交流를 促進해야 할 것이다。

　이러한 點에서 보더라도 文化再建이 우리에게 얼마나 時急한 問題인가 하는 것을 痛感하지

않을 수 없다。 그러나 이러한 課業을 完遂하는 데는 앞서 말한 바와 같이 무엇보다 먼저 個人의

文化的인 創造能力이 向上되지 않으면 文化再建은 이룩될 수 없다。 모든 文化的能力을 鼓舞하

고 促進하는 것이라 하더라도 여기서 잊어서는 아니될 것은 國家는 國民의 精神的 文化的 生

活을 自己의 目的에 利用하려고 하는 權力集團이나 利益集團으로부터 國民을 保護해야 된다

는 것이다。

　그러면 文化再建에 있어서 宗敎나 敎會의 올바른 姿勢는 어떠한 것인가 하는 것을 여기에서

잠깐 言及하고자 한다。 宗敎란、 다른 宗敎와 다른 思想을 가진 사람을 同一한 價値의 人間이

라고 認定하는 相互의 寬容에 依해서만이 보다더 實質的이고 많은 人間的 政治的 共同生活을

爲한 確固한 基盤이 된다는 것이다.

國家는 宗敎와는 別個의 領域에 屬한다. 따라서 宗敎의 目的 亦是 國家의 目的과는 다르기

때문에 그 나라의 政治的인 影響과 壓力에서 獨立的으로 存在해야 된다. 國家는 敎會制度나

宗敎團體의 活動을 尊重하고 그의 法律的인 保護, 獨自的인 使命, 그리고 그 獨自性을 肯定해

야 한다. 그러나 宗敎的인 信徒가 宗敎的인 束縛으로부터 벗어나서 社會的인 事件에 對한 義務를

느끼는 社會的 責任을 걸머질 것을 肯定하지 않으면 안된다.

思想, 信仰 및 良心의 自由와 言論의 自由는 지켜져야 될 것이나 宗敎에 있어서나 世界觀에

立脚한 言論이 黨略的이거나 親共의이거나 反民主的인 目的을 爲하여 惡用되어서는 안된다.

모든 人間의 才質과 能力을 自由로이 發展시키는 것은 敎育과 敎化에 依해서만이 이루어질

수 있고 따라서 모든 人間에게 敎育과 敎化의 機會를 最大限으로 保障하지 않으면 안된다. 敎

育과 敎化는 現代에 있어서 劃一化의 傾向에 對한 抵抗力을 强化하는 것이 아니면 안된다.

이러한 抵抗力이 强化될 때만이 共産主義的인 人間 劃一化에 對한 反抗의 培養基가 될 수 있다.

그러기에 文化的 遺産을 배워 習得하는 것이나 現代의 社會生活을 形成하는 힘에 精通하는 것

은 바로 獨立된 思考와 自由로운 判斷力을 形成하는 基盤이 된다.

青年은 下級 및 上級의 學校에서 自由, 獨立, 社會的 責任意識을 서로 尊重하는 精神을 共同

으로 기르고 民主主義와 國際間의 相互理解의 課業에 參與할 수 있도록 集團的인 敎育이 必要

하다。 어떠한 集團的인 敎育은 여러 가지 世界觀과 價値體系를 가진 우리들의 世界에 있어서

理解、寬容、博愛、責任에 對한 自覺과 態度를 갖추게 하는 데 도움을 줄 수 있도록 하기 爲함

이다。

藝能敎育이나 生活敎育에 對한 實習은 敎養가운데서 가장 重要한 位置를 占하지 않으면 안

된다。國家나 社會는 敎育과 敎育施設에 依하여 藝術 및 藝術活動에 익숙할 수 있는 最大의

機會를 賦與할 義務가 있다。

우리의 歷史와 傳統이 文弱에 흘렀기 때문에 體育敎育에 對한 國民의 關心이 낮다。 그러나

體育은 各人의 健康에 이로울 뿐만 아니라 社會的 連帶의 精神을 形成하는데 本質的으로 有用

하며 더우기 우리 나라처럼 外交의 幅이 좁은 나라에 있어서는 體育을 通한 國際間의 相互 理

解와 親善의 機會를 擴大하기 爲해서도 必須不可缺의 課目이라 할 수 있다。 그렇기 때문에 五·

一六 後의 國民敎育의 施策이 비록 現實的인 諸要件에 뒤떨어지는 境遇가 있다 할지라도 可

能한 限 體育에 對하여 一般國民大衆의 關心과 이에 對한 理解를 促進하지 않으면 안된다。

그리고 또 한편 國家는 「스포츠」와 體育敎育을 社會의 모든 分野에 있어서 促進해야 할 義務

가 있다고 믿는다。

그리고 普通敎育은 過去처럼 形式上의 延長보다도 實質的인 充實에 最善을 기울여야 할 것이

다。 基礎學校에서부터 上級學校에 進學하는 敎育過程에서는 모든 才能을 充分히 開發할 수 없

기 때문에 職業的 勞動을 하면서 職業學校 乃至 特別敎育施設에 갈 수 있는 別途의 敎育「코스」

를 만들음으로써 高等敎育資格을 取得할 수 있는 機會를 열어 주어야 할 것이며 卒業看板만 따는 高等敎育機關은 淘汰되어야 할 것이다.

되어져야 할 것이다. 훌륭한 敎育을 行하기 爲해서는 그때 그때의 모든 問題를 獨自的으로 取

扱할 수 있는 敎師의 人格이 必要하다고 나는 생각한다.

왜 내가 敎育에 對해서 이렇게 생각하게 되었나 하면 내 自身 師範學校를 나왔고 한때 敎

師로서 남모르는 苦憫이 많았었기 때문이다. 事實 元來 우리 나라 敎育은 언제나 一線敎育爲主

가 아니라 敎育行政을 맡은 사람을 爲해서 있는 것 같은 印象을 많이 느꼈다. 敎育의 目標는

文敎部를 爲해서 있는 것도 아니고 道敎育局을 爲해 있는 것도 아니며 甚至於 學校長을 爲해서 있

는 것도 아니다. 어디까지나 學生 個個人을 爲해서 先生 個個人을 爲해서 存在

하는 것이다. 敎育의 當面目標는 一線敎育의 改善向上을 圖謀하는 것이어야만 한다. 元來 特

히 民主主義敎育에 있어서 敎育制度 및 敎育行政은 一線敎育을 改善、向上 시키기 爲해서 存在

하는 것임에도 不拘하고 지난날의 敎育制度나 敎育行政은 도리어 그 自體를 爲하여 一線敎育

이 있는 듯 制定되고 運營되었던 것이 숨길 수 없는 事實이다.

于先 우리는 學制를 改編하여 그 運營을 正常化해야 할 것이고 敎育稅制를 改革하여 無償義

務制를 實施해야 할 것이고 敎育行政機構를 一元化하여 敎育의 獨立과 一線敎育爲主의 行政態

勢를 確立해야 할 것이다. 그리고 過去 우리의 學校라는 것은 實際 當事者에게는 未安한 말이

지만 學校經營을 營利下에 隋落시키거나 家族財産의 共同就業所가 되었거나 個人榮達의 出世의

발판으로 轉落하고 말았기 때문에 青少年의 敎育을 올바르게 시킬 수도 없을 뿐만 아니라 또한

시킨다 하더라도 그 敎育이 제대로 그 모습과 구실을 다하지 못하였다.

더욱이 國力이 弱하고 經濟的인 後進性이 아직도 남아 있는 우리 나라의 形便에서 본다면 學

校라는 것은 青少年을 敎育하여 마침내는 自己가 자란 그 鄕土의 開發을 促進시켜 그것에 이바

지해야 할 使命을 지녔음에도 不拘하고 從來의 學校의 設立과 運營이 그 鄕土의 生活程度의

向上에 寄與한 바도 거의 없고 鄕土生活의 向上에 미친바 實績도 始無하였다.

시골에서 자라서 없는 살림살이에 한푼 두푼 긁어모아 敎育을 시켜놓고 보면 그 敎育의 效果

는 그 地方과는 關係없이 「네온싸인」이 반짝이는 都市에로만 集中되고 만다. 그런 故로 우리들

은 于先 鄕土離脫、形式置重의 學風을 打破하고 鄕土民의 敎育參與를 促進시켜 鄕土開發에 直

結되는 學校 經營態勢를 確立하도록 해야 할 것이다.

뿐만 아니라 各分野에 걸친 生産能力의 養成은 우리 나라의 産業의 近代化와 아울러 國家自主

經濟再建에 必須不可缺의 것이나 從前의 우리들의 敎育을 볼 것 같으면 進學을 爲主로한 敎育에

만 기울어졌고 進學爲主敎育의 紙筆式敎育에만 置重해 왔던 것이다. 따라서 이번 機會에 이러한 그릇된 敎

窮極的인 經濟的效果面에서 損失이 너무나 컸던 것이기 때문에 敎育이 가져오는

育의 方向을 바로잡기 爲하여 于先 實技敎育을 強化補充하고 敎育課程을 是正 改編하고 施設

의 確充을 期하여 實技 置重의 敎育을 實踐해야 할 것이다.

또한 입으로만 부르짖던 民主敎育을 止揚하여 民主主義의 實踐을 通한 學生의 生活指導로

改善해야 할 것이고 形式과 말에만 흘렀던 社會敎育을 實質的으로 强化하여 民主國家建設을 爲한 基本 資質을 涵養해야 할 것이다。

마지막으로 내가 平素에 생각하는 學問과 藝術에 對한 所信을 말하고 싶다。먼저 學問의 硏究와 指導는 東西古今을 莫論하고 自由로와야만 그 社會와 그 國家가 發展될 수 있다는 것을 믿는다。學問과 藝術의 自由로운 硏究없이 그 나라가 歷史上에 오랫동안 이름을 떨친 나라는 없다。

뿐만 아니라 學問과 藝術에 對한 硏究의 成果는 一般大衆이 쉽사리 接近할 수 있고 入手할 수 있는 形式으로 널리 發表되지 않으면 안된다。그렇게 함으로써 學問은 象牙塔안에서만이 學問이 아니고 藝術은 劇作家의 머리속에 머무르는데 그치는 即 藝術이 되지 않을 것이다。一般大衆과 結付되고 一般大衆의 生活經驗의 內容을 豊富히 하는 即 國家社會에 貢獻하는 民主社會의 學問과 그 學問의 社會的 責任性과 倫理性은 發揮될 수 있다。또한 이러한 學問과 藝術이 可能할 수 있다는 前提下에서 藝術과 그 藝術이 되어야 하기 때문이다。이러한 學問과 藝術의 自由로운 硏究및 指導를 爲하여 國家의 財政的인 事情이 容納하는 限度內에서 最大限의 支援과 아울러 公的인 資金을 주지 않으면 안된다。

또한 國家는 이러한 硏究의 結果가 人類에 害를 주지 않도록 하는데 用意周到한 關心을 기울여야 할 것이다。原則的으로 高等敎育機關의 自由와 獨立에는 國家가 干涉해서는 안될 것이다。그러나 高等敎育機關은 現實의 國民生活로부터 遊離되어서는 아니되며 그러기 때문에 其

他 民主的인 諸團體 特히 成人敎育團體와 充分한 協力을 하지 않으면 안된다고 생각한다.

藝術의 創造는 自由로와야 되고 國家나 地方自治團體는 創造的 表現力의 發揮에 도움이 되는 方策을 마련할 義務가 있으며 藝術의 發展이 規制 特히 檢閱에 依하여 制約되어서는 아니된다고 믿는 바이다. 自由롭고 自由의 責任을 다할 수 있는 社會야말로 共產主義者를 이겨낼 수 있는 唯一한 터전이라고 믿어마지 않는다.

끝으로 强調하고자 하는 것은 學者、 敎育者、 科學者、 藝術人 및 文人들은 우리 社會에서 尊待받을 수 있도록 되어야 하고 祖國再建에 先鋒이 되어 앞장설 수 있어야 된다는 것이다.

革 命 公 約

一、反共을 國是의 第一義로 삼고 지금까지 形式的이고 口號에만 그친 反共體制
를 再整備強化한다。

二、UN憲章을 遵守하고 國際協約을 忠實히 履行할 것이며 美國을 爲始한 自由
友邦과의 紐帶를 더욱 鞏固히 한다。

三、이 나라 社會의 모든 腐敗와 舊惡을 一掃하고 頹廢한 國民道義와 民族正氣를
다시 바로잡기 爲하여 淸新한 氣風을 振作시킨다。

四、絕望과 饑餓線上에서 허덕이는 民生苦를 時急히 解決하고 國家 自主經濟 再
建에 總力을 傾注한다。

五、民族的 宿願인 國土統一을 爲하여 共産主義와 對決할 수 있는 實力의 培養에
全力을 集中한다。

六、(軍人) 이와 같은 우리의 課業이 成就되면 嶄新하고도 良心的인 政治人들에
게언제든지 政權을 移讓하고 우리들 本然의 任務에 復歸할 準備를 갖춘다。

(民間人) 이와 같은 우리의 課業을 早速히 成就하고 새로운 民主共和國의 굳건
한 土臺를 이룩하기 爲하여 우리는 몸과 마음을 받쳐 最善의 努力을 傾注한다。

우리 民族의 나갈 길

一九六二年三月一日 初版發行
一九六二年三月十日 再版印刷
一九六二年三月十五日 再版發行

著者 朴正熙

發行者 金相文

印刷處 東亞出版社工務部

發行處

株式會社 東亞出版社

서울特別市西大門區忠正路二街一五七
電話③二九六六・九一六四～⑥⑧四七一
振替 口座 서울 第五三六番
登錄 一九五一年九月十九日 第二一七號

값 800환

朴正熙 著

指導者道

― 革命過程에 處하여 ―

朴正熙著

指導者道

―革命過程에 處하여―

著　者　近　影

혁 명 공 약

一、 반공을 국시의 제일의로 삼고 지금까지 형식적이고 구호에만 끄친 반공
    태세를 재정비 강화한다。

二、 유엔헌장을 준수하고 국제협약을 충실히 이행할 것이며 미국을 위시한 자
    유우방과의 유대를 더욱 공고히 한다。

三、 이나라 사회의 모든 부패와 구악을 일소하고 퇴폐한 국민도의와 민족정
    기를 다시 바로잡기 위하여 청신한 기풍을 진작시킨다。

四、 절망과 기아선상에서 허덕이는 민생고를 시급히 해결하고 국가자주경제재
    건에 총력을 경주한다。

五、 민족적 숙원인 국토통일을 위하여 공산주의와 대결할 수 있는 실력배양에 선

一

력을 집중한다.

六、 이와같은 우리의 과업이 성취되면 참신하고도 양심적인 정치인들에게 언제든지 정권을 이양하고 우리들 본연의 임무에 복귀할 준비를 갖춘다.

국가재건최고회의

二

革 命 口 號

間接侵略을 粉碎하고
革命課業 完遂하자!

國家再建 國民運動 要綱

一、 容共中立思想의 排擊

二、 耐乏生活의 勵行

三、 勤勉精神의 鼓吹

四、 生產 및 建設意識의 增進

五、 國民道義의 昂揚

六、 情緒觀念의 醇化

七、 國民體位의 向上

指導者 道

―革命過程에 處하여―

目 次

八

一、序 言

累積된 腐敗와 不正을 물리치며 國內的 對外的인 敵의 侵略으로부터 祖國

을 防衛하며 國家를 再建하기 爲하여 國民과 國軍의 總力量을 기울여야 할

이때에 處하여、무엇보다도 緊急한 問題는 그러한 力量을 옳게 指導해 나가

야 할 指導者들의 指導者道의 創造와 이의 確立이다。이와같은 우리 社會가 要

求하고 있는 指導者道의 確立이야말로 무엇보다도 先決돼야 할 課題이다。

事實 五·一六 軍事革命은 지난날의 우리 나라의 모든 指導者라고 하는 者

들이 確固한 指導者道를 갖지 못함으로써 國民을 塗炭에 빠뜨리게 하고 國

家를 累卵의 危機에 몰아넣은 結果 不可避하게 取해진 措置였다。지금 國家

再建의 先頭에 나선 우리 指導者들이 또다시 그 길을 그르친다면 國家와 民

族을 다시 救해 별 수 없는 마지막 窮地에 몰아넣고 말 것이다。이제야말로 國

家 存亡을 판가름하는 때이다。國家의 繁榮과 安全을 가져오기 爲하여 우리는 올바른 指導者道를 時急히 確立해야 한다。特히 革命期에 處해있는 指導者道란 英雄的이라야만 한다。우리 社會가 불타오르겠다는 기름(油)바다라면, 이 바다에 點火役割을 해주는 神化的作用이라야 한다。이를 爲해서는 安逸主義、利己主義、傍觀主義 및 宿命論者로 부터 脫却하여 被指導者(國民)가 부르짖는 것을 成就하도록 이끌어나가야 한다。

二、 指導者의 性格

一 指導者의 相對性

被指導者와 그들이 살고 있는 時代를 超越한 絕對的 指導者란 神以外에 人間中에서는 求해 볼 수 없다. 따라서 人間인 指導者의 價值는 被指導者가 그 時代에 要求하는 것을 어느程度 應해 주는가에 달려 있다. 그리고 그러한 要求들은 여러가지 現實的 條件의 制約때문에 모두 充足시킬 수 없는 것도 事實이다. 그럴진대 이 要求와 現實的 條件間의 間隙을 如何히 하여 最小限度로 좁히느냐가 곧 指導者의 指導能力인 것이다.

二 過去의 指導者

原始、 古代、 中世紀를 通하여 指導者의 槪念은 時代를 따라 腕力이 普通보다 强한 者、 體格이나 身體構造가 優秀한 者、 또는 一定한 門閥이나 血統을

一二

가진 者、어떤 英雄의 標準에 達한 者 等等으로 變遷해 왔다. 그러나 一言으로 要約하면 後天的인 要素보다 先天的인 要素에 指導者의 資格을 求해 왔기 때문에 指導者됨을 宿命的으로 생각해 왔고、따라서 後天的으로 努力하고 競爭하는 範圍는 넓지 못했다.

그리하여 被指導者는 指導者를 超人間視하고 偶像化하며、神聖不可侵의 態度를 가지게 되었으며 指導者의 立場에서도 被指導者가 그러한 態度를 가지는 것이 自己의 地位를 維持하는데 絕對 必要한 것이었다. 그러나 어떤 難關을 克服할 때에는 指導者에게 超人間的 奇蹟이나 魔術的 結果를 期待하기 쉬운 까닭에、指導者의 人間的 弱點이나 失手에 對해서는 同情이나 理解보다는 失望과 反感을 갖게 했다.

二十世紀 現代에 있어서도 民度가 얕은 國民들은 自己가 形式上 自由롭게 選擧한 指導者에 對하여 超人間的 能力發揮를 期待하는 것이 普通이다. 그런

三二

故로 이 矛盾을 調節하기 爲하여, 指導者를 둘러싼 側近者들이나 部下들이 人

의 帳幕을 쳐놓고 下意上達을 막으며 上意下達은 一方的 命令形으로 獨裁를

招來하는 수가 많다.

三 現代的 指導者

民主思想이 發達된 現代에 와서는 指導者는 被指導者와 利害關係를 共通으

로 가진 平等한 地位에서 그들과 같은 길을 걷는 同志이다. 卽

被指導者를 號令하는 者가 아니라 被指導者를 가장 잘 代表하는 者이다.

代表者인 故로 先天的이 아니라 後天的이오 固定的이 아니라 流動的이며 創

造的이다. 그 當時 그 大衆과 呼吸을 같이하며 그들이 가장 切實하게 願하

는 것이 무엇인가를 迅速 正確하게 把握하여 가장 可能한 方法을 찾을 수

있고 自己가 確信하는 方向과 가장 可能한 方法에 對하여 納得시킬 수 있

는 能力을 가지며 協力을 刺戟하고 이끌고 나갈 勇氣를 가진 者이다. 腕力이 强

一三

하다거나 學識이 優秀하다고 해서 반드시 指導者가 될 수 있는 것은 아니다.

三、被指導者의 分析

一 우리가 當面한 이 時代

二次 世界大戰後 世界는 赤色 帝國主義勢力과 人權과 個人의 自由를 尊重하는 民主主義 勢力間에 熾熱한 對立이 있다. 붉은 魔手는 오늘날도 힘이 弱하고 安定되지 못한 여러곳에 빠쳐지고 있으며、우리 나라에 있어서도 赤色 病魔가 中樞神經을 侵蝕하기까지에 이르렀다. 今般 革命前 우리 나라는 共産主義의 무서운 魔手앞에 瀕死狀態에 놓여 있었다. 爲政者들의 외침에도 不拘하고 우리 앞에는 人權과 個人의 自由 代身에 赤色 獨裁下의 奴隷狀態만이 있었다.

우리 民族은 오랜 동안의 日帝의 壓制와 暴力에서 解放된 後 自由民主思想을 받아드렸다. 그러나 우리의 民主主義는 長久한 時日을 두고 自覺과 自律과 自由精神이 뿌리를 깊이 박고 피어난 것이 아니라 다른 나라로부터 突然히 받아드린 것이었기 때문에 自律精神과 自覺과 責任感이 따르지 못하였다. 마치 그것은 礎石없이 지은 집과 같은 民主主義였다. 그리하여 及其也는 그 집은 무너지고 말았다.

우리는 집 自體가 나쁘다고 원망할 것이 아니라 礎石없이 지었음을 부끄럽게 생각해야 한다. 이제 우리는 든든한 礎石부터 堅固하게 박어나가야 할 段階에 到達했다. 여기에 國家再建을 爲한 가장 重要한 課業의 하나가 있다.

二 우리 겨레의 構成要素

우리 겨레中에는 가장 發達된 自由民主主義를 享有할 수 있을만큼 自律精神과 責任感이 強한 者가 있다는 것은 勿論이다. 그러나 人口 全體의 比

一五

例로 볼 때 程度의 差는 있으나 大部分은 強力한 他律에 支配받든 習性이

第二天性으로 變하여 自覺、自律、責任感은 極度로 萎縮되어 버렸다. 그리하여

責任感 없는 自由가 放縱과 混亂과 無秩序와 破壞를 助長시켰고 人權尊重思

想이 士臺가 되어야 할 民主主義는 謀略、中傷、誣告로 墮落해 버렸다. 義務

感이 薄弱한 權力層은 國民과 遊離되어 權力을 濫用하고 腐敗分子들과 結托

하여 巨富를 蓄積하였고 經濟人들은 政治人과 結托하여 不正融資、脫稅、密輸、

財産의 海外逃避 等等 實로 惡棘한 手段을 通하여 蓄財하는데 血眼이 되어 왔다.

古木에서 돋아난 새싹과 같은 어린이 靑少年들에게까지 그러한 氣風은 물

들어서 道義의 基礎없는 成功主義、出世主義、安易主義에 빠져버리고 所謂 「빽」

과 「사바사바」와 處世術만을 可憎하게도 模索해내는 사람이 많게 되었다. 이

와 같이 하여 우리 社會에는 正義와 人倫은 땅에 떨어지고 腐敗와 不正과 不

義가 橫行하게 되어 滿身瘡痍、生命을 維持하기 어려운 程度에 이르렀다.

지금 우리 겨레들이 革命과 새 出發을 熱烈히 歡迎하면서도 民族의 痼疾을 뿌리채 뽑아버리는데는 오랜 時日과 눈부신 努力이 必要하다。그러한 痼疾은 時急히 完治되어야 하나 成就를 爲한 公正한 代價의 支拂도 하기 前에 마치 一攫千金만을 꿈꾸는 不勞所得의 思潮에 젖은 나머지 絶望과 自暴自棄에 빠져버리는 일이 없어야 한다。

三 우리 겨레의 所願

우리 겨레는 지금 祖國을 完全 統一하고 他力의 強壓이나 操縱이나 侵犯이나 如何한 間接的인 侵略으로부터도 完全히 解放되는 主權을 確保하며、人類의 最大敵인 貧困으로부터 解放되어서 모든 國民이 平和롭고 潤澤한 生活을 營爲하며 相互間의 人權을 尊重하는 眞正한 自由民主主義를 確立할 것을 渴望하고 있다。그러나 實地로는 그 反對의 길을 걷고 있으니 그것은 심으지도 않은 곳에서 거두려는 공짜와 奇蹟과 魔術을 非現實的으로 漠然하게 바라

一七

는 까닭이다。

四、 우리 社會가 要求하는 指導者의 資格

一 同志意識

指導者는 大衆과 遊離되어 그 위에 君臨하는 權威主義者나 特權階級이 아

니라 그들과 運命을 같이 하고 그들의 편에 서서 同苦同樂하는 同志로서의

意識을 가진 者라야 한다。國民을 指導함에 있어서 親切하고 謙遜하며 모든

어려운 일에 當하여 率先垂範하여 難關을 突破하며 私를 버리고 오직 國民

을 爲하여 犧牲한다는 崇高한 精神을 그는 가져야 한다。

指導者로서 가지는 모든 權力의 淵源은 國民이다。自己 스스로 創造한 權

力도 超人間的 存在로부터 授與된 如何한 特權도 있을 수 없다。指導者는 모

름지기 大衆에 깊이 뿌리박고 前近代的 特權意識을 버리라。萬若 그렇지 않

는다만 또다시 李政權과 張勉政權의 前轍을 밟게 될 뿐만 아니라 이제는 다

시 祖國을 蘇生시킬 方途를 잃게 될 것이다.

二 判斷과 解決의 能力

問題를 똑바로 把握하는 것은 참된 解決의 열쇠이다. 아무리 좋은 藥과 治療도 診斷을 그르치면 오히려 病을 惡化시킬 수가 있다. 國民위에 君臨하는 態度를 버리고 國民과 같이 있다는 同志意識을 가졌을 때 國民들이 무엇을 느끼고 있는가, 무엇을 願하고 있는가, 또 무엇을 避하려 하고 있는가를 옳 바로 把握할 수 있게 된다.

被指導者인 國民이 願하는 것은 모두 合理的인 것은 아니므로 矛盾이나 不合理性을 그들이 깨다를 수 있도록 親切히 가르쳐 줄 수 있고 이를 避하도록 積極的으로 이끌어 나갈 能力이 있어야 한다. 卽 그 社會의 어떤 實態가 病的이며 社會의 健全을 害하는 것인가를 判斷할 能力이 있어야 한다.

一九

恒常 必要한 社會惡의 限界는 어데 있으며 利害關係의 社會的 均衡點은 무엇인가를 確實히 알고 있어야 한다.

問題의 解決方法은 一律的은 아니다。被指導者의 背景、誠意、精力、習慣、態度、信念 如何에 따라 또는 時代를 휩쓰는 風潮思想의 影響 또는 浸透를 받는 程度 如何에 따라 다를 것이며 財政形便을 包含하여 問題解決에 必要한 人的 物的 資源의 事情에 따라 다를 것이다。그러므로 解決해야 할 問題의 優先順位를 決定하고 무엇을 어떤 方法으로 어느 程度로 解決해 나갈 것인가를 判斷할 줄 아는 聰明이 指導者에게는 必要하다。問題解決을 爲한 情熱이 있어야 하되 그 方法에는 充分한 伸縮性이 또한 必要하다。

問題解決을 爲하여는 그를 爲한 充分한 知識이 있어야 한다。그러나 그렇다 해서 모든 指導者가 專門的 技術的인 모든 知識을 具備할 수는 없으므로 그러한 것은 그 分野의 專門家의 協力을 求하지 않으면 안된다。이 境

過 그들의 助言을 傾聽하고 包容하는 넓은 雅量이 있어야 함은 勿論이다。

三 先見之明

指導者는 現實의 問題를 適切히 解決할 能力이 있어야 할 뿐만 아니라, 將來의 일을 豫見하고 適切한 對策을 講究할 수 있는 先見之明이 있어야 한다。 勿論 現在를 일컬어 科學萬能時代라고는 하나 아직도 二四時間 以後의 日氣를 正確히 測定하지 못하는 故로 所謂 國家百年의 大計를 세워야 할 指導者에게 있어서 먼 將來를 豫見하기란 일임에 틀림없다。 그러므로 실상 먼 將來의 일을 細密하게 計劃할 수 없는것도 當然한 일이다。 그러나 將來를 向하여 나아갈 基本終着點과 이에 이르는 接近方法에 對해서는 確固한 信念을 가지고 如何한 偶發的 또는 豫期치 못했던 障碍도 물리치고 國民을 이끌고 나간다는 뚜렷한 態度를 恒常 堅持하여야 한다。

四 原則에 忠實─良心的 人物

原則을 貫徹하기 爲하여 方便을 고칠 수는 있으나 方便에 奴隷가 되어 原則을 굽히는 것은 人間으로서의 節操를 잃은 者이오 믿을 수 없는 者이다.

하물며 어떤 目標를 向하여 原則을 세우고 그 軌道위에 나를 따르라던 指導者가 그때 그때 便利한 대로 갈팡질팡 方向을 고친다면 그는 指導者로서의 資格을 스스로 抛棄하는 者가 될 것이며 이와같이 政治家로서 政治義務를 버리는 處事는 國民앞에 許容될 수 없는 일이다.

人間에 對하여 節介가 있는 者는 原則에 對하여 忠實한 者이오 忠實하기 爲해서는 自己에게 正直하고 남에게 正直하며 讚揚을 받던 批難을 받던 오직 正義와 良心의 判斷에만 服從하는 者이다. 公正과 公平에 있어서도 옛날 「구로리안즈」 나라의 임금 「사로가즈」가 自己아들의 犯法에 對한 定해진 罰則을 加하기 爲하여 두 눈을 빼되 아들에게서 하나, 自己에게서 하나씩을 후버내게 했드시 公正하여야 된다.

五 勇 斷

國民의 先頭에 서서 길을 案內하며 開拓하는 者에게는 冒險을 甘受하는 勇
氣가 必要하다。또한 그는 언제나 時間의 制約을 받는 故로 無限定 未決로
두고 處理못한채 일을 끌어갈 수 없다。時期에 뒤떨어지지 않도록 着着 斷
案을 내려야만 일은 進行될 수 있다。勇氣와 決斷性、即 勇斷은 指導者에게
없을 수 없는 屬性이다。

勇氣와 決斷은 感受力이 强하여 被指導者에게 速히 傳達되므로 萬難을 容
易하게 克服할 수 있으며、一時的 失敗 앞에서도 再起의 蘇生力을 주는 것
이다。

六 民主主義에 對한 信念

이번 革命은 꼭두각시의 反民主體制를 根本的으로 轉覆하고 眞實한 自由民
主主義를 實現하기 爲한 기틀을 마련하는 것이었다。그것은 決코 새로운 獨

二三

裁와 全體主義를 樹立하기 爲함이 아님은 明明白白하다.

그러므로 革命課業을 遂行하는데 앞장선 指導者들 自身이 民主主義에 對한 군은 信念을 가져야 함은 두말할 必要도 없는 일이다. 그들은 共産主義獨裁를 包含한 如何한 獨裁도 물리치는데 勇敢하여야 한다. 언제나 國民과 呼吸을 같이 하고 그들에게 眞正한 自由와 民主精神을 불어넣는데 모든 힘을 다하여야 한다.

共産主義를 排擊하는데는 군은 反共思想이 確立되어 있어야 함은 勿論이다. 그러나 思想만으로써 共産黨에 이기고 民主主義를 이 나라에 세워놓을 수는 없다. 그를 爲하여는 民主主義가 共産主義보다 優越한 民族團結과 生活水準의 向上을 實證하지 않으면 안된다. 그리고 우리 나라가 보다 平和롭고 安定되고 보다 國際的 協力을 받는 나라가 되며 國民經濟가 越等히 向上되었을 때에 우리 制度의 優越性이 實證될 것이다.

指導者는 모름지기 굳은 反共思想과 民主主義 信念을 堅持하는 同時에, 政

治的 社會的 經濟的으로 飛躍的인 發展을 가져오게 하는 든든한 土臺를 構

築하는데 온갖 精力을 기울여야 한다.

七 目標에 對한 確信

(가) 自由民主主義와 革命

主權의 淵源은 國民에게 있다. 故로 國民의 權利는 侵犯을 當하지 않도록

保障하는 것이 우리의 目標이다. 勿論 革命前에 있어서도 制度面에 있어서는

「主權在民」의 原則을 내걸고 國民의 權利는 形式的으로 保障되도록 되어 있

기는 했다. 그러나 實地로는 主權은 一部 特權層에 있었고 國民의 權利는 그

들에게만 있었지 一般國民은 法的으로 保障된 權利를 正當하게 行使할 수 없

었다。 또 國家의 主權 自體가 破滅 一步前에 있었다。

그러면 軍事革命은 自由民主主義의 徹底와 符合되는 것인가 또는 背馳되는

二五

것인가?

健康하고 同等權을 가진 두 사람中 甲은 乙의 衣食住를 無條件 制限할 수

없다。 그러나 乙이 一旦 病들어 甲(醫師)의 治療를 받을 때는 醫師와 患者란 條

件下에 甲은 乙의 食事制限 및 調節을 할 수 있을 뿐아니라 때로는 自己

집을 떠나 病院에 入院하도록 命令할 수도 있다。 醫師는 患者의 完全한 健

康 恢復을 爲하여 身體活動을 一時的으로 制限할 뿐만 아니라、 苦痛스러운 手

術까지도 强要할 때가 있다。 部分的으로 볼 때 健康法則에 違背되는 듯한 身

體 一部分의 切斷까지도 斷行해야만 生命을 건질 때가 있다。 手術은 愉快한

娛樂이 아니라 큰 것을 救하기 爲한 적은 犧牲인 고로 「必要한 惡」(Necessary

Evil)로 容納되는 것이다。

今般의 軍事革命은 一種의 手術이다。 國家가 破滅에 直面하고 國民의 主權

이 悲慘히 蹂躪되었을 때 여기에 一大 手術을 加하여 國家와 國民의 自由

와 權利를 蘇生시키고자 한 것이 이번 軍事革命이다.

마치 自己 或은 他人의 身體、生命、貞操·自由 또는 財産에 對한 現在의 危難을 避하기 爲하여 不得已한데서 나온 行爲가 正當性을 갖는 것과 마찬가지로、民主主義 自體가 威脅을 받고 國家가 破滅하는 瞬間에 處해 있을 때、共産主義 分子들이 國家를 삼키려 하고 人倫이 땅에 떨어져 腐敗와 不正이 나라안을 휩쓸고 있을 때에 國家와 民族의 受難을 避하기 爲해 取해진 行爲는 正當한 것이다。아니、그러한 行爲는 正當性을 가질 뿐만 아니라 國民의 當然한 義務이기도 할 것이다。

勿論 軍事革命은 法實證主義의 見地에서 볼 때 現存 法秩序에 對한 侵犯일지도 모른다。그러나 그것은 法秩序 以前에 있는 또 實地로는 現存 法秩序의 基底에 있는 아무에게도 讓步할 수 없는 國民의 基本權의 行使이며、基本的 義務의 履行인 것이다。이러한 觀點에서 革命은 正當性과 合法性을 가

二七

진다。그리나 그것은 어디까지나 手段이지 그 自體가 目的이 되어서는 안된다는 것은 當然한 일이다。

우리는 이제 眞正한 民主主義를 이 땅위에 가져오고、繁榮과 安全을 實現해야 한다。腐敗와 不正을 물리치고 正義의 土台위에 國家와 國民을 올려놓아야 한다。人間關係의 옳은 秩序를 確立해야 한다。

(나) 强權發動과 自律과의 關係

强權發動과 自律은 極히 銳敏하게 反比例되어야 한다。被指導者가 自律精神이 强하여 마땅히 해야 할 것을 責任지고 自進하여 할 때에는 强權을 發動시킬 必要가 없다。그러나 意識的이던 無意識的이던 自己 責任을 回避하거나 他人에게 轉嫁시킬 때、또는 法과 秩序를 積極的으로 지키지 않는 等等 自律精神이 缺如될 때에는 最少限度의 秩序의 維持를 爲하여 他律的 强權을 發動시키지 않을 수 없다。

但 强權의 發動은 어디까지나 自律精神을 誘導하는 刺戟劑로서 使用하여야

하며 漸次 自律精神이 커갈 때는 反比例로 强權發動의 範圍와 程度를 주

리도록 하는 것이 理想的이다。

旣述한 바와 같이 모든 社會가 盜賊의 巢窟이 되고、無秩序와 混亂이 支

配하고 있는 이 나라에 옳은 秩序를 가져 오기 爲해서는、廣汎하게 또한 相

當한 期間동안 强力한 强權發動이 必要하다고 본다。經濟界의 混亂을 除去하

고、眞正한 民主主義 經濟秩序를 確立하기 爲해서는、當分間 强力한 計劃經濟

를 加함이 必要할 것이다。모든 不正과 腐敗를 除去하고、道義를 確立하기 爲

해서는 當分間 確乎한 施策을 講求해야 할 것이다。

患者의 苦痛을 同情하여 灰繃帶를 時期尙早하게 除去함으로써 患者로 하여

금 永久히 病身으로 만드는 感情的 醫師가 되어서는 안된다。自律精神이 代

置될 때까지 他律의 强權發動은 不可避한 保護條件이다。

(다) 强權發動의 限界

醫師는 患者의 健康恢復에 必要한 程度 以上의 苦痛을 주어서는 안되는 것과 같이 强權發動이 被指導者의 公益과 秩序維持에 必要한 量과 程度를 超過해서는 안될 것이며、萬若 다른 方途로도 目的을 效果的으로 達成할 수 있을 경우에는 避해야 할 것이다。强權發動은 따라서 最後의 方法으로만 使用되어야 할 것이다。即 우리의 社會가 正常的 發展을 이룩할 수 있는 터전을 마련하게 되면、强權인 非正常的 發展을 爲한 手段은 멈추게 될 것이다。

八 指導者團의 團結

被指導者間의 團結보다 指導者들 사이의 團結은 더욱 重要하다。

不良兒童은 片父 片母 膝下라는 不完全한 家庭에서보다 父母가 다 있으면서도 不和를 이르키는 家庭에서 많이 생긴다는 것이 社會學的 調査에 依해서 判明되었다。萬若 指導者들 사이에 不和、衝突、地位다툼、軋轢이 생겨서 모

든 指導力이 分散되고 틈이 생기고 彼此의 缺點을 補充하는 代身 暴露시킬

때에는 被指導者들은 또다시 一種의 「不良兒童」이 되고 말 것이다。 國家를 累

卵의 危機에서 건져내려는 이 時期에 處하여, 指導者團內에 굳은 團結이 없

다면 國民은 갈 바를 모르고 國家는 赤色 帝國主義의 毒牙에서 벗어날 道

理가 없게 되리라는 것을 各者는 깊이 銘心해야 할 것이다。

지금 우리 나라 指導者團의 構成은 革命完遂에 對한 뚜렷한 理念과 熱意

에 있어서 共通的임에도 不拘하고、 여러 面에서 異質性을 지니고 있다。 階級

에 있어서 많은 差가 있다。 性格에 있어서 或者는 溫和하고 或者는 急進的

이다。 經歷에 있어서 或者는 指揮官生活을 오래 하였고、 或者는 參謀業務를 主

로 하였다。 知識의 種類나 程度에 있어서도 千差萬態다。 그리고 이러한 異質

性은 자칫 잘못하면 軋轢을 造成하기 쉬운 要素이다。

그러한 軋轢의 要因을 克服하고 團結을 이룩하는데 가장 重要한 要素는 協

調精神이다。그리고 그러한 協調는 언제나 共同의 理念에 立脚하여야 한다。

自己 所信에 對하여 信念을 갖되、다른 사람의 意見을 包容하는 雅量이 있어

야 한다。自己 能力에 自信을 갖되、남의 能力을 蔑視하는 態度를 버려야 한

다。하물며 謀略 中傷이란 있을 수 없다。남과 協調한다는 態度、주어진 일

에 對하여 自己의 모든 精誠을 바친다는 精神을 堅持할 것이다。派

閥과 軋轢과 中傷 謀略으로 國政을 어지럽게 하고、國家를 危機에 몰아넣는 舊

政權의 前轍을 또다시 밟아서는 안된다。致富의 思潮에서 오는 利權싸움、權

勢를 爲한 派閥싸움 및 富貴榮華를 爲한 감투 싸움을 勇敢하게 물리치고 純

粹無垢한 協助精神으로 맡은 일에 精誠을 바칠 수 있는 우리 社會性이 바라는

人間性의 創造야말로 民族團結의 捷徑임을 寸時도 잊어서는 않될 것이다。

九 誠意와 情熱

至誠이면 感天이라고 하는 첫은 반드시 弱한 者의 精誠이 强한 者의 마

음을 움직인다는데 限하지 않고、强한 者의 精誠은 弱한 者에게 恐怖感보다

協調心을 이르키고、反感보다 理解를 助長시킨다는 意味도 갓는다。

民主主義下의 指導者는 獨裁主義下의 指導者보다 몇 倍의 精誠을 기울여야

한다。모든 人間的 弱點이 指導者에게서 나타나는 때라도 至誠과 情熱을 기

울일 때는 被指導者들은 同情과 理解로서 쉽게 容恕할 것이다。

一〇 信賴感

우리가 要求하는 指導者의 資格中 (一)에서 (九)까지를 具備한다면 被指導

者는 指導者를 信賴하기 쉽게 된다。

그러나 指導者와 被指導者와의 關係는 結局 人間이 人間을 다루는 關係이

다。人間인 被指導者가 기꺼이 指導者에 따르게하는 가장 重要한 要素는 指

導者의 人間性 그것이다。그는 앞에서 쓴 바와 같은 率先垂範、犧牲의 精神、

良心을 가져야 한다。또 協調할 줄 알아야 한다。附加하여 그는 品性이 高

尙하고 德望이 뛰어나고、言行이 一致하고、國家와 國民에 對하여 누구보다도 忠實하여야 한다。그의 行動은 언제나 正義에 立脚하여야 한다。이와 같이 할 때 被指導者는 마음 속에서부터 指導者를 따를 것이다。

五、結 語

半萬年 歷史를 通하여 우리는 올바른 指導者道를 確立하지 못한 까닭으로 해서 때로는 外侵을 받았고、때로는 나라가 分裂되고、서로 싸우고 함고 꼬집고 했으며 大部分의 時期를 通하여 國民은 貧困에 허덕이었다。무너진 舊政權만 하드라도 萬若 그들 指導者들이 眞實로 國民을 代表하고 사랑하고 民主主義 理念에 透徹하고 誠意를 가졌더라면、그들이 無能했을 망정 나라가 이와 같은 窮地에 빠지는 일은 없었을 것이다。結局 나라의 安泰와 民族의 繁榮은 指導者道의 確立如何에 달려 있다고 해서 過言은 아니다。

이제 國家再建의 聖스러운 課業의 完遂에 國民을 이끌고 나갈 指導者의 責任은 實로 重大한 바가 있다。그들은 現存하는 危機를 克服하고 國泰民安의 確固한 기틀을 세워놔야 하며 永世萬代의 指導者들을 爲하여 過去 우리가 가져본 바 없는 眞正한 「指導者道」를 繼承해 주어야 한다。이와같은 美風의 傳統을 다음 爲政者에게 政治家의 義務로서 본보기로 넘겨줄 수 있을때、비로소 우리는 이미 自立할 수 있는 民族性의 改造를 包含하는 民族의 굳은 團結과 아직도 世界에서 最低生活水準을 徘徊하고 있는 貧困打破를 爲한 軍事革命課業의 完遂함 보게 될 것이다。

끝

檀紀四二九四年六月十六日 發行

（非賣品）

著者　朴　正　熙

發行處　國家再建最高會議

박정희 전집 02

우리 민족의 나갈 길

1판 1쇄 발행일 2017년 6월 21일
1판 2쇄 인쇄일 2017년 8월 1일

지은이 박정희
엮은이 박정희 탄생 100돌 기념사업 추진위원회
펴낸이 안병훈
펴낸곳 도서출판 기파랑
디자인 커뮤니케이션 울력
등록 2004년 12월 27일 제300-2004-204호
주소 서울특별시 종로구 대학로8길 56(동숭동 1-49) 동숭빌딩 301호
전화 02-763-8996(편집부) 02-3288-0077(영업마케팅부)
팩스 02-763-8936
이메일 info@guiparang.com

ISBN 978-89-6523-688-7 03810